也许今生不再相见

YEXU JINSHENG BUZAI XIANGJIAN

李元程 · 著

河南人民出版社

图书在版编目(CIP)数据

也许今生不再相见 / 李元程著. —郑州：河南人民出版社, 2020.12(2021.1重印)
ISBN 978-7-215-11402-9

Ⅰ.①也… Ⅱ.①李… Ⅲ.①访问记-作品集-中国-当代 Ⅳ.①I253

中国版本图书馆 CIP 数据核字(2020)第 238264 号

河南人民出版社 出版发行
（地址：郑州市郑东新区祥盛街27号 邮政编码：450016 电话：65788065）
新华书店经销　　　河南瑞之光印刷股份有限公司印刷
开本　710毫米×1000毫米　　1/16　　印张　23
字数　280千字
2020年12月第1版　　　　　　2021年1月第2次印刷

定价：48.00元

推荐词

读了《也许今生不再相见》的书稿，合上书，激动和兴奋让我彻夜未眠。清晨起来，写下这篇推荐词。

这是一本讲述真人真事的书，书中的人物都是生活中的普通人。读罢，在我的脑海里涌现了一个个栩栩如生的人物。这本书讲述了跨越半个多世纪不同年代的人，让我看到了他们的精神面貌和奋斗模样。

作者是《工人日报》的记者，她叫李元程。20多年来她走过了祖国的山山水水。她去过被称作"生命禁区"的罗布泊铁路的施工现场，工人们称她为"沙漠玫瑰"，她是第一个进到罗布泊采访工人的女记者，写下《只有云知道》这篇感人至深的文章；她用了30多个小时跋涉，到了川藏北线"鬼门关"的雀儿山，这是世界第一高海拔的特长隧道，这里让她无法呼吸，但写下《也许今生不再相见》的报道；她坐着闷罐车下到矿井，在掌子面采访矿工，写下《生命之花在大地之下绽放》；她在北京地铁6号线工地亲眼目睹了地铁是如何修成的，写下《我们决不当逃兵》；她看到青藏铁路养护职工的生活，写下《我们也有常人难以体会的幸福》；她到过中国海拔最高的哨所，写下《冰山之子》……

没有李元程的辛苦付出，就没有这本书的问世。没有她对生活在基层人们的深切关怀，亲临一线的采访，我们就不知道高山隧道是怎样凿出来的，地铁是怎样建成的，"蛟龙号"潜水器是怎样下水的，北京鸟巢又是怎样铸成的。我想代表读者，向她致以崇高的敬意！

20多年来，她执着写作各行各业的普通人物，不畏路途艰险，把她看到和感悟到的都见诸笔端，写成了这本书，给我们展现了一幅宏大的画面，展示了当今时代的中国人。小时候我们都看过苏联小说《钢铁是怎样炼成的》，这本《也许今生不再相见》，展现的是"大国工匠"精神。它是一部中华民族崛起的缩影，是小人物的大故事，是普通人的大时代。今天的中国，从绿皮火车走向高铁，从书信走向微信，从乡村小路走向高速公路，从饿肚子走向小康社会，从大国走向强国。所有变化，都是由这些普通人的点滴努力铸成。他们是中国崛起和腾飞的身影。他们才是我们这个时代最可爱的人。

这本书有一种强烈的代入感，读着读着让我走进了书中人物的心里，和他们产生共鸣而感同身受。书中描述的人和事，既不遥远，也不陌生。他们身上所体现出来的精神，正是中国人朴素的原始的本能的民族精神，是凝聚在我们血液中的精神。

过去的中国是世人憧憬和仰望的文明古国，但近代落伍了，经过了70年的努力，中国又在世界脱颖而出。新冠疫情最先影响到中国，但我国第一个复工复产，我们努力冲出疫情，浴火重生。现在的中国人和书中的人物有一个共同点：不屈不挠，不畏艰难，勇往直前。中华民族最有希望在我们这代人的手里走向伟大复兴。

这本书非常难得，书中的每个人都代表了一个行业、一个职业、一个家庭、一个个体。正是这些普通人的众志成城构成了中国的崛起。

我为这本书感动且点赞，每一个人都能从这本书中找到自己。在书里，你可以依稀看到自己的身影、民族的身影、国家的身影。书中没有豪言壮语，但它的故事足以打动你。就算今生不再相见，我们也有故事和精神流传于世。

我由衷地推荐这本书，读过一定会对你产生震撼，给你鼓劲，让你找到信心。

韩秀云

2020 年 4 月 29 日 8:30，于北京香山

即使飘摇是我们的人生
（自序）

作为本书的开篇，我想讲的是这样一个人：一个再普通不过的老工人，他的一生似乎就这样浓缩在记者随行采访的半个小时、浓缩在这短短的200米路上，只是这条路不在平地，它悬在距地面50多米的高空中，是一段"天桥"——那一天刚下过雪，1米多宽的钢索桥面满是积雪和薄冰，寒风如刀，跟随他翻越23度的高空斜坡，不用探身，仅用眼角的余光就能瞥见桥下滚滚奔流的黄河，稍不小心就有可能从高空坠落，葬身鱼腹……

这个人叫师敬瑞，55岁，在黄河上干完这个工程，他就能如释重负地退休了。这个人一生平凡，也一生艰辛，到退休时只有一句值得欣慰的总结："我干吊车司机34年，从来安全，没有发生过一起事故。"

让我印象最深的是，有一次因为风太大，师敬瑞在高空吊车上下不来，只能独自坐在飘摇不定的吊车里，等着风停，等了一天一夜。白天还可以偶尔给熟人打个电话，但夜深人静风声鹤唳的时候，他坐在这岌岌可危的"空中摇篮"里，只有一阵阵死亡的恐惧。

…………

这样的经历，估计连师敬瑞的儿子都想象不到，更甭提那些身处华堂的人们了，甚至有人即使看到了这样的报道，也会以"失败的人生"或是"糟糕不幸的际遇"而一笔带过，仿佛这些人跟他的生活完全不搭界。

现实的社会，人们更愿意将目光投向成功和享乐，回避那些劳碌的场景，因为没有人愿意自讨苦吃，所以少有人自觉走进这些苦难的深处。

但是，哪个人没有深陷过痛苦的泥潭？哪个人的心里只落满了阳光？痛苦本来就与快乐相生相伴，如果你还不曾体会，那只能说明你还没有走到深处。

我曾经两次走进"生命禁区"——罗布泊，采访那里的筑路工人，至今我仍然记得一位"80后"青年工人问我的话："你们记者是不是永远要从这些苦难啊、痛苦中找出意义？"我被这个问题一直追问到了今天，追问到了现在，在我看来，苦难和痛苦是有意义的，或者说，我愿意赋予它们意义——因为即使像吊车司机师敬瑞那样，飘摇漂泊地过了一生，我们的人生仍然有它的光彩，哪怕这种光彩不为大众所称赞所羡慕，但坚忍地活着、坚守地尽职，飘摇中自见坚定，我觉得这是人性善的本色。

做记者20多年，我到过海拔5000米的高原、走过被称为"死亡之海"的沙漠、下过地下两三百米的矿井……在这些数不清的艰苦荒凉的地方，采访报道了各行各业最朴素也最顽强的劳动者，他们悲欢离合的经历、他们坚韧勇毅的精神，深深感动了我。正是他们年复一年日复一日的辛勤劳作，汇聚成我们这个时代的滚滚洪流，造就了中国速度，创造了中国奇迹。他们是大国崛起的缩影和力量源泉。

《我们也有常人难以体会的幸福》是我采访青藏铁路养护职工的报道，多年后当我像一个普通读者一样重读它的时候，读到后面我哽咽了；之后，我又读给同事听，结果她也感动得红了眼圈……我醒悟，这就是故事本身具有的生命力，故事里的人有着打动人的力量。

我最终下决心将这些故事结集成书，因为我想让更多的人看到这些平凡却打动人心的人们，并从中看到我们自己的身影。

这本书是真人版的《平凡的世界》，我希望书中的人物能够陪伴你我走过或快乐或悲伤的路程——人的一生都在做着自己的功课，最优秀的人永远在超越自我，奉献他人。在生命本质的最高层面上，工人和哲学家没有差别。

不管你身在何处，不管你是成功还是失意，但愿你能翻翻这本书，这里有你看不到的人生，有让人共鸣给人力量的东西，有"我路艰辛，我心安宁"的感悟和安慰。

李元程

2020 年 6 月 15 日于北京石景山

目录

第一篇　生命之花从大地之下绽放

- 生命之花从大地之下绽放　/ 003

    "哐啷"一声,"罐笼"以飞机降落般的速度冲到地下90层楼的深度。第一次下井,巷道像黑夜一样看不见尽头。看见矿工白国周时,我不由自主地想起中学时对我影响极深的路遥小说《平凡的世界》里的孙少平。

- 我们绝不当逃兵　/ 014

    北京地铁6号线从平安里站到南锣鼓巷站,3站地,3公里,列车只开3分钟,但修这段路用了3年半。2013年2月8日,习近平总书记来到项目驻地视察,对地铁建设者说:"我代表南锣鼓巷一带的街坊们向你们表示感谢!"

- 只有云知道　/ 022

    被称为"生命禁区"的罗布泊,"天上无飞鸟、地上无寸草",300多公里光秃秃的戈壁,看不到一丝绿色,只有蓝天上飘浮的大朵白云变幻着身姿与我们如影随形。而我,是第一位走进罗布泊首条铁路铺架现场采访的女记者。

- 深潜人生 / 039

    2013年的夏天，我国自行设计、自主集成的"蛟龙号"载人深潜器，成功下潜5188米，意味着这条"蛟龙"可以在全球70%以上的海洋深处游走，探索开发蕴藏在海底深处丰富的宝藏，中国成为继美、法、俄、日之后第5个掌握此深潜技术的国家。

- 乡关万里找油人 / 049

    多年来获得的奖状、证书，被他小心地收藏进家里的保险柜。"别人觉得是一张纸，不顶吃不顶喝，我却很珍惜，它们证明自己曾经付出了很多心血。"

- "我们一直希望走出去" / 059

    2013年中国国务院总理李克强在德国柏林宴请当地商企名流，凯毅德公司CEO被安排坐在了离总理最近的1号桌。受到如此重视，原因在于这家百年公司不久前刚被中国企业收购。

- 遥望"鸟巢"的眼睛 / 065

    "鸟巢"作为北京地标，参观者络绎不绝。摄影家于文国镜头下当年的筑巢印迹，将那些默默无闻的建设者留在了历史中。

- "超人"高森 / 071

    2012年2月14日，高森创新小组研制的"架空线路清障检测机器人"荣获国家科技进步二等奖。这个电力工人和科学家一起接受国家主席的接见。一下领奖台，高森激动地拨通了妻子的电话："老婆，习主席和我握手了！"

- "无痛"的快乐人生 / 079

    我变得温和宽容，根本原因是我变得自信了。

● 女人的世界永远有浪漫　/　086

　　眼前这些女人，穿着相同的工装，无一例外地留着长发，朴实、普通，有些羞涩。室外温度超过35摄氏度，距地面十七八米高的行车上，坐在只能容纳两三个人的操作室，开着空调，照样流汗。问她们能不能穿裙子，年轻的姑娘用手指着行车底部的透明玻璃回答："不能，地上的人抬头能看见。"

● 平凡人的大山水　/　093

　　在大自然面前，人渺小得像蚂蚁，可我们非要在这么恶劣的环境下开出一条路！青藏线在铁路建设史上是人类创造的奇迹。创作时我受的那些苦，跟青藏铁路几十万筑路大军比起来，又算什么呢？

● 冰山之子　/　101

　　海明威小说《乞力马扎罗的雪》，第一句话写了一只豹子在雪山上出没……我一直好奇，用雪山开篇，有什么特殊的意义？帕米尔高原上英俊的塔吉克族小伙子贾米和他的家族，让我找到了答案。

● 归途　/　108

　　齐齐哈尔第二机床厂门口，一个神志不清的老太太要进厂看她的儿媳妇，被门卫阻拦。老太太拿出了一张照片，指着不远处竖立着的巨幅毛泽东主席和一个人握手的黑白照片，对门卫说："你认识这个人不？他是我老头儿，你不能不让我进去。"这个和毛泽东握手的人是马恒昌。

第二篇　铁魂

● 我的草样青春　/　125

　　见过李鹏之后，走在人来人往的闹市，看着打扮入时的年轻人，有时候我会想，同样是只有一次的青春年少，人和人的差别却那么大。

● 用勇气拥抱世界　/　131

　　遇到灾难的时候，人会本能地封闭自己，寻找亲人的温暖，退缩到思想和情感中，这样的诱惑对处在困境中的人特别强烈。但这是不够的。因为不论什么境遇，每个人对世界都具有责任。而一个人只有尽到了对世界的责任，才能真正具有价值。

● 卫生队里走出的少将军医　/　138

　　他一直保持着中国人民解放军三军仪仗队军人英武的形象。数不清的病人把他当作救命稻草，而他有的却是咬碎牙齿往肚子里咽的隐忍和刚毅。他是宫恩年。

● 锁王　/　145

　　在他普通的外表下有着让人好奇的神秘色彩……

● 一句话落了五次泪　/　153

　　他的话铿锵有力："我们要为自由而战。"

● 心总是热的　/　158

　　虽然现在讲奉献会让有些人觉得落伍，但国家建设到什么时候都需要有人奉献。

● 无悔的青春力量 / 164

　　天天想新的事，天天做新的事，这样一个人即使活到八九十岁，还是二三十岁人的心态。

● 风雨维权路 / 170

　　名满天下的义乌小商品城，商业繁华背后一位工会干部的坚持影响了数不清的人。跟办公室里常见的"厚德载物""天道酬勤"书法条幅不同，陈有德的办公室墙上挂着"一蓑烟雨任平生"。

● 侠胆 / 179

　　一声闷响，漆黑的巷道，千斤重的矿车连煤带车扣倒在铁轨边，像一座巨山把车上的工人拍在了身下……"孙猴子被如来佛压在五指山下500年出不来，你这猴儿居然一骨碌滚了出来？"

　　这一年，侯占友18岁，死里逃生，血气方刚。没有人想到，在未来的岁月里，他和他的力气，跨越大半个世纪，成了矿工中的一代传奇。

● 沉默的力量 / 191

　　要跟对手开展竞赛，你必须有核心竞争力。

● 男人到死心如铁 / 196

　　市场大的潮流走到面前，我没有办法，只能同流，但我决不合污。别人说你不合污你就没钱，人家住别墅开奔驰，你什么都没有，你不是活该吗？那我就活该吧。

● 世界上最美好的奇迹 / 205

　　一个人真正的伟大，是为那些弱小的、看似无用甚至是拖累包袱的生命奉献自己，用自己的命延续其他的生命。

005

● 铁魂 / 212

2008年4月11日，56家中央媒体100多位记者坐满了原本空荡的会场，同一时间采访一位普通劳动者——窦铁成。他被誉为新时代产业工人学习的楷模。

第三篇 大工匠

● 手印 / 231

哪怕明天死了，我今天也要劳动！

● 舞台 / 235

出生时，人们看见他左侧眉头上方有一颗很大的黑痣。看相的人说，此相男主大贵。于是给他取名"秉贵"；他12岁当童工，站了50年柜台；不算长的68年生命历程，他的"一团火"精神曾经广为流传，成为新中国服务行业中载入史册的代表人物。

● 我的灯已经全部打亮 / 247

当你躺在死亡之床时，回想自己的人生，你是否实现了自己，是否实现了自己的潜能？

● 泪水过后 / 258

第一次看见死神，王长斌23岁。

● 湖边课堂 / 262

人应该像松树一样活着，四季常青地活着，饱经风霜地活着，吸点水分有点阳光就能活，历经风寒还能活。

- 盈盈的微笑 / 272

    烟花三月，拎着装了钱的编织袋或是长筒丝袜、一大早来银行存钱取钱的村民，看见一位新来的业务员，见到顾客进门，立刻从座位上站起来，恭敬地问好——双手像小学生一样地背在身后，齐刷刷的短发翘翘的下巴，眼睛笑得弯成了月牙。

- 美丽的草原我的家 / 278

    图纸里好像有属于他的另一个世界，一个让他有所寄托、排解寂寞的世界。

- 回来 / 291

    《2002年的第一场雪》让歌手刀郎红遍大江南北。渴望已久的成功的喜悦没有持续多久，烦恼就让他濒于毁灭。命运的潮起潮落中，他如何找到自我？

- 决战太行 / 300

    人生何尝不是一次次的决战，为了生存、为了更高的目标，我们只有一次次鼓起勇气、一次次忍痛别离。

- 我们也有常人难以体会的幸福 / 306

    海拔4218米的当雄，青藏铁路养护职工是怎样过中秋的？

    没有一丝过节的气氛，人们照常各忙各的工作。高原炙热的阳光下，职工们的驻地，像荒原上的一座孤岛，寂静得几乎可以听到自己的呼吸。

- 大漠风沙中的一个拥抱 / 313

    一阵"白毛风"从荒地镇刮过，整个车就像钻进了黄土中……

● 大工匠　／　317

　　全世界各行各业都有那种特别让人敬仰的大师级的大工匠，就像小说里武功绝顶的高手。达到那个层次的人，不仅技艺上精益求精不断创新达到常人难以达到的高度，而且他们的精神境界也极其专注在自己的专业领域，在精益求精的追求中超越名利，获得精神上的极大满足。

● 也许今生不再相见　／　342

　　主峰6168米的雀儿山，是川藏公路317线的必经之路，更是川藏公路北线进入西藏、青海玉树的唯一通道。这里缺氧严寒，山高路险，是著名的"鬼门关"。在这里修路打隧道，工人们说："这不是挣钱，是要命。"

后记　／　350

第一篇

生命之花从大地之下绽放

生命之花从大地之下绽放

"哐啷"一声,"罐笼"以飞机降落般的速度冲到地下90层楼的深度。第一次下井,巷道像黑夜一样看不见尽头。看见矿工白国周时,我不由自主地想起中学时对我影响极深的路遥小说《平凡的世界》里的孙少平。

一

早晨5点30分,白国周准时醒了,用手摸摸妻子韩琪睡得红扑扑的脸,发现她的鼻尖儿冰凉。"我走了。"话音落下,隔了一秒,韩琪裹着被子翻了个身,没有睁眼。

结婚15年来,几乎每一个下井的早晨都是这样开始的。白国周知道,妻子假装没醒,是表示相信他一定会平安回来。

这几年矿难事故频繁,矿工家属的心每天都是揪着的。

从17岁来到平顶山煤矿当了井下一线的工人,一年365天,340天白国周都在井下,22年,7480天,将近8万个小时,他居然连刺手碰脚这样的小伤都没有出现过！更让人惊讶的是，他带的班组先后有230多人，也从来没出现过安全事故；队里80%的班组长均出自白国周的班组，这些人所带的班组同样也没有发生过安全事故。

39岁的白国周，创造了一个安全传奇。

6点30分，外面的天还是黑的，屋里的班前会却像刚揭开盖子的蒸屉一样热气腾腾。

在单位食堂吃过早饭，下井的矿工集中到队部的会议室里，坐在长条凳子上，领导分配工作，叮嘱安全，虽然是每天例行的公事，却总有种说不出的凝重。对面墙上醒目地挂着一行红底白字的标语——"安全高于一切，生命只有一次"。

班前会的最后一个仪式，是矿工们依次走到贴着自己全家福照片的一面墙前，看一眼家人，然后换工作服，戴安全帽，把矿灯往肩上一搭，提上工具，下井。

照片上，韩琪穿着翻着大领子的红色上衣，儿子穿着棕黄相间的横条毛衣，3个人紧紧地挨在一起。

时间改变着一切，22年前扛着一卷棉被到矿上打工时，白国周是孤孤单单的一个人，现在有了这相亲相爱的一家人。

二

"哐啷"一声，被叫作"罐笼"的升降机闩住了铁门。"这声音只能在两个地方听到，一个是监狱，一个就是煤矿。"一次，白国周听见下井参观的客人这样说，陪同的六七位矿领导，谁都没出声。

当年，村里人得知他当了矿工，很多人说风凉话："再穷，种地也比当煤黑子强啊。"有几次白国周主动跟村里人搭话,人家却掉头走了,当他已经不存在了似的。

即使在贫苦的村民眼中,到地底下"刨食"也是一件危险低贱的活计。

"罐笼"冲到地下280米,速度跟飞机降落差不多,90层楼的深度,三四分钟就着陆了,气流冲得人耳朵涨疼。祁广辉张了张嘴。3年前,第一次下井,白班长就是这么教他的。

第一次下井,巷道像黑夜一样看不见尽头。祁广辉他们几个新来的农民工,跟在班长白国周身后,深一脚浅一脚地蹚着积水往前走,头顶上矿灯发着手电筒大小的白光,低头照见水没到了小腿处胶鞋的边缘,像落难了似的。祁广辉满心后悔地想:"等挣了钱回家娶上媳妇,就赶紧离开这活地狱。"

到了掌子面,炸开的岩石龇牙咧嘴像一个巨大的黑洞,几个新来的人不停地抬头看顶板,怕上面会有东西掉下来,把自己砸在下面。

"别害怕,前面没有啥。只要注意顶板及时支护,就没危险。"白国周声音不大,却让人听了心里踏实。

顶板哗啦哗啦地往下淋水,白国周叫来几个老工友,一起动手用铁丝把顶板固定好,又搭起雨棚,之后才招呼茫然站在一边的新工友:"来吧,这样干活就不会淋湿衣服了。"

白国周知道,第一次在井下干活,谁都害怕。

第一次下井时,白国周身高只有1.50米多,和工友在巷道里扛了整整一天的摩擦支柱。一根柱子60多公斤,比他的体重沉了快一倍,两个人一前一后在黑咕隆咚的巷道里摇摇晃晃地把柱子扛到一公里外的切眼处,一趟下来,肩就磨破了,肿起老高。柱子再压上来,火辣辣地疼。一天下来，他累得吃不进一口东西。

到矿上打工，为的是多挣点钱，帮助妈妈支撑极度贫穷的家庭，为此，白国周放弃了上重点高中的机会，坐着长途车一路心酸地来到煤矿。

读书改变命运的大学梦破灭了，现实是要在不见天日的井下又苦又累地打工……这个农村娃哭了。

第二天，一起来的新人走了八九成，犹豫了一晚上的白国周留了下来。"全村人都知道我出来挣钱了，不能因为吃不住苦让人笑话。别人能干我也能干！"

世间的道理往往就是这样，无路可退的时候，人要么被彻底击溃，要么顽强面对，蕴藏在生命深处的勇气和力量，会像种子发芽一样，拼了命地从大地之下破土而出，顽强地生长，开花结果。

…………

手上磨出的血泡，渐渐变成了厚厚的老茧，6两一个的大白馍他一顿吃四五个，渴了就把嘴贴在岩壁上，喝从石缝里流出来的水，凉得扎嘴。

第一个月开支，白国周领到了175元钱，留下饭钱，他把150元钱交给了母亲。

工作3年之后，白国周才第一次舍得花钱给自己买了一双黑皮鞋。直到儿子10岁的时候，他才终于还清了家里当年替父亲治病欠下的债。

白国周觉得自己的血汗没白流。"别人看我们是煤黑子，素质低，我们要看得起自己，尊重自己。人品的高低贵贱，不在于你穿着什么、有什么样的地位。"

三

下井不久，白国周看见一位工人技师手扶钻头在岩壁上打炮眼，动作轻松自如，棱角鲜明满是煤灰的面孔有股说不出的帅气……

白国周被深深地感动了。他想起春天上班路上不经意间看见的盛开在路边不知名的小花，那么清新美好，并不求别人的关注和赞美，只是簇拥在一起，寂静而尽情地绽放。

原来，美并不仅限于书上画上以及世俗人所描绘出来的那些，生命本身就是美的，劳动本身就是美的。任何生命，不论它多么卑微与弱小，都是值得尊重和珍爱的。

白国周认识到自身的价值——煤矿工人用自己的双手向世界捧出光和热，给社会、企业创造着巨大的财富，作为他们中的一员，他不应该自惭形秽，应该自信自豪。

随着煤矿生产机械化程度的提高，白国周意识到，光有力气不懂技术，已经当不好一个现代化生产的工人了。艰苦的井下，工人的出路也必须向技术型、知识型转变。

不下井的时候，他总是抓紧时间看专业书。不仅自己看，还鼓励工友们一起学技术。

对此，工友往往会说："我就在这儿干两年，手里有俩余钱儿就走人，学煤矿技术，回家种地也用不上啊。"

白国周回答："我当年跟你现在一样，是个农民工，可我没自暴自弃，一直好好干，努力学技术，现在我不仅当了班长、转成了正式工，而且还被企业评为劳模，送到香港澳门旅游。挣到了钱不说，也给自己和家庭挣足了面子。"

他用自己的行动告诉身边的人们，一个人不管处在什么样的环境、是什么样的身份，只要勤奋努力，都能实现自己的人生价值。

四

下井的人最担心安全。

每年白国周过生日的时候，母亲都会坐着长途汽车颠簸几个小时专程赶到矿山看儿子。"恁好，俺就好。"这句话总是挂在老人的嘴边。

每天升井后，白国周做的第一件事就是给妻子打个电话，让她放心。一天下晚班，升井的"罐笼"出现了故障，他和工友被困在了井下。等上到地面时，已经是早晨5点多钟，街上的早点摊已经营业了。在井下待了将近24小时的白国周，连口饭都顾不上吃，只管骑着自行车一路狂奔，左拐、左拐，再左拐一个弯儿，平常骑车三四十分钟的路程，这回他只用了10多分钟。

刚掏出家门钥匙，他就听见门里传来妻子韩琪急切的声音："国周，你回来啦！"

家里的女人一夜没睡，在等他回来。

…………

平日里，白国周想得最多也最担心的是——怎样在工作中，哪怕是一分钟，自己也不能出现懈怠？

每一天，白国周都是第一个到达井下工作面，在工友到来之前，从风门、绞车、轨道、扒斗机到掌子面他都依次认真检查一遍，即使是两颗螺丝松动这样细小的问题，他也立刻用醒目的白粉笔圈出标明，督促工友及时处理。之后，他还要进行班中巡查、班后复查，并将发现的问题，口交口、手把手地交代给接班的人。

为了杜绝违章操作，养成安全生产的习惯，不少工友包括他的亲弟弟都因为一些小疏忽、小失误被他罚过，当时难免因为挂不住面子、心疼钱而怪他无情……但是时间久了，大家发现跟着白班长干活，不仅安全而且挣钱也比别的班多。因为白国周班的工作效率比其他班要高出三四倍，工程质量、进度月月都是全队第一名。

当年，村里人都说白国周的母亲心太狠，把自己的亲生儿子送到井下做工；如今，不仅白国周的弟弟、姐夫，而且他们村里有20多个人都来到矿上跟着白国周下井了。

五

下井的时候，工人们坐在像自行车座一样被称作"猴车"的简易缆车上，沿着索道向井深处滑行，黑暗把人抛进孤独无边的大海……直到看见迎面有一盏矿灯闪亮，恐惧的心才有了依靠。

对于工友来说，白国周就是这盏矿灯，接引着他们走出内心的黑暗。

而在白国周心里，同样也有着让他动情的画面——

15个工友一字排开，踩着积水，头顶的岩壁在不断淋水，人们奋力抢修着巷道，身体里的热气穿过被汗水、岩壁淋水打湿的工作服不断地往外冒。黑色巷道里，一缕缕白烟从劳动者的躯体上升起，与矿灯交织在一起……白国周告诉自己："人和人的真情，不是靠金钱买来的。患难与共的人们，要彼此珍惜！"

白国周从不肯对工友们说一句伤自尊的话。因为他知道，包括他自己在内，这些外表粗砺、艰苦劳作的男人们，内心深处都更加渴望别人的尊重和真心。

每月利用倒休班的机会，白国周都会组织班里全体工友聚会一次，轮流约在一个人家里，大家围坐在一起，就最敏感的工资分配、干活表现优劣等问题进行面对面交流，共同打分进行分配；公司奖励班组的奖金，也按照各人出勤率多少分配。公平透明的做法，让大家的心里敞亮了，感情加深了。

刘应伟家的房子漏雨要翻新，白国周和工友们下了夜班，一起赶到他家帮他盖房子，一个人要干一个月的活计，15个人忙活了4天就干完了；李伟宾老婆孩子一起病了，工友们凑钱帮忙，工作中专门让他干辅助的轻活儿，下班尽量让他早走，没干完的活儿大伙儿分担着替他干……

为了实现多年来想把母亲接来一起生活的愿望，白国周和妻子拿出所有的积蓄要买一套两居室的二手房，却怎么也凑不出最后的7万元钱了。正当白国周犯难的时候，工友不约而同地来到他家租住的小平房里，你1万他5千，这些收入并不多的兄弟们，话不多说一句，撂下钱就走人……

农历正月初一午后，阳光亮亮地照在身上，暖暖的。街上人来人往，有的脚步匆匆，有的悠悠闲闲。白国周侧头看看走在他右侧的韩琪，这个女人嫁给他快20年了，今天，作为丈夫，他终于给妻子买了一个金戒指。"你看，它咋这么晃眼啊？"妻子又把手举到他面前，眯缝着眼睛对着太阳摇着手掌问丈夫，"好看吗？"

"好看！"

阳光的街头，人海中一对平凡的夫妻，说着他们的过去和将来。

六

曾经有过多少次，从掌子面收工后，白国周拖着又脏又累的身体，走在深邃无光的巷道里，头顶矿灯一盏白光照见更幽深的黑暗。

听着脚下蹚过积水的声音，他会想起小时候掉进冰窟窿的经历，跑回家的时候，湿透的裤子结成了硬邦邦的冰，紧紧地箍在身上，怎么脱都脱不下来。母亲抱来一堆柴火慢慢地给他烤，又冷又疼，像刀割一样。

想着想着，白国周扯开嗓子唱起了自己最喜欢的那首歌——张雨生的《大海》。

> 如果大海能够带走我的哀愁
> 就像带走每条河流
> 所有受过的伤
> 所有流过的泪
> 我的爱
> 请全部带走
> ………

泪水肆无忌惮河流一般地冲刷着蒙着厚厚煤灰的脸庞，像冲刷着虽百转千回却终究水流不息的河床。

哀伤啊，哀伤，时间会抚平生命中所有的哀伤——

大地之下，唯有歌声狂飙直上。

采访手记

时间过得真快啊！写这篇稿子已经是10多年前了。我已经记不清白国周长什么样子，也不知道他还记不记得我这个采访过他的记者……

写他的报道，当年不知道他看到了没有？连一声谢谢都没有听他说过。有时候我想，如果现在遇到，我们还能认出彼此来吗？

即便这样，他的故事，我终生难忘。

我记得在井下，要坐着"猴车"下到离掌子面更近的地方，矿上陪同采访的两位男同志一左一右把既笨拙又胆小的我连托带架地推上了像自行车座一样距地面一米多高的缆车上，随后两人像荡秋千一样往前一推，忽悠一下我就滑进了巨大的隧洞中，顷刻间像瞎了一样，黑得什么都看不见。无边的黑暗中，我只有双手死死地攥紧"猴车"前的细棍儿，生怕自己一松手就跌落进暗无天日的深渊中，恐惧得甚至不敢叫出声。"人死了以后，魂魄就是这么游荡的吧"当时我想。

至今，我都记得这无助而绝望的一幕。

这时，对面突然出现一个小小的亮点，当我明白过来那是对面矿工头上的矿灯时，我的心一下子踏实了，立刻明白了什么叫作依靠，什么叫作希望。

送我离开的路上，这个最初见到记者紧张腼腆甚至有点自卑的矿工小声给我唱起了他平日在井下最爱唱的歌——《大海》。

…………

握手告别时，他突然冲口而出说道："李记者，我请你去唱卡拉OK吧！"

记不清我当时是怎么回答的，但自此之后，每次再听到《大海》，我总会想到那深深的井下，想起这个人和那个发自真心的邀请。

我们绝不当逃兵

北京地铁 6 号线从平安里站到南锣鼓巷站，3 站地，3 公里，列车只开 3 分钟，但修这段路用了 3 年半。2013 年 2 月 8 日，习近平总书记来到项目驻地视察，对地铁建设者说："我代表南锣鼓巷一带的街坊们向你们表示感谢！"

———

顺着竖井的梯子向下走，脚下的铁板铛铛响。

我问走在后面的徐磊："这竖井有多深？"

"二三十米吧，"怕我对数字没概念，他加了一句，"相当于 10 层楼。"

7 月 25 日，接近中午的时候，我跟随北京地铁 6 号线项目经理徐磊来到开工不久的北京地铁昌平线 II 期的一个工点，亲眼看看地铁是怎么修的。

这是暗挖工程，就是在地面挖一条几十米深的竖井通到地底，再在下面挖隧道修地铁。"经常有老百姓问我们，你们在围墙里干什么？直到有一天地铁通了，人们在觉得方便的同时，很少有人会想到我们是怎么干的。"徐磊说。

快到井底的时候，我被眼前的景象惊住了——

隧洞的上空弥漫着厚厚的灰尘，浓度不知要比北京的雾霾严重多少倍！

飘浮在光线里的白色颗粒清晰可见。刹那间，我心生后悔：走进这样的工地，哪怕是几分钟都对身体有害。在多年的采访经历里，像这样想止步不前打退堂鼓的情况，好像还不多。

可是身后跟着的修地铁的人们还在浑然不觉地聊着工作，我只能狠狠心，像第一次学游泳那样，憋足一口气一个猛子扎了进去。

闷热的隧洞里，十几个工人戴着口罩，赤裸上身，穿着短裤，用铁锹在掌子面一锹一锹地铲土，脚边是一辆满是泥土和锈迹的手推车。徐磊特意指给我看，"这就是我们修地铁最主要也是最原始的工具了"。

在此之前，我一直以为地铁是用盾构机这种现代化的机器挖出来的，根本没想到，北京乃至全国的地铁，受场地等条件限制，盾构机的使用超不过三分之一，绝大多数时候仍然要靠人力一点一点刨出来。

我注意到，工人们的口罩往外凸的一块，全是黑的。

为了保证工期，工人们实行两班倒，一个班15个小时。"现在二三十岁的农民工都不干这种活儿了，吃不了这种苦。"项目部刚分配来的大学生，要在工地先待上一两年，每天15个小时在地下盯着。"我们不能把自己的命运交到包工头儿的手里。"徐磊说，遇到急难险重的时刻，他会站在最前沿最危险的地方，"那时候，光给钱是不行的，工人们都看着你呢。"

徐磊说，项目经理必须盯在现场，抓进度、保质量，对工程终身负责，尤其是安全的压力，简直就是悬在他们头上的一把剑。"最怕半夜来电话，简直像惊弓之鸟，听见电话铃响人就先不行了，现在更发展到白天也怕接到工地上的电话！"不仅项目经理们如此，就连业主们也这样，所以，在这个圈子里有一个默契，就是晚上尽可能不打电话，有事要打电话前，也要先发个短信说明一下"没事"。

从隧洞里上来，烈日晴空，站在车水马龙的大街上，我深深吸了一口气，想起徐磊刚才随口说的一句话："我们不怕雾霾天。"

二

项目部的办公地点，在北京平安里大街一座古色古香的小院里，走进去，才发现院子里只有一座临时搭建的彩钢房，院门口影背墙上刻着一行烫金大字：脚踏实地，心无旁骛，干好地铁 6 号线。

皮肤白净，戴着眼镜的徐磊，外表没有工程人那种符号般的粗犷与沧桑，反倒像一个衣着得体的书生。"在北京工作嘛，穿得整齐一点，也能给业主留一个好印象，让他们觉得我们也能把工作干得利利索索井然有序的。"徐磊说话很随和。

10 年间，他们在北京完工的地铁 5 号、10 号、4 号和 9 号线等项目全部获得"竣工长城杯"金奖，其中"鲁班奖"一项、"詹天佑奖"两项，2013 年 43 岁的徐磊荣获"全国五一劳动奖章"。

"不好意思，我这个人很平凡。"徐磊有两句口头禅："不好意思"和"谢谢谢谢"。

劳模表彰会上，徐磊见到了很多著名的老劳模，其中有像袁隆平这样的科学家，他特意跟袁隆平合了张影，发给准备中考的儿子。

接着，徐磊说了这样一段话："结果我儿子很吃惊，立刻上网搜我的资料，看看爸爸都干了什么，居然能跟像袁隆平这样了不起的人物一起领奖？以前孩子对我的了解就是爸爸在北京修地铁，整天不回家。每次打电话也只是问我回不回家。听见我说回不来，就直接把电话挂了。"

徐磊家在济南，坐高铁1个多小时就到了，可他基本上就住在办公室的里间，屋里唯一的装饰是床对面墙上贴着的一幅没有装裱的字：心无旁骛。

因为成绩突出，业主常会把最难最险的标段留给他们，这更加重了他的压力。

"最害怕的就是，在黑漆漆的地下，你也不知道开挖的掌子面前方有什么危险，地铁施工最大的风险就是不可预知的地质风险……真的是如履薄冰，越干越害怕，就像两万五千里长征，第一次知道要爬雪山过草地，初生牛犊不怕虎，凭着一股劲过了，第二次第三次，要你一次一次地再过……心里就特别纠结，常常想不干了。

"困难面前，我有两种选择：要么临阵退缩，回后方过安逸的生活；要么迎难而上，选择一条将要度过数不清的不眠之夜、胜败难料、前途未卜的奋斗之路。每次，我最终都选择了后者，原因是干工程还是有成就感和自豪感的。"

三

徐磊最喜欢陪人坐地铁。"特别自豪！我觉得应该给我们这些修建地铁的人发一张终身免费的乘车证，作为参建地铁的纪念和社会对我们的认可。"他说。

从平安里，经北海北，到南锣鼓巷，3站地，3公里，列车只开了3分钟，而修这段路却用了3年半。

这是最让徐磊难忘，也最挑战极限的工程。

在这段短短的路上，潜伏着1个特级风险源，147个一级风险源，不仅要下穿4号线，而且要经过中南海北门，因此这个标段的施工被称作"在祖国的心尖上动手术"。

为了缓解地面交通的压力，工期被一再压缩，项目部只能不计成本地投入，不到一公里的地下工地，最多时有1000多人在同时干活。每到夜晚，明挖的、暗挖的、盾构的，混凝土罐车、水泥罐车、吊车、挖掘机、农用三轮车、人工手推车……整个管区一片通明、一片轰鸣，现场指挥调度、日益紧迫的工期、夜以继日的奋战、安全、质量、进度、文明施工……徐磊和他的同事们觉得自己就像是被压到底的弹簧，精神紧张到了崩溃的边缘。

为了加强夜间管理，徐磊和项目书记分别负责工程最艰苦的南锣鼓巷站和北海北站，白天照常工作，凌晨两三点换上工作服，准时出现在工地，督促现场施工进度，跟工人一起铲土、推车……

他还不时会派人到兄弟单位打探"军情"，看看别人进展如何。开动员会时，他常常情不自禁地引用少年时代看过的苏联电影《莫斯科保卫战》里的台词对部下们说："咱们不能再退了，再退就是莫斯科了！"

最后，所有人都开始怀疑这么短的工期有些站不可能完成，甚至业主都对他们通融，提出在6号线通车时，南锣鼓巷站先甩站不停车。

但是徐磊不答应，"别人能干，我们为什么不能干？我们绝不当逃兵！就是用手挖，用肩挑，也要闯过这一关！我们一定要按期拿下9标段，保证6号线按期全线通车，绝不能在我们这里甩站！绝无第二选择！"

最艰苦卓绝的时候，无意中徐磊在一个青工的床板上看到了一张白纸，上面写着一行字：脚踏实地，心无旁骛，干好地铁6号线！

2012年12月10日,被认定为"不可能完成的任务"的6号线9标段如期交验。

"关键时刻,我们靠拼搏战胜了困难。"

站在南锣鼓巷站的站台上,徐磊手摸着站台立柱上的装饰瓷砖对我说:"这一根立柱是用126块瓷砖拼成,共有86根立柱,几十名熟练技工整整干了两个月才完成!6号线里的故事太多了……"

四

2013年1月5日,项目部的四合院内140名员工齐刷刷地坐了13桌,举杯欢庆项目竣工。

席间,会场上反复播放当时最流行的《江南style》,随着音乐强劲欢快的节奏,性格内向的徐磊跟着大家一起跳起了骑马舞……

这个晚上,人们被一种激情控制着,别人的一句话就会让自己感慨万千,泪如泉涌。

预先准备的10箱白酒,只喝了5箱多。3年的奋战,有人得了高血压,有人得了关节炎,有人得了胃炎,还有人心脏搭了支架。他们豪气犹在,却没了当初的身体和酒量。

"我不能喝酒,但却一直盼着喝这杯庆功酒,盼着一饮而尽的这一天!"

…………

2013年2月8日,习近平总书记来到项目驻地视察,对地铁建设者说:"我代表南锣鼓巷一带的街坊们向你们表示感谢!"

采访中,我问过他名字的含义。徐磊说,军人出身的父亲,当年给他们兄妹三人都起了一个带"军"的小名,他叫铁军。

采访手记

准备写这篇报道的时候，正是北京连续高温的桑拿天，坐在书桌前不动，汗水仍源源不断地从皮肤中渗出来。

材料里提到网上有一段《地铁6号线通车style》的视频，于是上百度搜来看。不到一分钟，在欢快有力的乐曲声中，在工人们的劳动场景中，我的泪水和着汗水抑制不住地流了出来，一直不停，独自无声地流着。

时隔多年，整理书稿时，看到文中的描述，我又一次泪往上涌。如今，6号线成了北京地铁上下班高峰时最为拥挤的线路，徐磊他们当年修的从北海北到南锣鼓巷站的这段，是我经常带外地朋友乘坐的几站地。

而当年那个带着我乘车，又站在南锣鼓巷站门口照相的人，已经离开北京，断了联系，我甚至至今仍有点耿耿于怀，因为他的不告而别。

但是，我还是记着他，记得在那个几十米深灰尘弥漫着的地下，记得他随口说的那句话："我们不怕雾霾天。"

当时，我就想过，要是他的母亲、妻子听见了，会不会伤心？

他说过，在大学当老师的妻子不了解他的工作，以前总是抱怨他不回家，后来有一次吃饭，妻子听到地铁业主讲了一点施工中的压力和苦累，回来之后，徐磊发现妻子对自己变好了，再打电话，也从原来督促他回家变成了督促他锻炼身体、少喝酒……

徐磊外表温和脾气却很硬。他说，最不喜欢看见儿子哭，有时候看见他哭，恨不得踢上一脚，"男人，只能流血不能流泪"。

"我想用行动告诉我的儿子：爸爸一直在认真地工作，为社会、为企业、为家庭努力作出贡献，希望他将来也能认真工作。我希望儿子是我最好的工程。"

徐磊很谨慎，很怕我只写他一个人。他说工程是大家干出来的，团队里的每个人都很优秀，包括那些吃苦最多劳动强度最大的农民工。

"困难面前，我们绝不当逃兵。"

多少年了，我仍然会想起这句话，并且为之感动，这是一个男人的血性，这是人性的勇敢和顽强，这是人的精神力量。

这也是我决心将多年采访的这些普通却深深打动我的人们的故事整理成书的目的和动力。

哪怕我们今生不再相见，我仍然记得曾经的感动，更盼望有更多的人为之感动，并受到激励。

只有云知道

被称为"生命禁区"的罗布泊,"天上无飞鸟、地上无寸草",300多公里光秃秃的戈壁,看不到一丝绿色,只有蓝天上飘浮的大朵白云变幻着身姿与我们如影随形。而我,是第一位走进罗布泊首条铁路铺架现场采访的女记者。

上篇

正午,罗布泊,烈日肆意炙烤着戈壁,布满盐碱的褐色硬土反着刺眼的白光,逼得人眯起眼睛,汗水顺着身体一直在流,让人不断地想到木乃伊以及它黢黑干瘪的样子。

钢轨上的温度已经达到70摄氏度,鸡蛋放在上面很快就熟了。辽阔无际的天地仿佛是没有墙壁的桑拿室,找不到出口,让人窒息。

戈壁滩上,"80后"工人沈鹏蜷缩在小土丘的阴影里酣睡。身下垫着一块纸板,脸上蒙着一件衣裳。

还有40公里,穿越"死亡之海"罗布泊的首条铁路哈罗铁路就铺到终点,铺架工人们已经连续工作了三天两夜,白天"扛"着四五十摄氏度高温,晚上温度又降到十几摄氏度,困了,就躺在戈壁上眯会儿。

7米多高的铺架机依旧马力强劲,以小时为单位吊着20吨重的轨排向前铺进,一节轨排长25米,这意味着,每放下一片,离终点又近了25米。

20个月来,工人们每天就是这样25米、25米像一个人的脚步一样,从300多公里外的起点哈密一路铺架过来。

现在,胜利在望。

一

2012年6月18日,我走进罗布泊哈罗铁路铺架现场东台地,意想不到的是,我竟是第一个出现在工地上的女人。"这里自然条件太恶劣,所以全部是男职工。"用工人们的话说,如果飞来一只蚊子,也一定是公的。

从哈密出发进入罗布泊,一路上300多公里光秃秃的戈壁,看不到一丝绿色,只有蓝天上飘浮的大朵白云变幻着身姿与我们如影随形。"天上无飞鸟,地上无寸草",这就是"无人区""生命禁区"的真实面貌。

一年365天,罗布泊200天飞沙走石,最大风力超过13级。风把架在平板列车上的彩钢房宿舍吹得像摇篮一样,睡一晚起来,拍一下盖在身上的被子,沙土能扑到对面的床上;饭碗里面条被风吹到地上的事司空见惯。

"一阵狂风后,好好的人就变成了'盗墓贼',浑身上下全是盐碱地吹起的白灰,像从墓穴中钻出来一样。"一位被称作"飞哥"的老工人告诉我，有一次在外作业时突遇狂风，工具、安全帽全被吹跑，幸好他死命抱住了钢轨，人才没被吹飞。更严重的一次是彩钢房也被大风吹翻，冰箱、电视机像石头般滚下路基，被褥、锅碗瓢盆也刮得不知去向。"还看见钱在空中乱飞呢，不知道是谁的。""飞哥"语气很家常。

正线全长373.84公里的哈罗铁路是为运送罗布泊内的钾盐等矿产而专门修建的，建设铺架基地时，因为运输线路不通，最初的砂石枕木钢轨以及机器设备，全靠100多名职工肩扛手推地运送，当时戈壁上已经冰天雪地，手碰在铁上立即就会被粘住，那滋味可真难受。

中国第一颗原子弹就是在罗布泊爆炸成功的，有没有核辐射？进来的人暗自担心。

"担心有什么用？！干我们这行的，注定要承受比一般人多得多的艰苦与荒凉。"留着平头的项目部常务副经理胥洪长得有点像某位领导人，当兵时他曾参加过特型演员的挑选，因为腼腆，站在台上居然一句话也说不出来，为此而落选。这成了他多年来一直念念不忘的遗憾，"如果不紧张，如果被选上，唉，人生就是两条路了。"操着四川乡音，现在的他，话匣子一打开就停不住。

让胥洪心里真正难过的是自己的女儿已经十多年没叫过他一声"爸"了。

干工程长年在外，孩子从小不能带在身边，长大后"爸爸"这两个字便怎么也叫不出口了。"我现在最大的心愿就是听孩子叫我一声'爸'。"说到这事儿，胥洪的泪水不争气地冒了出来。

难得回趟家，胥洪总是跟闻讯而来的同学、朋友们"请假"："给我3天时间先跟老婆孩子亲热亲热，之后咱们再聚。"

我问他："幸福是什么？"

他的回答简单干脆:"和老婆孩子在一起!"

2008年"5·12"汶川特大地震发生的当天,胥洪远在新疆,一家人生死未卜,焦虑不安的他坐在房东家的池塘边,一直不停地拨打绵阳家中的电话,信号全断了,他根本不管,还是隔几分钟就重拨一次,后来电视上开始有了灾区的报道,他就整晚一边盯着电视一边继续打那个没有信号的电话,整整打了一天一夜。"当时我脑子里只有一个想法,我们架桥铺路干的都是积德行善的好事,老天爷会保佑的。"

罗布泊自然条件恶劣,但胥洪脑海里却存着一幅特别美好的画面:"冬天下雪的时候,整个世界白茫茫一片,只有我一个人走在戈壁上,大地积着厚厚的白雪,灰蒙蒙的天空卷着大片的白云,那么低,好像再往前走两步,就能伸手摸到了似的,我忍不住想,我是不是进了另一个世界?"

…………

胥洪的描述让我想起了以前采访过的全国劳模窦铁成,他也曾在新疆的沙漠里工作过,现在我明白了,为什么窦师傅给自己起的网名叫"天边的云"——在没有绿色、没有人烟的荒野,也许只有天上的云彩,才能与这些辛劳的人们彼此相望,温柔无语地相伴。

漫漫漂泊的生涯,人在做,天在看。

=

探险的人都说,"6月不进罗布泊",因为这个季节是罗布泊自然条件最恶劣的时候,烈日狂沙,不仅艰苦而且充满危险,但老天爷好像对我们的来访格外关照,一向很少下雨的罗布泊居然在我们到来的前一晚一连下了三场雨。气温从40多摄氏度下降到了三十六七摄氏度，清凉了很多。"否则四十七八摄氏度的高温，你们在外面根本站不住。"公司党委书记王新年说。个把小时不到，他原本白皙的面孔已被晒成了黑红色。

罗布泊日照十分强烈，高温下，为了防晒，我不仅事先厚厚地涂了一层防晒等级最高的 50 倍防晒霜，戴上了帽子、墨镜，而且还特意捂上一个又大又厚的纱布口罩遮住大半张脸，最后像中东女人那样用纱巾把整个头、脖子裹住，样子十分古怪而且相当憋闷，但为了皮肤不被晒出黑斑，只能忍着。

"罗布泊的条件并不是最艰苦的。"王新年说，现在职工的宿舍，再艰苦的地方都安装了空调，配备了电视，水和粮食蔬菜全是花大价钱用汽车运进沙漠，一吨水的成本大约就要 100 多元，"外人看着我们这个行业如何如何艰苦，在我们自己人看来都很平常了，一代一代修路人都是这么过来的。"

王新年的岳父是 60 年前修建兰新铁路的第一代工人，那时候住的是地窝子，机器很少，大多靠人力，劳动强度更大。"我听老人讲，当年他们扛枕木，一人肩上扛一根，谁要是动作慢了点儿，后边的人便一个接一个地超过去，动作慢的，肩上的这根枕木就得一直扛着，根本别想放下去……"王新年的眼睛里有种对老一辈的敬意，"那时候的条件最艰苦，人们的干劲儿却最大。"

站在刚刚铺就的哈罗铁路的轨道边，面对包裹得看不见五官的我，46 岁的王新年心有所感地讲起了自己人生的转折点。

那是在广东东莞一个叫陈江的工地，进行既有线换轨作业，邻线火车照常通行，施工只能是天窗点作业，因为晚上火车相对少一些，所以天窗点大多在晚上，两条铁轨线路的中心距离只有 4 米，非常狭窄，施工中，一名工人被急驰而来的火车撞倒。

接到消息，王新年立刻组织抢险，同时还要组织工人照常施工……整整一个多月的煎熬，让他几乎崩溃。

陈江附近一座小山上有座寺院，难以从悲伤和自责中解脱的他，悄悄进了趟寺院，别人都是开车上山，他则虔诚地一步一步走着上去。

"这件事对我的影响很大，一方面历练了我，好像一下子真正成熟起来了，另一方面在工作中更注重安全生产，对不合理的要求不再一味遵从了，更尊重科学规律了。"多年来，他一直悄悄地给那位工友的家里汇钱，"尽一份心就可以了，没必要让人知道。"

站在烈日下辽阔无际的戈壁上，王新年的思绪停留在那个叫陈江的小站，"前两年去东莞出差，我还特意到那里看了看，在铁路边站了一会儿。"

三

哈罗铁路沿线有沙哈、巴特、黑龙峰等9个车站，每个车站相距近的20多公里，远的60公里，与恶劣的自然条件相比，值守小站最大的困难还是孤独和寂寞。虽然现在小站的设施配备比前几年好了很多，有了电视和空调，但因为信号不好，电视常常看不成。

刘书普是巴特站的站长，这里算上他只有3个人，搭建在一节废旧的平板列车上的彩钢房，在荒漠里散发着孤零零的气息。

这间不到10平方米的彩钢房，是他们工作和生活了快两年的地方。

小站的工作很普通，每天接送线路上过往的运输车，扳道岔靠的是撬棍，一个星期保养一次道岔。刘书普说，刚上班时师傅就告诉他，每一条规章制度都是用鲜血写出来的。只要标准立起来，运输安全就有保证。

打开我们到来前一天的行车日记，上面写着：晴天，接车8趟，巡视道岔 8 组。

采访中发现，再过几天就是刘书普的生日，于是我问他，40 岁的生日打算怎么庆祝？他吃了一惊，反问道："我还有生日吗？噢，对了！下星期就到了。"

像这个行业的大多数人一样，他和家人长年分居两地，联系的方式主要是打打电话。"老婆孩子应该都不记得了吧？我自己都不记得了。"刘书普说，长这么大，他从来没过过什么生日。

"那咱俩为刘站长提前祝贺一下吧！"我邀请同行的记者赵中庸。

"祝你生日快乐！祝你生日快乐！祝你生日快乐……"我们的歌声和着拍手的节拍，在茫茫戈壁中的这间小小的彩钢房里响起，唱歌的人和听歌的人眼睛里都泛起泪光。

四

夕阳西下，坐在戈壁土丘的阴影里，看着不远处工人们操作铺架机有条不紊地向路基安放着轨排，指挥长陈杰讲起了自己的经历，戈壁和我是他的听众。

"我好像有种回到 20 年前的感觉。"空旷的荒漠里，在陈杰的回忆中，16 岁瘦瘦小小的他走了出来。

"接替父亲上班的第一天，就赶上抬枕木，4 个人一组，我个子最小，受欺负，整根枕木的重量都压在我肩上，叫人实在受不了。我记得当时把肩上的木头往边上一推，生气地说了声'我不干了'就跑走了……可是冷静下来想，家里还等着我挣钱补贴家用呢，我必须坚持呀！"

2004 年，父亲病危，临终前老人用尽全力紧紧握了一下陈杰的手，一句话没说便咽气了。"这好像是我最后一次号啕大哭，感觉父亲是把这个家从此交给了我。"

最辛苦疲劳的一年，他在4条将要开通运营的铁路工地上奔波，最忙的时候7天7夜没在床上躺过，实在撑不住，就随便找个地方眯一会儿，野外的烈日把皮肤晒得黢黑，整个脸只有眼白是白的，其他全部是黑的。这一年陈杰的头发一下子白了很多，从工地回家探亲，一见面妻子就惊呼："你怎么一下子老了这么多？！"

"太累、压力太大、身体扛不住时，也想停下来，但恢复两天，有劲了就又闲不住了，这是干工程人的通病。"陈杰笑了，"老婆说我就是喜欢挑战和激情生活，像打仗似的。"

每个结婚纪念日，陈杰都会给妻子买一件纪念品，从最早的衣服鞋到现在的金银首饰。"印象最深的是结婚第一年，我从杂志上给她邮购了一条心形的项链，结果没戴多久就掉色了，害得我被老婆埋怨了好久，说我拿假东西糊弄她。"话虽如此，但这条项链一直被妻子好好地收藏着，那是这对夫妻同甘共苦走过的岁月见证。

我问他："什么是成功？"

他认真想了片刻，回答："我觉得我父亲就很成功，毕竟他用一生的辛苦支撑起了我们这个家。"

....

如血的夕阳落尽，满天星斗。

下篇

一

夜幕降临，在宿营车上，我意外地遇到了几个"80后""90后"工人，跟憨厚讷言的老工人相比，这几个小伙子显得思想活跃。

"你们这些记者，是不是一定要从艰苦啊、痛苦啊……这些中间找出意义？"28岁的沈鹏直言不讳地问我，"其实，谁愿意受苦啊！这不是没有办法吗？"

咸阳城里长大的沈鹏，16岁时接父亲的班来到工地，像老一辈一样，这些新一代的铺路人同样饱经艰苦的磨砺，也许与父辈相比，在物质条件改善选择更多元的今天，这样的现实让他们有更多的失落与困惑。"一年探亲回家一次，看见高楼心里就烦，和同学都不来往了。"虽然口气轻松但心情无奈。

我发现，这几个年轻人都拿着和外面时髦青年一样的苹果、三星新款手机。"罗布泊信号不好，要放在窗户下面才有信号，上网要到罗中镇，两三个月能去一趟就不错。"

"90后"张兴伟向我解释自己的名字："高兴的兴、伟大的伟"，"其实也没什么伟大的。"他自嘲地加了一句。

听他这么说，我安慰他说："能在这么艰苦的环境下坚持下来，就很伟大。"

当初和这个戴着眼镜又高又瘦有些文弱的大男孩一起来的108个人，现在只剩下他一个，留下来需要不断地忍耐和坚持。

刚刚大学毕业的李朴洋，左手的无名指上戴着一枚戒指，我凑过去坐在他身边的一刹那，他的身体轻微地颤动了一下。

"你知道戒指戴在这里的意思吗？"我问，他点头；"那你有女朋友了？"他摇头。

"像我们这样的谁收呀？再说，这戈壁滩，要是飞进只蚊子也肯定是只公的。"沈鹏插话，28岁的他也一直单着。

…………

李朴洋给我翻看保存在手机里自拍的照片，罗布泊的日落与夕阳、白雪与狂沙，一年四季晨昏暮晓无声地存进了手机的某个角落，"我把这些当作人生的考验。"

"这里的土我真的放在嘴里尝过，是咸的。"沈鹏说，冬天，怕指挥用的哨子冻住吹不出声音，他会把哨子贴身焐在怀里，靠体温把它焐热。

二

早晨6点从哈密市出发，一直到凌晨2点，高温炎热中20多个小时连续坐车、采访，此时的我已经疲惫得快支撑不住了，于是我提出先找个车把我送回距离工地1个多小时车程的罗中镇驻地休息，之后车再开回来接还在拍星空的摄影记者雷声。指挥长陈杰犹豫了一下，同意了，派留在现场唯一的一辆汽车送我先走。

于是司机李超带着我上路了。

…………

偌大的无人区只有我们一辆越野车，四周全是黑的，只有车灯白花花地照着前路。坐在副驾驶座位上的我，很快就意识到坐在这个位置是个错误。

车灯照在眼前的雅丹岩石上，白天还叹为观止的壮观石阵，此刻却特别阴森恐怖，穿过这些龇牙咧嘴奇形怪状的巨石丛林，就像在过鬼门关一样,我心里越来越发毛。

深夜的罗布泊,让我想到地狱。

"我怎么有点害怕啊?"我对李超说。

"有什么可怕的?我一个男人还保护不了你一个女人吗?"李超用陕西话说,他的话让我既安慰又增加了另一丝不安。

我不知道,当地探险圈里有一句话叫"夜晚不走罗布泊"。而且车程1小时是白天有人带路的情况下的算法,一辆车深夜独行罗布泊,是危险中最危险的。

李超肯定也被巨大的雅丹岩石和黑暗笼罩的"死亡之海"震慑住了,沉默不语,眼睛直直地盯着前路。

第一次在荒原上走,第一次知道所谓前方并不像我们习惯的那样是一条直路或者蜿蜒向前的路,在罗布泊,前方是四面八方,像天边那样永无尽头,坐在车里,四下里没有一点声音,但我能感觉到整个旷野仿佛在发出着悠长无比的哈气声,天地是有呼吸的,跟人的呼吸同步。

"不会像恐怖小说里描写的那样,有个妖怪对着我们吹口气,我们就迷路了吧?"这个念头刚从我脑子里冒出来,李超的车就停住了。

他跳下车,绕着车前轮反复看了半天,随后点了一支烟抽了起来。

是不是迷路了?油箱里的油还剩多少?在这儿手机根本没有信号,万一……连救援都找不到!

坐在车上胡思乱想的我,紧张得恨不得也跟他要一根烟抽!

过了好一会儿,李超跳上车,开始掉头往回开。

"前边走不了了,白天下过雨,车轮闹不好会陷进去,那咱们就惨了。"

是啊,这是叫天天不应叫地地不灵的罗布泊啊,彭加木、余纯顺不都是在罗布泊失踪丧命的名人吗?

往回开能找到原路吗？我不敢把担心说出来，只能紧闭着嘴巴，心里不停地向神灵祈祷。

…………

终于，远远看见了一条路基，那是哈罗铁路建设者们修筑的路基，一直通向罗中镇。沿着路基走，我们就不会迷路，就能安全到达驻地了！

得救的念头刚一闪过，胃里就翻江倒海起来，我连忙叫李超停车，冲到戈壁上哇哇地吐了起来。

天地茫茫，显得人格外渺小。望着笔直向前的路基，忽然心里有一种修路工人真伟大的感觉。

又往前开了一段路，司机李超一打方向盘，拐进了前方一个堆料的院子，"还是再找人问问路吧，这大夜里的，别再迷路"。他一边说着一边下了车，往院子里的一间小土房走了过去。

过了一会儿，他笑呵呵地小跑着回到车上，说："嘿嘿，屋里老汉正和老婆睡觉呢，让我给叫起来了。等会儿吧，老汉说他穿上衣服就出来。"

过了半天，一个瘦瘦的老头儿穿着一件大短裤，光着上身，趿拉着拖鞋来到了车前。"那你们先答应我一件事，我就给你们带路。"老汉操着甘肃口音说。

李超和我对看了一眼。"你说吧，什么条件？"李超问。

"我带你们到那个路口，然后你们先开车把我送回来，行不？夜里我自己走不回来。"老汉说。

"没问题，当然得把你送回来！"李超说着叫老汉，"快上车吧！"

这个素昧平生偶遇的人，让我觉得惭愧，在我心里，怎么也想不到他提的是这种要求。

033

在寸草不生的"死亡之海",依旧有人在生活,这一幕更让我难忘。

....

三

想不到我会第二次进入罗布泊采访。

第一次采访罗布泊的报道发表不久,中央电视台看到后,开着转播车,带着大队人马进入罗布泊,拍摄哈罗铁路通车典礼。

借这个机会,我应邀再次进入罗布泊,去见见那些采访过的人们。

"你知道罗布泊里的工人们叫你什么吗?"又见到陈杰时他说,"大家叫你'沙漠玫瑰',不过你上次捂得太严实了,很多人说好不容易来了个女记者,结果没看见脸长什么样。"

听说我回来,报道中写过的工人们邀请我到他们宿舍吃顿饭。

为此,我特意带了一只北京烤鸭来跟大家重聚。

7月的罗布泊,依旧像我们第一次进来时那么炎热高温,在彩钢房里坐久了,气闷头涨,同行的记者待不了多久,就回罗中镇休息去了,剩下我和记者赵中庸,我们都期待晚上和工人们一起吃饭,聊天,顺便挖掘出更多的故事。

荒漠中的彩钢房宿舍,打扫得非常干净,地上还洒了香喷喷的花露水。更让我意想不到的是,在这连棵草都没有的地方,他们居然还买来了带鱼,怕气温太高坏了,一直放在空调上面,用冷气吹着。

几个小伙子手脚麻利地又切又炒,很快张罗出十几个菜,像模像样地摆了一大桌。

夜幕再次降临。

夜走罗布泊，让我和司机李超有了一种共过生死的感觉。重回罗布泊采访，我专门给他带了两条烟。见面的一瞬间，接过我递过来的烟，这个魁梧的黑脸大汉忽然羞涩地说："唉，本来我想好，见了面，我要拥抱一下你的，可现在我不好意思了。"随后他又说："以后你再来新疆，给我打电话，不管多远我都去接你！"

....

工地上的人也陆续下班了，七八个工人和我们围坐成一桌。"想不到我们能请京城来的大记者在我们罗布泊这么简陋的地方吃饭！"队长刘德树有些激动，杯子里的啤酒一口干了。

"怕你们看不到报纸，我特意带来了。"我说。

"只有云知道，"王均拿起报纸大声读了起来，几个工人聚精会神地听着。

....

"别念了！"同行是冤家般的老赵，一把夺过王均手里的报纸，"喝酒！"他吆喝道。

这个晚上，不知道喝了多少酒，不断有人出去又提回一捆啤酒，地上的酒瓶越堆越多，我们的话题从罗布泊里的艰苦一直说到远方的家人。

在罗布泊待了两年的沈鹏，第一次在机车上见到他时，不知为什么，我一下想起中学时代看过的一部当时很流行的小说《寻找回来的世界》，那个桀骜不驯又心地善良的英俊少年谢悦仿佛就是眼前这个小伙子。16岁接父亲的班当了修路工人，这个年轻人已经在这么艰苦的行业里挣扎苦熬了10多年了。"有一次这里刮了13级大风，黑色羽绒服被沙土落满变成了灰白色。怕人被吹跑，我和站长只能搂在一起过了一夜。"

"没想过回家，不干了吗？"我问。

"想过啊，可有什么办法，总不能在家啃老啊，再苦再累也得扛下来，靠自己，活得硬气。"他说，虽然比不上那些成了白领的同学，但吃苦受累再多，也要尽可能活得有尊严。

35岁的王均，几年前因为生病欠了不少债，身体刚恢复一点，就来到艰苦却能多挣点钱的罗布泊上班，已经连续在这里待了快3年了。"5岁的女儿每次打电话都跟我说，爸爸，我想不起你长的样子了，你什么时候回来？我每次都跟她说，等爸爸挣够了钱把债还完就回来了。我上次见她，她才两岁多。"

这样沉重的话题，让在场的人沉默了。

王均转身出了门，背影单薄。

过了一会儿，他从外面拎着一捆啤酒回来了，"继续喝！"他招呼大家。

"一捆啤酒多少钱？"我问。

"100元。"他回答。

这个人为了省钱，3年不回家，现在却请我们喝酒。停顿了一下，我对他说："谢谢你，这是我喝过的最贵的酒！"

"嗨，男人嘛，这是应该的。再说你们来一趟多不容易啊！"

"别看我们外表像个大老粗，可吃过苦的人重感情，当年我谈对象的时候，女朋友她妈问我有多少存款？我回答是下个月的工资。结果她妈坚决反对，可是她还是和我结婚了，就凭这一点，我觉得我能把命给她！"刘德树说。

…………

这天晚上，彩钢房里的人们喝了60多瓶啤酒。

"当记者走南闯北几十年，罗布泊里的这顿饭最难忘。"赵中庸说。

那天我被接回罗中镇，他直接睡在了工人的床上。

采访手记

我没想到自己会两进罗布泊,更没有想到,我看到了白天和夜晚两个截然不同的罗布泊。

对于匆匆过客的我来说,白天即使再炎热再荒凉,罗布泊仍然是美的,是壮观的,是值得向人夸耀的;如果没有夜走罗布泊的经历,我不会那么深刻地体会到"死亡之海"的含义。

夜晚的罗布泊是恐怖的、充满危险的。一位经常在罗布泊开车的司机听了我那晚险些迷路在无人区的经历,只说了一句:"罗布泊对你很善待了。"这句话让我后怕。

夜行罗布泊的经历,让我常常想到我在那里遇到的人们,他们在这里的经历,又怎么是短短的采访能够说清的呢?他们留给我那么多或感动或心酸的回忆,他们的故事他们的情义让我难忘。

记得第一次进罗布泊时,快到无人区时,司机李超就对我们说:"再看一眼路边的树吧,进了罗布泊就光秃秃的除了荒漠什么都没有了,连一棵草都看不见了。"

很快,过了一座桥,就进了罗布泊。一望无际的戈壁,远处的雅丹岩石在炽烈的阳光炙烤下泛着晃眼的白光,两个多小时的车程,窗外的景象一直就是这样,让人越看越荒凉越看越无聊越看越辛酸……想到在这荒原深处修路的人们,我的心里集聚起越来越多的同情……

在这杳无人烟的地方,这些男人吃的苦受的累,恐怕连家人都想象不出来，更无从安慰，苍茫天地间，也许只有蓝天下流动的白云，能够给予他们女人般温柔的俯视和安慰吧？他们的辛劳只有云知道。

瞬间，《只有云知道》这个标题从我的脑海中一跃而出，还没见到采访的人们，仅仅是这个题目，就已经让我一路心潮起伏，几度落泪了。

罗布泊采访的经历深深地影响了我日后的生活，让我的心变得更加柔软也变得更加坚强。

天地之大，光明宝贵。我祝愿，内心曾经被罗布泊那种炙热的阳光照耀过的人们，不管苦难多深多重，也一定能积聚更大的能量与深重的黑暗抗争，迎来生命生生不息的光明和力量。

深潜人生

2013年的夏天，我国自行设计、自主集成的"蛟龙号"载人深潜器，成功下潜5188米，意味着这条"蛟龙"可以在全球70%以上的海洋深处游走，探索开发蕴藏在海底深处丰富的宝藏，中国成为继美、法、俄、日之后第5个掌握此深潜技术的国家。

——

2013年7月28日午后，暴雨之后天空依旧阴沉，淅淅沥沥的小雨中我赶到位于北京复兴门外长安街边的国家海洋局，一间隐身于热闹街市背后的单位招待所。

"蛟龙号"总设计师徐芑南已经等候在了招待所门口的台阶上。长者灰发，背有些微驼，手掌大而宽厚，气质儒雅。

因为"蛟龙号"载人深潜器成功下潜5188米海底的新闻，在那几天里，作为总设计师的徐芑南，成为媒体竞相报道的热门人物。

为了吸引他的注意，我决定用个新鲜点儿的开场白："您名字中间的这个'芑'字，很多人都不认识、读不出来，所以来之前我特意查了一下字典，字典上对芑（qǐ）字的解释是———一种古代的植物。您能先跟我说说，这是种什么植物？您的名字徐芑南有什么特别的含义吗？"

正像我所期望的，用这样一个不着边际的问题开场，对记者采访已现几分"审美疲劳"的总设计师有些始料未及。

"你问得可真细啊！"他温和地感叹，笑容里流露着一丝新奇，"我的母亲是小学教师，听她讲，'芑'字出自《诗经》，是当秀才的外祖父根据我出生的时间、地点起的。具体是什么意思，母亲后来也说不清楚了，我也没有查过。"

听他这样说，我接着追问："那就是说，您并不像大多数人那样清楚自己名字的含义了？""是，"他点点头，"反正这个事也不那么重要。没必要花时间去弄嘛。"

"您愿意人们称您徐老吗？"我问，特意把"老"字强调得很重，"您承认自己老了或者说不忌讳老吗？"

"老就老吧。反正已经是这么老了，有什么办法？"他平和作答。

"蛟龙号"载人深潜器研究作为国家"863"计划重大专项，2006年项目组建时，整个研发团队的平均年龄28岁，徐芑南66岁。比国家规定的"863"重大专项总设计师年龄上限不得超过55岁，足足超出了11岁。对此，夫人打趣他是"佘太君挂帅"。

"为什么会选择您担任总设计师？"我的第三个问题终于问到了正题，话音落处，隐约感觉到坐在对面的老人在心里暗暗松了一口气。

1996年，办完退休手续的徐芑南，以为自己为之奋斗一生的梦想就此搁浅,当时尽管邻国日本在1989年已经将载人深潜器潜入到了6500米的大洋深处,但中国发展载人深潜器的时机尚未来临。

但是,人生的精彩就在于总有一些事出人预料。

随着人类对资源的消耗需求与日俱增,各国越来越把目光投向了辽阔无边的海洋。至今,地球表面将近一半的国际海底区域不属于任何国家管辖。为此,国际海底环境管理局规定,申请哪个地区的预先开发权,必须有潜水器在该地获得样品和图像作为依据。

发达国家正在把控制和占有这些资源的各种措施列入国家的发展计划,同时加紧深海载人潜水器的研究和开发,以期抢先获得"蓝色公土"的占有权。快速发展深海载人潜水器是赢得这场"蓝色圈地运动"必不可少的重要手段。

2001年,中国在东太平洋夏威夷群岛南面拥有了一块相当于渤海那么大的75000平方公里海域的专属勘探权和优先开采权。

当年1月,在中国大洋协会的组织下,国内科技界和海洋界的15位院士和多名相关领域的专家与国家发改委、财政部、科技部、外交部的有关领导经过研讨,达成了研发深潜器的共识。

立项前选择谁来担任这个项目的总设计师?大家不约而同提到了一个名字——徐芑南。

徐芑南曾经4次担任过相关研究项目的总设计师,荣获过国家科技进步一等奖、二等奖,被评为江苏省劳动模范,不仅业务全面,而且组织协调能力强,是7000米深潜器总设计师的首选。

一天深夜,睡梦中的徐芑南接到了中国工程院院士、702所原所长吴有生打来的电话:"老徐,7000米立项了,总设计师你来当吧!"

…………

此时的他,身在美国和儿孙一起享受着天伦之乐。

他能来吗?

二

夫人坚决反对徐芑南担任"蛟龙号"总设计师。"我谢谢你们,别让他干这么累的事情了,我还想让他多活几年呢!"她对负责的领导说。

徐老向我解释:"我的心脏病很严重,随时有发病的可能。在一次早搏记录中发现了许多双联搏,就是心脏跳一下,停两下。医生跟我夫人讲,如果停三下,人就可能不在了。"

所以,医生告诫他们夫妇,不能让徐芑南单独睡觉,他的身边必须有人看护。

但是徐芑南不想放弃实现载人深潜梦想的机会。

最后,还是徐芑南快90岁的老母亲出面劝动了自己的儿媳妇:"你就让他干吧。反正他待在家里也还是要生病的。他一干起自己喜欢的潜水器就什么病都忘了。"

徐芑南和夫人从小青梅竹马一起长大,后来又在同一个课题组工作。即使再担心丈夫的身体,她还是同意了。"他这个人一辈子没有什么爱好,心里就只装着他的潜水器。"

在日后"蛟龙号"将近10年的总设计师生涯中,几乎每年徐芑南都会因为心脏发病住进医院,最高的一次24小时浩特监测心脏的记录是:心脏早搏24小时16000次。

同事老黄有一次跟着徐芑南出差,回来向徐夫人报告:"跟徐总睡觉我可真紧张。听见他打呼噜我才敢睡,他的呼噜一停,我就醒了,经常忍不住伸一个手指头到他的鼻子底下试探,看看他还有没有气。"

"那您想到过死吗？"我问，顾不得老人是不是忌讳这种问题。

"有什么怕的，每个人都要死的。"

"那万一您的心脏坚持不住了，您最担心什么？"

"最担心'蛟龙'号的工作不能完成。担任总设计师以来，将近10年时间，我每年都会因为心脏病发作紧急住进医院，好在每次都有惊无险地过来了。我的家里、招待所总是放着吸氧机，一有情况，马上吸氧。我自己都知道什么情况该怎么应对了。"

每次住院，本来最少半个月以上的疗程，徐芑南总是提前"逃跑"，庞大而繁杂的"蛟龙号"研发、协调方方面面的工作，压在这个心脏颤颤巍巍的老人身上，他根本在医院待不住。

2009年，"蛟龙号"第一次海试，作为总设计师的徐芑南坚持和大家一起坐船出海。"严格来说，总设计师是必须上潜水器下潜的。直到现在，每次海试，跟着潜水器下潜的都是我们的副总设计师和专家，他们都是非常优秀的人才，可是危险面前他们当仁不让，这种负责、奉献的精神和勇气，令人钦佩，更让我觉得自己没有尽责。"

就是这次出海，徐芑南又一次心脏病发作，嘴唇发紫脸色铁青，血压高得吓人，同行的人又是紧张又是心疼，他反而安慰大家："没关系，不要紧。"最终，老天眷顾，他又安然无事地挺了过来。

"每次出门，我们老两口的行李带得最多的就是药品。花花绿绿的装满一拉杆箱。尤其是那个水银柱的老式血压计，不能托运，必须随身携带，它那个样子，又长又笨重，带上它手提包里就装不下其他什么了。"

更让徐芑南懊恼的是自己的眼睛，右眼因为长期劳累视网膜脱落，已经完全失明，左眼的视力也很模糊，看人只限于轮廓，看资料必须依靠放大镜。

突然，他停下来对我说："如果有一天我再见到你，没有认出来的话，我在这里先提前抱歉一下，那是因为我的眼睛看不清楚啊。"

就是这位身体病弱却精神矍铄的老人，带着装满药物的行李和一颗像"定时炸弹"般的心脏，视线模糊地被梦想牵引着，从一个机场到另一个机场，从一个现场到另一个现场……带领着"蛟龙号"上百个协作单位的科研技术人员一起，克服了外人根本想象不到的困难，终于成功实现"蛟龙"下潜5000米，使中国迈进了世界深海开发的先进行列。

深潜器最大的考验来自水压。徐芑南打了个比方：7000米处水压的能量，相当于将700公斤重量压在一个小拇指甲盖上。这么大的压力能否承受？一直承受着生死压力的徐芑南信心十足。"其实，当初这个项目报批时，名字直接就叫作'7000米'。'蛟龙号'是后来起的，"徐芑南说，"向最终目标7000米进军，这是我最大的愿望。"

三

1936年徐芑南出生在上海，第二年，抗日战争爆发，在国难中长大的徐芑南，和他那个时代的人一样，心里都装着一个强国梦。

20世纪50年代初，中国开始工业大发展，造汽车、造飞机、造轮船成了当时年轻人的理想。17岁的徐芑南第一志愿考上了上海交通大学船舶系。

1958年徐芑南大学毕业分配到船舶研究所工作，被安排做潜艇模型的水动力试验，从此与潜水器结下了一生的情缘。

"搞我们这个专业的，没人会想到出名。因为这本来就是一项机密的工作，只想把研究做好做深入。"

"文革"时的一个经历让他至今难忘。

有一次，他到齐齐哈尔一家炼钢厂联系加工部件，他们正和那家工厂技术科科长商讨加工工艺时，进来了一群人，不由分说地给科长戴上一顶纸糊的高帽子，拖出去批斗。批斗结束后，这位科长拖着疲惫的身躯回到办公室，摘掉头顶的高帽子，二话不说当即和徐芑南他们讨论起了工艺。"这件事给我印象很深，老一代的知识分子就是这样的。"

"文革"时期徐芑南被安排"促生产"，一个人干几种类型的活儿，"那时候从行车指挥到设备安装，到实验测试，再到写分析报告，都由我一个人完成。而成果署名时却从来没有我。但是我的收获也很大，成了一个多面手"。

徐芑南一生的座右铭只有一句话：认真做事，诚实做人。"只要干好自己的事就可以了，其他的都不重要。"

我问他："您觉得人生最大的收获是什么？"

徐芑南回答："经过这10年，终于有了一个团队，'蛟龙号'团队的同志们不分单位、不分职位高低，坦诚相见、互相补台，很好地完成了任务，可以继承深潜事业了。这是我最大的宽慰。"

在夫人眼中，丈夫性格中最大的特点是谦虚和尊重人。这正是一个总设计师必备的条件。

总设计师就像交响乐团的总指挥，每一个乐手都要尊重，每一个音符都要保证准确。

"蛟龙号"建设中不仅有众多优秀的科研技术人员，还有很多技术工人，作为高高在上的总设计师，徐芑南非常尊重这些一线工人。每次海试，他都会把工人师傅请到船上，跟技术专家们一起讨论解决问题。有一次，蓄电池银粉泄露，技术人员找不到擦拭的方法，是一位老工人想出了用面团粘的办法解决了难题，保证了海试的顺利完成。

站在镜头前，徐芑南按照摄影师的建议将双手抱在胸前，随即他对这种常见的成功者的姿势觉得不习惯，又将双手插进裤兜，用商量的口气问："这样行吗？平常我比较习惯这种姿势。"

拍照时，我问一旁观看的徐夫人："担任'蛟龙号'总设计师，徐老一年的收入是多少？"

"嘻，说出来别人都不信，"徐夫人很爽快，"我们退休早，他的退休金加上老龄补贴现在每月也就五千零一点儿。"

"那担任总设计师的收入呢？"我问。

"就是返聘的钱。不多，不分级别大家都一样。"

"我们出来干，不是为了出名，更不是为了钱。我们俩退休金自己够花，两个儿子都成家立业了，不用我们给钱，反而经常从国外寄钱给我们，我们这么大岁数，也不需要多少钱。"徐夫人解释道。

…………

谦和低调的徐芑南，从来没想过在人生暮年备受瞩目。他说，一生跟大海打交道，海洋深处不仅蕴藏着丰富的宝藏，而且还有很多意想不到让人惊奇的生物和现象。比如在漆黑的海底深处仍然有游弋的鱼，在那样的深处，一个人的小拇指盖大小的面积就压着几百公斤的重量，人们无法想象一条鱼那么小小的身躯，是怎么承受得了这么大的压力的？！但它们却能够畅游其间。与这些相比，外壳漂亮与否，就不重要了。

在徐芑南的脑海中，几十年来经常想象着同一幅画面：中国的潜航员驾驶着我们自主建造的深潜器，在大洋深处航行，带回各种矿物资源和前所未见的物种，造福社会和人民……很多年来他常想，如果真的能等到这一天，自己一生的使命就算完成了。

徐芑南说:"我曾经以为这辈子这个梦想实现不了了,但现在却得到了这么好的结果,我很幸运!"

采访手记

  采访稿件出来后，打电话跟徐老联系，他和夫人正坐着长途车去基地，路上颠簸，信号不好，简单说了两句就挂断了。

  后来，就断了联系。

  不知道他们如今好不好。

  现在想来，徐老留给我最深的印象是他只问耕耘不问收获的平和，能够在生死面前淡定而专注地继续干着自己毕生的事业，这样的人生境界让人敬仰。

乡关万里找油人

多年来获得的奖状、证书，被他小心地收藏进家里的保险柜。"别人觉得是一张纸，不顶吃不顶喝，我却很珍惜，它们证明自己曾经付出了很多心血。"

1998年1月20日中央电视台《新闻联播》播出了一条消息：新疆塔里木油气田克拉2号喜获高产工业气流，标志着克拉2号大型整装气田的诞生，成为西气东输的源头。

此刻，平时很少看电视的严峰，盯着电视画面凝坐良久，良久……

严峰，东方物探塔里木前线指挥部总工程师，全国五一劳动奖章获得者。从1980年到新疆塔里木工作，扎根边疆31年，主持和致力于西部复杂山前、山地带地震勘探技术攻关，为克拉2号、迪那2号油气田的发现和探明作出了重要贡献。

物探工作用个形象的比喻就是给地球做CT，目的是找油找气。

用业内人的话说："搞物探技术的就是走遍千山万水，踏破千难万险，理清千头万绪，想出千方百计。"因此，物探人也被称作"石油业的先锋"。

中国石油物探人是1978年进入新疆开发塔里木的，到2008年，塔里木已成为我国最重要的能源基地。

严峰几乎经历了塔里木开发的全过程。

一个冬日的午后，在北京四环外的塔里木宾馆一间普通的客房里，我见到了严峰。

他个子不高，穿着蓝布夹克、棕色条绒裤，不知是因为疲劳还是野外风吹，脸色有些灰暗，很瘦，眼光从我的脸上一掠便收了回去，没有特别的关注，也没有额外的热情。

握手的时候，他的手细长、干燥，有一点薄。

像很多技术专家一样，严峰也非常严谨，解释他的工作时，用了一个比喻："团队中的总工，就相当于部队参谋部里的总参谋长。我们这些靠近现场的技术人员，只是搞些战术的事情，大的战略是国家和科学家制定的。"

我问他："在塔里木待了30年，最欣慰的是什么？"

沉吟片刻，他回答："待这么多年，感觉到没有白待。原来的塔里木，不叫油田，刚进去的时候能住上帐篷就不错了，经常睡在地窝子里，经过几十年的奋斗，我们建成了一个大的油田。"

窗外是阴天，坐在对面的严峰，脸上的那层灰暗在言语间退了下去，宽阔的额头透出了光亮。

"塔里木，整个盆地57万平方公里，被天山、昆仑山和阿尔金山围绕。"他细长的手指在茶几上放着的白瓷烟缸边缘比画着，"塔克拉玛干沙漠看上去非常荒芜，一望无际，是亚洲第一大沙漠，国家真是博大。"严峰一边感叹，一边说道，"在盆地待了这么多年，感觉还是不错的，瓜果丰富，农业比较发达，又是粮棉基地。"

严峰的口音很杂，初听像湖北，再听又像唐山一带的。他不好意思地撇了一下头，解释说："我这口音南腔北调，离家几十年了，家里人也说我的口音变了。"

"我常常跟夫人讲，当年贺龙是两把菜刀闹革命，我是一条麻袋进新疆。"

1980年，严峰从湖北江汉石油学院毕业，被分配到河北涿州的物探局工作。"当时不知道要去新疆，征求家里意见，家人说，你去看看吧，不行再回来。"

就这样，严峰找了一个装辣椒面的麻袋，把书和几件衣服塞进去，兜里只揣了两元钱，坐上了去新疆的火车，三天三夜到了乌鲁木齐，又换上去库尔勒的大轿子车，车窗玻璃都是破的，汽车一路叮当响地颠簸到了塔里木。"很长时间家里都不知道我到哪里了，写封信要一个月才能寄到。"

严峰的老家湖北鄂州是长江边上的鱼米之乡。"我不吃面，喜欢吃青菜、鱼和米。到了新疆，青菜很难吃到，米定量，馒头吃不下去。"严峰遇到了第一关，"到野外测量，我们都是带上专用挎包、专用水壶，揣上两个馒头、几块咸菜，很早出发一直到半夜才能回来，那些师傅们晚上回来，有面条就很高兴了，可是我很长时间吃不下去"。

严峰是家里最小的孩子，从小最得父母宠爱，家里担心他吃苦，找了不少机会想把他调回老家，毕竟家里的生活环境比新疆好多了。

有一次，严峰甚至回去看了看家人帮他找的工作，思量了一下，最终还是留在了新疆。"在那儿待惯了，"严峰说，"搞技术的人，思想没那么活络，做事比较专一，做什么事就认什么理儿，换成别的事就走不下去。"

二

言语间，严峰的手势很多，一只大手在眼前晃来晃去，由不得人不去注意，看了手自然会留心脚，一双很大的耐克运动鞋，这样瘦小的个头儿，却有着如此的大手大脚，我忍不住问了个跑题儿的问题："您身高是多少啊？"

"1米74。"他不明就里地回答。

我不相信，1米74应该显得很瘦高。

"也许是我背驼了吧！"这声感叹，让我对这个人第一次有了朋友般的亲近感。

他举起了自己的右手，对着我说："你看，我现在这个中指还是伸不直。"

1983年7月的一天晚上，在和田施工，眼睛近视还夜盲的严峰，一不小心掉进了水坑，爬上来之后，穿着湿衣服继续干了一夜的活儿，第二天两个膝盖就动不了了，得了急性关节炎。

严峰回忆说："当时医疗条件不行，只打了止痛针，工作干到了半不拉子离不开，因此耽误了治疗，当时年轻，也没太当回事就过去了。野外施工，从夏天一直干到了冬天，每天睡帐篷，地上潮湿。到了第二年7月，浑身的关节就开始疼，后来每年7月都要折腾一回，而且犯一次严重一次。到了1988年，几乎瘫痪了，全身上下所有的关节都不行了，连嘴都张不开，吃不了饭。"

周围的人都说，这个小伙子怕是废了。这一年，严峰的儿子刚刚两岁。"有人一见到我夫人就躲开，很担心她开口借钱……可无论多绝望，我就是觉得自己没事，一定能站起来。我就是有这个信念。"

说起这些，严峰语调平静，像在唠家常，但他的眼里却分明闪过了一道倔强而孤傲的光,非常锋利。

....

现在,严峰每天坚持跑步一个小时,风雨无阻,而且很关心年轻同志的身体。一次,一位同事意外受伤,队上紧急将他送往附近的医院。严峰知道后,担心那边条件不好会耽误治疗,马上找人联系库尔勒最好的医院,并连夜让医院派急救车去接病人,这一趟往返就是1000公里。

"物探这个行当,是世界上最先进尖端的技术和最原始的劳动相结合。职工在野外,夏天室外六七十摄氏度,鸡蛋都能煮熟了;冬天,零下三四十摄氏度,砸开冰下到水里测量,在那么艰苦的环境里,他们是为了什么?"

他言语停顿了一下,说:"虽然也有个人生存的需要,但能在那么艰苦的环境下坚持,还是为国家奉献,找到一个油气田,能创造多少财富?所以一定要真正保护一线的职工。"

"在您心里,最恐惧什么?"我问。

"没什么可怕的。"严峰回答得斩钉截铁,"我跟夫人说过,要是在战争年代,遇到侵略者,我就是打不过他也要咬他一口。"

死亡,他也曾碰过照面。

2002年出差途中,他乘坐的越野车沿着山路蜿蜒而行,车上几个同事都在打瞌睡,严峰坐在副驾驶的位置上,不时地跟司机说几句话或是递根烟,"当时我就发现司机有些犯困,所以根本不敢睡觉,一直在帮他提神,但司机还是在拐一个弯道时瞬间打了个盹儿,车子失控,右侧的两个轮子一下子甩到了外面悬了空,车子失去了重心,冲出路基朝着山下撞去……"

当时坐在前面的严峰目睹了车祸的全过程。"我当时想,完了!这回可能要报废在这儿了。"但是,严峰却自始至终闭紧嘴巴,没有发出一声惊呼。"这时候，我知道绝对不能出声，否则司机会本能地拼命向左打方向，那么车子肯定就彻底失控，翻滚下山，车里的这几个人还不都得卷成肉酱？！"

千钧一发之际，严峰选择了沉默，结果车子撞到了山坡上的胡杨丛，又从胡杨丛上弹起跃出，坚硬的胡杨丛被齐刷刷地削平。如此三四次，才把势能释放掉，车上人幸免于难。

生死关头，他强悍的意志救了自己和同车人的命！

死神的考验、瘫痪的折磨，55岁的严峰对人生有了更深的感悟。

"人活着，不要去想很多的事情，比如，谁比你强了，谁发财了，谁过得比你好了……只要你自己过得舒服就行，自由自在地活着就行。"

"那什么是自由自在？"我问。

"就是不受那么多潮流和观念的束缚，比如人家有什么我就要有什么，人家追求什么我就去追求什么，没那个必要。"严峰的眼睛从窗子一直望出去，大风呼呼地刮着，他回忆道，"当年，我瘫痪不能动的时候，单位得知北京有个治关节炎很棒的医生，就派专人用担架把我抬上了火车一直护送到北京，那家医院好像就离这里不远，在清河。那时的清河，还是大片的农田。在医院住了3个月，我就能扶着床下地走了，当时真高兴啊！更有信心了。"

又过了几个月，严峰就开始往外跑。"早晨早早地走出去，沿着种着蔬菜的田地转悠，再过一段时间，就开始在田埂上小跑……地里是绿油油的菜苗。"

严峰一辈子工作在野外，和大自然交流是他情感的一部分。"站在山上看，春天有春天的感觉，秋天有秋天的意境。大自然真是很可爱的。经常在城里待着，突然到海边，就发现海太博大了。沙漠里有低洼的地方，芦苇从沙子里面拱出一小片绿叶，在沙漠里一点绿色都没有的时候，会让人想到很多。"

"这种时候，您最想的人是谁？"我问。

"我的家人。"他回答。

三

严峰的母亲，生了9个儿女，因为家里困难，只活下来6个，严峰就是这个最小的孩子，是最受宠爱的"幺儿"。有什么好吃的，大家都让给他。严峰到新疆后，哪怕是一袋好吃的花生、一条咸鱼、一块腊肉，父母都要给他留着，等他探亲回家时看着他吃。

每次回家，母亲都会坐在幺儿的身边，双手焐着他的手，眼睛关切地看着他，问这问那，担心着他的关节炎……

父亲去世时，严峰正在和田进行野外测量，接到家信时，茫茫戈壁，四野无人，严峰呆呆地坐在沙地上，很久都站不起来。

从这里到鄂州老家，万里之遥，别说工作离不离得开，就是路程，赶回去最快也要一个星期，老人的后事根本等不及他回去料理。

"当时交通极其不便，飞机很少，要县团级以上的干部才允许坐。"回忆当年的情景，严峰用力地克制着情绪，"收到信，很难过。想想，一下子跑到这么远的地方来了，连送送老人的可能都没有，当时我还没成家……"

10年后，母亲去世，严峰正在塔中指导提高分辨率攻关。他又没能赶回家为老人送终。

这一生，对严峰来说，最大的遗憾就是父母去世时自己不在身边，有时候，他会梦见父母，有时甚至会在梦里哭醒。

母亲活着时，有一次打电话给严峰，让他不要老寄钱回家，说自己都这么大把年纪了，拿那么多钱没什么用，严峰知道，母亲一来是想让他多回家看看，二来是心疼儿子，想让他多留些钱自己花……

说到父母的话题，严峰的胸腔因为极力抑制泪水而明显地起伏。

"您有什么可以告慰二老的？"

我以为他会谈谈自己的工作成就，严峰直接参与的"大沙漠低信噪比地区地震采集方法"研究成果获得国家科技进步一等奖，这一发现被美国权威称作"全球重大油气勘探新发现"……

但是，出乎我意料，严峰的回答却不是这些，"让我告慰老人的是，在他们活着的时候，我能尽孝心的时候，我都尽量去做了。"

22年，不管有没有探亲假、报不报销路费，严峰每年总要回老家一趟，看望老人。

有一年从野外回来，买不到火车票，严峰在乌鲁木齐火车站等了两天两夜，终于买到了一张硬座票，从乌鲁木齐坐车到郑州，再从郑州转车到武汉，再从武汉转汽车、搭轮船到鄂州，困了，就蜷缩在座位底下眯一会儿。"这么艰辛地往回跑，就是觉得老人看一次少一次，我不能在身边照顾他们，总要见一见面。"

平日，严峰总是不忘给母亲寄礼物，夏天买夏衣、冬天买冬衣、爱人织个围脖……都一一寄回家。"即使在我病的那几年，孩子又小，每月几十元病休工资，这个月赶不上下个月的，哪怕自己不买衣服，也要坚持每月寄钱回家给老人用。所以现在什么时候回想起来，都感到很欣慰。"

"我这个人就是这样，只要我对得起人，就行了。我总是坦然的。我教育儿子，做人，一定要做一个坦诚的人，对得起任何人；做事，遇到任何事一定要坚持，只有坚持才能实现自己的目标。我们搞科研，很多时候，就是再坚持一下就到了顶峰，就见到光明了。坚持就是胜利。"

采访结束，当我起身告辞出门时，严峰突然想起，"你连一口水都没喝呀！"

他的歉意随着我的道别，一起留在了门里。门外，严峰的话萦绕耳际——"人生不容易，始终就是一个奋斗、斗争的一生。"

采访手记

没有恐惧的生活并没有什么神秘的诀窍,它只需要人放下更多的欲望,更多地摆脱潮流和观念的束缚。就像严峰所说的:"人活着的时候就好好地、自由自在地活着,不要人家有什么自己就也要有什么,人家追求什么自己就去追求什么,没那个必要。"

采访严峰,印象最深的是——眼前这个清瘦的男人"没有恐惧"。

磨难是人生的考题,也是人生的馈赠。因为只有面对过磨难、承受过磨难,并且在磨难的淬炼中重生的人,才能看清磨难的真实面目——其实只不过是古人常说的"福兮祸所伏,祸兮福所至"的辩证关系。

在个体选择机会丰富多元的年代,谁的内心世界平静,谁就活得强大。

"我们一直希望走出去"

2013年中国国务院总理李克强在德国柏林宴请当地商企名流，凯毅德公司CEO被安排坐在了离总理最近的1号桌。受到如此重视，原因在于这家百年公司不久前刚被中国企业收购。

——

2013年5月27日晚上，凯毅德CEO柯浩泽兴奋地给自己的新老板——中国兵器北方凌云董事长李喜增发来邮件："我坐在了离李克强总理最近的地方。"

凯毅德是全球最大的汽车门锁企业，有着150年历史840项专利，被誉为德国的"工业之花"。并购之后，作为中国最大的汽车零部件制造企业，凌云的规模超过了百亿。

在一大堆数字图表之后，向记者介绍凌云海外并购过程的李喜增，忽然抬手指指自己的头说："你看我的头发，全白了。"

…………

凌云的前身是太行山里的一家兵工厂，28年前，军品全部下马，工厂2000多名职工和他们的家庭顿时没了生计。"那时候生活都成了问题，干什么的都有，养猪、养鸡、卖鸡蛋的……有本事的人都千方百计地走了，只留下了我们这些特别能吃苦的人。"李喜增说。

李喜增是兵工子弟，父一代子一代都在这个企业里。"直到现在，在企业我也从来没觉出自己岁数大，因为每天出来进去都能见到很多长辈，有他们在，你就永远是小字辈。"

58岁的李喜增，16岁就进厂当了工人，"我是打铁出身。在凌云干了43年，一直没离开过"。凌云走过的每一步、甚至是每一天，他都亲身经历，和他息息相关。

"当年工厂决定从大山里迁到河北涿州，因为这里离北京近，就等于离市场近、离机会近，兵工厂没有名字都是编号，到了地方要起个名字，当时的领导想了很多，最开始叫力生，自力更生，后来决定叫'凌云'，一是因为兵工厂在大山里，每天云雾缭绕；二是因为我们生产的是高射炮，穿越云霄；三是取'壮志凌云'之意，意思是说到什么时候我们都要有志气。"李喜增介绍，"可以用两个'转'两个'走'来概括凌云的足迹——军转民，内转外；走出来，走出去"。

"凌云是靠市场化、靠市场发展起来的汽车零部件企业集团。当今汽车行业是全球化的，我们一直希望'走出去'，一直在追求。"

二

2010年，中国兵器工业集团得到德国凯毅德公司转让股份的信息，决定以凌云为主实施收购。

海外并购过程专业复杂，除了可以想见的猫捉老鼠似的博弈和蚂蚁啃骨头般的谈判，一场发生在凯毅德自身的危机，让这场并购显出特有的中国味儿。

凯毅德将要被收购的消息传出后，它最大的客户宝马、奔驰公司暂停了订单，福特、大众也将它列入风险供应商。凯毅德面临严峻的市场危机。

得知这个消息，李喜增主动提出以未来股东的身份，利用凌云的市场影响力帮助凯毅德进行危机公关。

尚在凌云和其他买家之间选择权衡的凯毅德对此非常重视，派出4位董事中的3位陪同他共同走访客户。

出发前，兵器集团领导专门帮李喜增亲笔给美国福特CEO写了一封信，并附上与这位CEO的合影。

2011年12月12日上午11时30分，李喜增一行第一站来到美国福特总部；24小时后就又飞到德国大众总部；第三天一大早又飞到斯图加特，在奔驰公司附近的一家小酒店更换了衣服后，10时30分坐在了奔驰高级经理的对面……

凌云人实干的风格，帮助凯毅德稳住了市场，汽车业的三大巨头都希望凯毅德尽快与凌云成交。

这边刚解决完与大客户的沟通，凯毅德内部又传出员工跳槽的消息。李喜增当即留在凯毅德总部，与管理团队沟通，"我们收购的不仅仅是一家工厂，更看重人的研发能力"。

圣诞节放假前的倒数第二天，李喜增与凯毅德高管们面谈，13个小时，与9位高管一对一沟通，一天只吃了一个比萨。

随后，李喜增又与30多位中层管理团队及关键岗位人员进行座谈，以电话会议的方式向美国、墨西哥、捷克及中国的凯毅德公司直播。"这天刚好是我的生日，以这样的方式和大家一起过生日，我非常愉快。"他对着金发碧眼的老外们说，"几天前，我刚刚走访了福特、奔驰、大众公司，现在又与大家交流，这一周，令我一生难忘"。

…………

2012年9月12日，李喜增受邀参加收购后与凯毅德员工的见面大会。出乎他意料的是，会场就安排在车间，流水线间隙的通道里站着1000多名德国员工。

"在厂房里参加这样的大会让我想起第一次参加类似的大会是在42年前。我的工作是从工人做起的，按年龄来说，我有些偏大，你们可以叫我师傅。但是关于车锁，各位是我师傅。"这位来自中国的新老板友好的开场白，让有些忧心忡忡的德国工人们感到了一丝亲切。

此时，凯毅德公司流传着一种说法，就是德国生产基地由于人工成本较高，今后可能不再保留，会裁员很多。为了打消大家的疑虑，李喜增言简意赅地表达了并购后的发展构想，即做大全球规模，做强德国基地。听到这句话，德国工人为中国老板鼓起了掌。

李喜增说："虽然国情不同，但构建和谐企业的理念和观念是没有国界的，我们应该在方方面面的满意度调查中，找到最大公约数。"

三

2013年5月29日，江南细雨中，我跟随李喜增来到常熟凯毅德公司，这家公司在并购后，销售额已经增加了1倍，2013年预计达到9200万欧元。

外方经理是一位标准的德国人，五官雕刻般的鲜明，虽然到中国时间不长，他已经会用装着白酒的分酒器整壶地和中国同事干杯。

"看着这些老外给咱们中国人打工,您是不是特自豪?"我问李喜增。

"我并没有那种扬眉吐气、'中国人从此站起来了'的感觉,相反,觉得很自然、很平常,因为早在20世纪80年代末,我们就开始办合资企业,跟老外已经打了快30年的交道了,对他们的规则很了解,所以在这次并购谈判中,我们始终很自信。"

"人的内在的需求都是一样的,要彼此谅解和尊重。"李喜增说,在企业他从来不对人发脾气,"可能吃过苦的人,更容易理解别人吧。"

李喜增很随和,用了很多年的拉杆箱,已经磨掉了好多块皮,但他觉得这个放衣服最方便,就一直没换;一行人小坐喝茶,起身走时,他会问秘书:"结账了吗?别回头聊高兴忘了";登机通道分了两股,怕走在后面的人走错,他会等在岔口的地方,"往这儿走"……据他说,如果客户的基层销售经理提出想见他,他也会腾出时间见面的,"总经理要抓市场",这是他一直坚持的。

采访手记

站在嘈杂的街口,一头白发,让我一眼就看到了他。

第一次采访,记忆最深的是他说过的两句话:"企业不景气的时候,有本事的人都走了,只留下了我们这些特别能吃苦的人。""你看我的头发全白了。"

李喜增是打铁工人。后来听我的同事说,打铁这个工种是最苦最脏最累的,仅次于井下挖煤的矿工。向他证实,他说:"是啊,所以从那时起我就开始意识到要靠自己的奋斗去改变命运。"

压力最大的时期,他说是公司上市的那段日子,几乎每天都失眠,要到凌晨三四点才能一边听着电视一边入睡,"但我从来不让人看出我着急,从来不对人发脾气"。

李喜增喜欢腾格尔的歌,从《天堂》《蒙古人》到《大男人》,每首他都会唱,歌为心声,他唱得很投入,铿锵豪迈又婉转细腻。

提起另一位摇滚风格的歌手崔健,李喜增唱了一首已经好多年没唱的《一无所有》:"我曾经问个不休,你何时跟我走,可是你总是笑我,一无所有……"这首歌红遍大江南北的时候是20世纪80年代末,那时候李喜增30岁出头。

"我一直在追求,从没输过。"他说了另一句让我记忆深刻的话。

遥望"鸟巢"的眼睛

"鸟巢"作为北京地标，参观者络绎不绝。摄影家于文国镜头下当年的筑巢印迹，将那些默默无闻的建设者留在了历史中。

2010年4月，摄影集《鸟巢》放在了于文国办公桌上。从事摄影32年来，这是他的第一本摄影专集。

封面照片上，深蓝夜空中国家体育场"鸟巢"钢架黑色的剪影，左下角一位焊工笼罩在焊花的亮光中，与他对角线右侧最上方挂着一弯小小的月亮，仿佛天际间一只遥望的眼睛。

2005年5月1日，于文国第一次走进位于北京中轴路北段正在复工抢建中的"鸟巢"工地。

因为承担着2008年奥运会开、闭幕式的任务，国家体育场的兴建从设计伊始就备受瞩目。最终，中国政府决定将这座承载着中国人百年奥运梦想的标志性建筑建成"鸟巢"的模样。

这种惊世骇俗的象形设计，打破了人类建筑史上固有的模式。

作为新闻摄影和工业题材摄影方面的专家，于文国知道建设中的鸟巢将是他继宝钢、三峡、青藏铁路拍摄之后，又一个记录中国工业发展历史的重大题材。

于文国开始了长达3年的"鸟巢"拍摄。

对于"鸟巢"这座宏伟庞大而又嘈杂凌乱的建筑工地，拍什么、怎么拍，如何让这钢铁之躯富有情感？每一位走进"鸟巢"的摄影者都在寻找着答案。

一天，于文国像往常一样戴上安全帽、系上安全带，扛着二三十公斤重的摄影器材爬到离地面六七十米高的钢架上，在不到1米宽的钢架上走来走去，像一个有所期待的猎人。

突然，一个工人别在腰间的焊工面罩闯入了他的视线，红色面罩上画了3只白色的小鸟，"嘿，这个小子可真嘎！"于文国举起了相机，很快，第二个工人进入了镜头，咔的一声，摄影家按动了快门——两个高空作业的工人摆动双臂，一前一后一实一虚，形如两只展开翅膀的大鸟，定格在建设中的"鸟巢"。

"美在不同的人眼里是不一样的。在我看来劳动者吃苦耐劳，对生活充满向往，这种美是人性大美。"

在"鸟巢"拍片，于文国常常连续几个小时在高空钢架上拍摄，一般都是晚上10点半以后才饿着肚子从钢架上下来，有时候迷了路，绕来绕去1个多小时才从蜿蜒曲折的钢架上回到地面，"凡是我想到的、我能做到的，我一定不留遗憾，不给我看见的历史留下空白"。

寒来暑往，到2008年奥运会结束时，他在鸟巢拍摄了近5万张照片。

二

2008年8月8日晚8时，北京奥运会开幕式上奥运圣火被点燃的一刻，整个"鸟巢"顿时通体金碧辉煌，四射的烟火五彩缤纷，把整个夜空照得通红。

因为没票无缘进入"鸟巢"参加开幕式的于文国，站在"鸟巢"外心情激动地按下了快门。拍下了《鸟巢》影集中唯一一张拍摄于"鸟巢"外的照片。

3年的拍摄，他熟悉"鸟巢"内部的每一个角落，见证并记录了它的成长。而这一夜，在它最光彩四射最辉煌的时刻，他却站在门外，在镜头里远远凝望，像一个目送女儿出嫁的父亲。

于文国想起那些建设"鸟巢"的工人，此刻，也许他们正从电视里看着"鸟巢"的绚丽绽放，也许他们又在哪个工地上劳作……

2008年4月13日晚，已经建成的"鸟巢"，充满了离别的情绪。1万多名建筑工人在工地吃完最后一顿晚餐，第二天早晨7点前，他们就要全部从工地撤离了。正在试电的"鸟巢"灯火通明，搭建在"鸟巢"外的简易工棚地面到处是水，工人们三五成群坐在屋外，喝一瓶酒，和自己亲手建成的"鸟巢"告别。

这一夜，于文国悄然无声行走在这些工人中间，拍下了他们模糊的身影，记取着他们的自豪与惆怅……"鸟巢"像一顶耀眼的皇冠，近在咫尺，从此一别。

皇冠，是这位摄影家对"鸟巢"的定义。它不仅是象征中华民族复兴的皇冠，也不仅是人类建筑史上的皇冠，在摄影家的思考中，这座辉煌的建筑同样是加冕在10万"鸟巢"普通劳动者头顶的皇冠。

拍摄过程中，他不止一次地用不同的影像反复阐释着这种思想。

阳光从"鸟巢"的钢架上穿过一位工人头上的安全帽,打在他满是油污的额头上,那双眼睛怯生生地望着镜头,质朴而不知所求。

于文国镜头里的"鸟巢",吃苦耐劳的劳动者是照片的切入点,哪怕是处在巨大建筑的一个不起眼的小角落,或仅仅是一个模糊斑点,拍摄者都将光投射在普通人身上。

他拍过这样一张照片,"鸟巢"敞开的穹顶露着半圆的一方夜空,幽绿的场馆看不见工人劳作的身影,只有远处的一盏刺眼的工灯说明着看似安静的地方依旧繁忙。场馆中一位工人在工具房看守设备,敞开的房门上同样有一束四射的灯光。此时是中秋之夜,而"鸟巢"的建设者仍然在默默工作。

在照片一角,于文国写了一行字:八月十五深夜,薄云遮月。

…………

一个春寒料峭的午后,于文国又来到"鸟巢"拍摄。停车的瞬间,一个扛着铺盖卷的农民工的身影从车窗前掠过,旁边是已经建成的气势恢宏的"鸟巢",地上的积雪正在融化。

莫名的,于文国忽然心酸得要命,他本能地抄起相机,隔着车窗拍下了这一幕。

随着"鸟巢"的建成,这些吃苦耐劳厚道的农民工相继离开这座中国有史以来最豪华的工地,来的时候走的时候都只有一卷铺盖……

三

拍摄"鸟巢"期间,于文国迎来了自己的50岁。

30年来,作为新闻摄影记者,他几十次出现在重大突发事件现场:在青藏公路零下30摄氏度的道班采访途中,他突然晕倒栽进5米多深的沟坳;在九江抗洪救灾的现场,他险些被台风卷起的浪花打入洪水；在东北"新闻扶贫"路上卡车抛锚，他扒开厚厚的雪堆钻进去取暖……

五十知天命。这一年，于文国对人生有了一种释然。"现代社会，越来越多元化，人不可能什么都占有，一个人哪怕只能找到一个点，命运对他都是厚爱的。这个点是金字塔尖，闪闪发光，而塔基则一定是雄厚深沉的。我的塔尖就是摄影。"

他说："释然，是一件幸福的事，悟开了以后，对世界的感觉一切都美好。"

于文国的作品中出现了一位昂首站立于鸟巢之上的工人，沐浴在阳光里微笑着向着远方。

"有人拍片是为了钱、为了名、为了奖、为了忠于事业，而我现在拍片的动力在于对美、对心灵世界的一种向往。"

采访手记

于文国老师是我的同事。从我进报社，从他三四十岁到现在六十几岁，几十年间来来往往他几乎没什么变化，甚至连白头发都没有多少，一直是在拍片拍片或者坐在办公室整理照片……社会上、新闻界他是著名的摄影家，单位里他是一个一直执着在摄影中不曾停下来的人。

有时候休息日看到他穿过马路到单位加班，我会想，在我写过的那些执着于事业的人中没有谁比他更为熟悉了……热爱自己的工作，专注其中乐在其中一辈子，他不仅留下了作品，也在作品中留下了人生。

"超人"高森

2012年2月14日,高森创新小组研制的"架空线路清障检测机器人"荣获国家科技进步二等奖。这个电力工人和科学家一起接受国家主席的接见。一下领奖台,高森激动地拨通了妻子的电话:"老婆,习主席和我握手了!"

一

几个壮实的电力工人,称自己是"超人"。

我忍不住问为什么。

高森想都没想,好像回答这个问题已经N多遍了,"我们是超高压的人嘛,所以简称'超人'"。

高森,41岁,电力超高压巡线工人,荣获国家科技进步二等奖,和科学家一起站在了国家的领奖台上。

和妻子马恒艳结婚,是高森人生的第一次超越。

一个被形容成"远看像要饭的,近看像卖炭的,仔细一看是卖电的"电力巡线工人，工作性质艰苦危险，不仅要独自一人在山野间巡线，而且要爬到几十米、甚至上百米高的高压线上作业……干这行的普遍找对象困难，可高森却娶了一个白白嫩嫩的女大学生，而且人家那时候就已经是单位的中层干部了，不要说在20世纪90年代初，就是在今天，高森的"本事"也让人刮目相看。

"恋爱谈了3个月，我们就结婚了。"如今事业有成的马恒艳说，"我看中高森是因为他对老人非常孝顺！谈恋爱时我父亲生病住院，每天都是他照顾，而且他每天给我做饭。"

高森的厨艺比他的发明更让周围人津津乐道。"有一次在北京一家饭馆吃饭，吃到半截儿，高森居然自己跑到后厨给我们做了个香椿炒鸡蛋，哎呀，这道菜是全桌最好吃的！"每次同事一起出去吃饭，都让高森点菜，"他心很细，点菜水平高"。

我受邀到高森家吃了一顿晚饭，他做了一道鲍汁海参、一道秘制烤排骨、一条清蒸鱼，之后又用鱼骨头做了当地一道名汤，一个多小时下来，又是爆炒又是蒸煮，这位系着围裙的山东大汉操办了十几道菜款待客人，让我情不自禁羡慕起这家的女人。"每天早晨，老婆带着闺女去锻炼，我在家给她俩准备早餐。"高森说。

高森是单位"家和委员会"的"红事大总"，已经成功张罗了20多个婚礼。"生活工作是一个道理，需要奉献，没有爱心，就没有责任心。"

高森的父亲是电力老职工，长年离家，母亲带着他们兄妹三人生活，小学三年级，高森就开始给全家人做饭。"到了五年级，我就能张罗出一桌菜，那时候家家天天吃白菜，我们家吃的白菜每天花样都不一样……到现在为止，我吃过的菜只有两道没琢磨出来，一个是青岛的啤酒大蟹，一个是拔丝冰糕，试做了几次都不成功。"

当然，在我看来，促成这段婚姻的，不仅仅是高森为人孝顺、会做饭，打动妻子芳心的，还有一个"意外惊喜"。恋爱没多久，马恒艳过生日，高森请她到当时淄博城里最好的饭店吃晚饭，让姑娘感到奇怪的是，200多平方米的餐厅只有他们一对客人，正当她疑惑的时候，餐厅的灯熄灭了，继而点起了蜡烛，高森将事先准备好的999朵玫瑰捧到她面前，餐厅响起了"祝你生日快乐"的歌声，这种电影里才有的浪漫场景让马恒艳激动得哭了。

"这是高森送给我最好的礼物！"多年后，马恒艳说起来，眼睛里还充满笑意。

"我干事情从来要办敞亮！咔咔咔，只要有想法就去做。敢于追求，为自己所爱的人做了她向往的事。"

二

调到超高压公司工作，是高森人生的第二次超越。

此前，虽然工作努力，但高森从来没有当过先进，更甭提什么创新发明，他这样的小工人，想要跟大领导握一次手都不可能。

2001年，超高压公司成立，公司每年评选一次科技创新奖，鼓励员工岗位创新，大家干事业的心气都很高。

很快，高森就有了第一个发明。他做了一个绝缘梯，有了这个梯子，工人在高空作业就像站在了平台上，既安全又方便。

"这是科学家、工程师们想不到的，因为他们没有这方面的工作经历。"不久，高森善于钻研的特点在工作中尽情展现了出来，获得了企业科技进步三等奖。

2005年，高森竞聘担任了班长，组建"超人创新小组"，带动大家一起利用业余时间开展创新。"虽然花费很多心血，占用大量业余时间，但大伙觉得通过努力把自己从繁重危险的劳动中解放出来，这比什么休闲都有意义。"

受儿童遥控玩具的启发，高森他们利用废旧工件研制出了一个可以在地面遥控的空中清理防振锤的工具，这个看起来很像一个方铁盒的不起眼的家伙，成了日后获国家科技大奖的机器人雏形。

2006年，他们开始设想，能不能在此基础上，再增加一个切割清理悬挂在高压线上塑料布等障碍物的功能？

没有资金没有专家，试验场地就在单位后院自行车棚边，全靠几个人动手动脑。2008年，第三代机器人终于实现了高空带电作业、跨越障碍行走、切割塑料袋、实时观测等功能。

后来，"架空线路清障检测机器人"被全国总工会破格推荐到国家科技部，荣获国家科技进步二等奖。

高森他们终于有了点儿名副其实的"超人"感觉。

三

获奖给高森最大的感悟是："人得有信念，自己做出的东西要让人看得起。"

"像水一样等待时机，当时机不成熟时，积累自己的厚度；当机会来临时，冲破障碍一往无前。"当班长后，高森把这句话作为班组精神贴在了墙上，并且让班里的每个成员写下自己的格言、愿望、最爱的人和爱吃的菜。"班长要把每个人身上的亮点发挥出来，调动大家一起干事，改善我们的工作条件，拓展我们的发展空间。"

"线路工作艰苦并且时刻充满危险。在这种情况下，工人们还积极地想干事情，这种精神很难得。"在机器人研发过程中，最早以组织形式给予支持的张军主任也是线路工人出身，"我爬过的高度至今仍然是处里最高纪录，200多米的烟囱，爬到顶上的时候，风吹得烟囱左右摆动，人像树尖上的叶子一样飘摇……"

高森上过的最高纪录是100多米，"在高空习惯了，就跟在地面上走路一样，关键是要克服心理障碍。"

对于他来说，这100多米并不是标志性的刻度，参加工作第一次爬20层楼那么高的铁塔，才是他终生难忘的。

1986年初夏，19岁的高森第一次爬铁塔上高空。"师傅让师兄戴着一条传递绳先爬上去，那时候是老式爬梯，晃晃悠悠的，我上到十五六米就上不去了，晕、害怕……上到21米的时候，梯子和塔之间有一个空当，人必须立起身迈过去，比动作大片里的惊险多了！我怎么也不敢动，就差哭出来了……"

最后，是师兄用绳子把高森提溜了上去，一屁股坐在铁塔的横梁上，他像一摊泥似的再也动不了了。

"从塔上下来，我的腿都不会走路了。回单位的路上，工友们一路讲笑话帮我放松，可我哪还有心情笑啊！晚上，师兄请我吃了个饭，给我压惊。"

2010年，马恒艳参加单位组织的拓展训练，其中一项是从离地面10米高的悬空独木桥上走过，站在空中，她立刻想起了丈夫。"想到他每天在几十米高的地方干活，我一下子就哭了。"

结婚这么多年，马恒艳从来不敢跟高森吵架，因为害怕他带着不好的情绪去上班。

其实，工作22年来高森遇到过几次很悬的危险，但他从来不跟家人说。"我庆幸自己命运还是比较好的。"高森感叹道。

获奖后的10多天，每天他都用光两三块手机电池，电话全部是亲朋好友打来的。"贺贺！"他们用山东话说，意思是喝顿酒庆贺庆贺。

最高兴的莫过于创新小组的兄弟们，短短半个月，几个人已经喝了两三次，每次高森都事先把银行卡压在酒店吧台，结果每次大伙都坚决不让他付钱，弄得他感觉很不自在。

不自在的还有，获奖后公司成立了"高森创新工作室"，为此，他连续好多天晚上睡不好觉，想自己下一步该怎么办。"这么高的荣誉给了咱，以后要是搞不出东西可咋办？"

四

刚参加工作时，每次外出巡线，因为年龄最小，他总是背上几十公斤重的铁鞋和工具，自动坐到敞篷车后面的车斗里，翻山越岭一路风尘，那时候年轻身体好，一天能爬三四十根电线杆，最累的工作是一天定额挖两个两米五深的大坑，他抡起铁锹半天就干完了。12月份，在二三十米的高空检修，寒风刺骨，因为防护服里穿不下棉衣，工人们只能穿一件毛衣，干完就是一身大汗……下班后，高森常常炒几个小菜，约几个工友喝顿小酒。"工作越辛苦，日子越要尽可能过得好点儿。干活，不就是想好好生活吗？"他对我说。

我问41岁的高森，人生最大的成就是什么？

他回答："在公司的事业中有咱做的贡献，咱奖金拿得挺多，家庭幸福，就是最有成就感了。感人的故事咱别追求，身体干坏了，那怎么有成就感呢？"

"我最喜欢春天了。春暖花开的时候，在几十米的高空检修，往下一看，绿色的田野广阔无边，像大海一样，心顿时变得敞亮了，忍不住要大声地吼上两嗓子……"

采访手记

采访高森时，桃花、丁香花、海棠花正在盛开，满目春色，花香四溢，正像林徽因的名诗《你是人间四月天》中写的那样，一树一树的花开。

印在脑子里最深的一句话是——人生只活三万天。

这句话是高森的领导张军说的，饭桌上，气质沉静的他忽然讲了这句话，当即引来在场人的共鸣。

的确，按100年寿命计算，一年365天，人活一生是36500天，不过3万多天。如果一个人有3万元存款，按照现在的物价，想必很快就会花光。与之相比，3万天的生命，应该比金钱流失得更快！钱还可以省着花或者今天不花，而生命却只有任时光飞逝，想留也留不住。

高空作业的工作性质让高森他们离危险更近，也会对生命有更清醒的认识。"干活，不就是想好好生活吗？"采访中高森反问我，"搞创新发明虽然花费很多心血，占用业余时间，但大伙觉得通过努力把自己从繁重危险的劳动中解放出来，这比什么休闲都有意义。"

对于我们每个人来说，怎样过都是一天，一天天过下来就是一生，每一天都努力让自己变得好一点，说起来容易，坚持做却不简单。

无论是建立一番惊天动地的伟业，还是一生淡然如水的平凡，生命预留给我们的也就3万多天，站在这个立场上看，什么样的生活都是好的、珍贵的，都值得好好度过。就像鲜花绽放是因为生命需要绽放，花香是因为它自有清香。

不论自己所处的地位是低是高，都朝着更好的方向努力，让生命得到升华，做到了这一点，高森真的是"超人"。

"无痛"的快乐人生

我变得温和宽容，根本原因是我变得自信了。

一

从病房到手术室，走过一段幽暗的夹层，推开门，迎面是一个明亮的世界。

整座医院几十个手术室集中在同一层楼内，感觉上就像一个无声运行着的繁忙而庞大的修理车间，每个摆满现代化仪器的房间，手术台前身穿绿色手术服、戴着帽子口罩橡皮手套的医生，都在全神贯注做着各种各样与生命相关的手术。

下午2点，王晓云主刀的一台内窥镜下鼻中隔黏膜下矫正手术准时开始。比铅笔刀小两号的手术刀在病人鼻孔内干净地划出弧线，手术台前方连接内窥镜的屏幕上，血渐渐漫溢出一轮夕阳般的红晕。

鼻中隔弯曲可导致很多鼻部及相关疾病，如通气不良、鼻窦炎、鼻出血、头痛、嗅觉减退或消失、记忆力下降、打鼾或睡眠呼吸暂停综合征，通过矫正手术可以解决这些问题。

手术本身不大，但术后伤口愈合却特别痛苦。为了防止血肿，要用大量的纱布填塞到鼻腔里，痛苦程度几乎到了人忍受的极限。即使这样仍然还有5%—8%的血肿并发症，而解决血肿的方法是再次填塞！

全世界的专业医生一直在尝试减轻这个痛苦，但思路和方法始终围绕在鼻腔填塞，虽然填塞物在改变，因为没有改变痛苦的根本原因，所以病人的痛苦难受并没有减少。

这个难题被耳鼻咽喉头颈外科专家王晓云解决了。

他在国内首创鼻中隔手术负压吸引技术，用一根只有几毫米粗的引流管代替了鼻腔填塞纱布，将术后痛苦指数从8—10减低为1—2，并且完全避免血肿的发生。由于没有填塞引起鼻腔黏膜的损伤，所以病人恢复快，加上成本大为降低，减轻了医药费负担。

"看王主任手术是一种享受，非常漂亮。"护士长这样说，耳鼻喉的手术，因为视觉限制，医生要眼睛看着屏幕上的图像进行手术，屏幕显示几厘米，实际只有几毫米，但分毫之间却不能有一点差错。手术刀在王晓云的手里时而爽利勇猛时而婉转细腻，娴熟得让人想到"庖丁解牛"。

"手术中做到高兴处，他会唱歌。"助手爆出王晓云的"秘密"。"手术过程中医生的精神是高度紧张的，尤其是碰到大手术，连续几个小时下来，必须要有一个瞬间，放松一下绷得过紧的神经，再集中精力继续手术。碰到顺利的时候，我会情不自禁地哼唱几句，就像挥手打了一个舒缓的节拍。"他嘿嘿地笑着，几分开心几分得意。

二

"没有一个痛苦的经历，你不知道什么叫幸福；不能给别人带来快乐,你也不可能找到真正的快乐。"王晓云说,他最痛苦的记忆是2000年在美国做访问学者最初的3个月。

因为语言不通,在世界上最繁华的城市,他好像掉进了一个玻璃罐中。看得见外面世界的五颜六色,却困在里面出不去,周围的每个人都在忙碌,甚至没有人肯拿出时间听完一个磕磕巴巴表达不清的中国医生的提问。从小学习优异一直受人追捧的王晓云,第一次体会到了孤独和自卑。

一次,他到导师海曼教授的办公室上课。他提出想看看实验室(laboratory),却发音不清说成了图书馆(library)。教授听完,立刻站起身指着窗外的图书馆说这是library,不是laboratory,好几分钟之后,王晓云才反应过来教授的这个举动是什么意思。

这种浑身不自在丢脸的感觉,至今让他无法忘记。

…………

几个月压抑的感觉太不爽了,不服输的性格让他主动向自己的短处挑战。"特别苦闷的时候我发现,什么事情做好了,我就会感到快乐,哪怕是准确地说出一句俚语,得到这个启示后,我就开始努力找快乐的事做了。"

突破语言障碍后,他在实验室的工作业绩也得到了美国同事们的认可和尊重。这时,他的妻子女儿也来到了美国,生活重新变得温暖起来。

可就在这个时候,出乎很多人的意料,王晓云决定提前回国。"在美国,中国医生只能在实验室或研究所工作,我要把学到的东西拿回来,用在临床病人身上。"

2001年8月最后一天的早晨,天刚蒙蒙亮,因为没人,街道显得更加宽阔。王晓云坐着班车前往进修的美国圣迭戈大学医学院,观摩著名的耳鼻咽喉头颈外科主任海曼教授的一台手术。"他的手术很漂亮。我一直看到黄昏。教授也很高兴，因为他知道这是我离开美国之前做的最后一件事。"

第二天一早，王晓云领着上小学四年级的女儿登上了回北京的飞机，从舷窗望出去，他想："加州的阳光真是明媚啊！"

三

在国家有关基金的支持下，回国没多久，王晓云对喉癌的微创治疗研究就取得了进展。

2003年，王晓云因为鼻中隔弯曲，也像其他病人一样，全身麻醉地躺在手术台上接受了矫正手术。

醒来后，鼻腔里塞满了厚厚的纱布，挤压得让他鼻腔疼、头疼，整整一夜精神恍惚难以入睡。等到抽出纱布的时候，更是疼得撕心裂肺。这种感同身受比什么都让他更迫切地要找出解决的办法。

5年过去了。

一次做颈部手术，当他像以往习惯的那样使用负压吸管作负压引流的瞬间，灵感终于来了！

王晓云说，改变他人生观的有两件事：一个是在美国的那段经历，另一个就是自己接受的这次鼻中隔矫正手术。

手术后不久，一次坐在诊室里午休，王晓云脑子里忽然闪过一个念头：麻醉针打过几秒钟，人就全然失去了知觉，原来生和死是这么简单……

"我的性格好像也变了，以前莽撞、暴躁，现在变得温和宽容了。我想，根本原因是我变得自信了。"

四

40多岁的杨小虎，平生第一次做手术，他找到了王晓云。从手术麻醉中醒来，鼻子上插着吸管，嗓子还发不出声音，被护士推出手术室的一刹那，他向王晓云挥了一下手。"那样子很像汶川地震中那个敬礼娃娃啊。"王晓云被逗乐了，向他回敬了一个礼。

"病人来找我，他把一条命交给我，就是相信我。医生解决不了太多的问题，但一定要尽自己最大的努力。"

一个农村女孩儿，脸上长了肿瘤，因为没钱手术，脸上的包越鼓越大，全家人整整攒了10年钱才来到医院做摘除手术。王晓云不忍心从女孩儿脸上直接开刀彻底毁容，他选择了从口腔打开，这等于给他自己增添了风险；颈部手术缝合，他特意将刀口开在耳后发际处，这样头发可以遮挡，不会在脖子上留下一道难看的疤痕……

医患关系的紧张，使得很多病人对医生不相信，对医生开药、检查总是存在疑问。"病人怀疑我，我的心态是很平衡的。他怀疑我，我会介绍我觉得很好的医生给他。"

一个病人老是怀疑自己喉咙里卡了一块硬骨头，看了很多家医院，带着一大沓片子找到王晓云。仔细检查后，并没有发现什么"硬骨头"。见他不死心，王晓云说："外面等着的病人还很多，这样吧，改天专门约个时间你来，我再给你好好看看。""这个人心理上有问题，如果没有医生耐心地帮他打开，他心里的这个坎儿也许很长时间都过不去。"后来，这个病人专门跑过来告诉他，自己没事了。

"人这一辈子最重要的是要做快乐的事，做快乐的人。不仅自己要快乐，而且要给别人带来快乐，创造一个快乐的气氛，这样自己才会快乐。"

王晓云一直记得，有一年冬天，一个喉癌病人从天津自家小院摘了一箱柿子，坐着长途车赶到北京医院门口，等着送给早晨来上班的"王大夫"。老人手术没多久，嗓子哑哑的说不出什么感激的话，撂下柿子就走了。

采访手记

  王晓云的笑声很有感染力，加上一双好看的大眼睛，很多人说他不当明星可惜了。

  网上很多病人称赞他是能给病人带来安慰的好医生，说这位专家不居高临下更不盛气凌人，是个充满感情的好人，听到他的笑声，沉重的心情一下子就变得轻松了。

  他诊室办公桌靠墙的地方放着一张白色的卡片，上面是一朵铅笔画的玫瑰，还笔画工整地写着玫瑰的英文"Rose"，这是女儿小时候送给他的礼物，女儿现在都工作了，他还一直放着。

永远有浪漫女人的世界

眼前这些女人，穿着相同的工装，无一例外地留着长发，朴实、普通，有些羞涩。室外温度超过 35 摄氏度，距地面十七八米高的行（háng）车上，坐在只能容纳两三个人的操作室，开着空调，照样流汗。问她们能不能穿裙子，年轻的姑娘用手指着行车底部的透明玻璃回答："不能，地上的人抬头能看见。"

一

气宇轩昂的厂房，最引人注目的是横跨整个车间高悬在房顶上的重型吊车，橘黄色，几十台，密密麻麻。

在这里，行车班有 100 多人，清一色是女人。这在全国建筑行业里绝无仅有。

操作这些"空中巨无霸"，最让人担心的是安全。

"那次可吓死我了！"说到遇行车故障，长相温柔，说话轻声细语的薛艳情不自禁地睁大了眼睛。

"当时我钩着六七吨重的钢板刚升到指定高度，正要开始走车，突然发现钢板快速下落，地面上还站着两三位司索（地面上指挥行车的起重工）呢！钢板要是掉下去，人全都得被砸扁。"

钢板以重力加速度下落，薛艳使出全力拉着上升的手柄，脚不停地踩铃示警，警告地面上的人赶紧避开。"也就一两分钟的时间，可我全身都湿透了。总算幸运，当我把钢板吊到安全位置放下后，腿就开始一直抖个不停。"

事情原因是抱闸突发故障，跟薛艳的操作无关，但这件事在她心里留下了阴影，不时让她从梦中惊醒。"不断提醒自己，心要细点，干好一点，别人的幸福就在你手里呢！"

王圣华也遇到过类似的危险，不过首先危及的是她自己。

"那次，吊一个很重的构件，非常重，重到地面上的司索用步话机提醒我，王姐，这家伙太重了，搞不好会把你的车一起拽翻。我一听害怕了，坐在行车里用手机给家里人挨着个儿打电话，好像告别似的。心里害怕却不敢说，等电话都打完了，想想，工作还得干啊！就特别小心地开始吊构件，特别特别慢，用了很长很长时间，当终于安全完成任务时，整个人的那种轻松高兴啊，我一辈子都难忘！"

"开行车，看起来简单，做起来不容易。每次安全平稳地把几吨、几十吨重的构件吊起、放稳，是很不平凡的。这是一个命悬一线的岗位。"党委书记任后敏说，他最佩服这些女司机能把简单枯燥的事情持之以恒地做好，"不仅是女人特有的耐心和细心，更是一个人的责任心。"

女人开行车，除了面临男人没有的生理、生育等难题，工作的强度和难度一点不比男人少。以至于提到她们，那些对工作有畏难情绪的男职工也无话可说了。

二

21岁的汪鑫鑫是行车班年龄最小的一个，身高1.73米，头发调染成黄色，沿着耳朵边扎着一溜儿耳钉。"出去时，人家问我是干什么的。我说是'空姐'。"年轻的她，显得无忧无虑，"我的工作很重要，没有我，下面干不了活儿。被人叫作'空姐'，我很开心。"

30岁的吴春芳，开行车前很自卑。到了这里，别的女人都害怕，男人性格的她胆子大，同一批来的她学得最快，"别人一般要学一个月，我一星期就能开了"。

得到同事的认可和表扬，吴春芳心里非常高兴，"在这里工作，我变得有自信了"。每天上班，她都会提前到岗，把行车收拾得最干净；需要加班时，她总是主动留下来。

"老公说我现在挣的比他还多，"38岁的王圣华说，"我不喜欢以前在超市的工作，整天婆婆妈妈的，还要看人脸色。在行车班，能实现我的价值"。

现在只要一进南京火车南站，王圣华就会去找当年自己吊的柱子，"那个工程干得很辛苦，农历大年三十我们还在干，整个工地机器声、人声一刻没停……我觉得很自豪，好多工程都有我们的功劳"。

全红，29岁，方下巴、大眼睛，头上戴着一个黑色蝴蝶结的发夹，因为在室外开龙门吊，一双脚伸出来，从脚面到脚脖子按照日晒的程度，清晰地分为白、黑、黄3种颜色。

为了跟丈夫在一起，在老家当干部的她，进行车班当了工人。"开始挺失落的，觉得自己的工作在同学中有点'不可告人'。"

但她从工作中找到了优越感。"别人不能开的车，我能开！特别是完成难度大的工作，很有成就感、很开心。跟同学们说起来，他们都很好奇……忙碌的时候，30多车钢板能从厂里一直排到路上一里外，一天就要操纵笨重的露天龙门吊来回10公里。"

全红做过统计，自己一年吊运的钢板吨数超过了北京奥运会"鸟巢"的用钢量。

三

俗话说，三个女人一台戏，把100多个女人调度好，想想就不容易。

"关键要公平、透明，尤其涉及工资、岗位安排上，更得这样。"任后敏介绍，公司不定期举办突击性的业务比赛，按成绩提岗提薪，大家心服口服，学习积极性也提高了。

此外，把女人们黏合在一起的还是感情。

"人有三急。有一次活儿特忙，底下等着吊运的人排着队，我就一直憋着，实在憋不住的时候，老远看见班长从下面经过，我就急忙冲她打手势，她心有灵犀地明白了，挺着几个月身孕的大肚子爬上十五六米高的行车接替我，我当时感动地握住她的手说，'班长，你这是救我一命啊！'"

这位班长叫董龙梅。采访时，她正在休产假，直到临产前，她还坚持每天下午5点和凌晨3点两次到车间巡检，一定要亲眼看到52台行车全部安全归位才休息。为此，在她临产前的3个月，行车班的女工们瞒着她开始在夜里轮流值班，暗中保护她。

"天南海北的人聚在一起，海阔天空。我感觉生活很有意思。"平日，王圣华的电动车上经常挂着大包小包，都是住在宿舍的同事们让她代购的"物资"。"我们家附近超市的收银员都喊我'款姐'。呵呵，我就觉得大家出门在外都不容易，能帮就帮呗。"

室外龙门吊条件最艰苦,别说冬天寒风刺骨,光是夏天阳光曝晒,就让爱美的女人发憷。可全红两年里5次谢绝了调岗。"再艰苦的岗位也需要人,我是班组里唯一的党员,我不在谁在?"

"在这个群体中被需要、得到认可,从工作中获得满足感、存在感,幸福还是有大含义的。"她说。

四

一个月前,行车班拍了一个微电影,刘广甜担任编剧兼演员。"我原来很土的。"像她的名字一样,这是一个甜美的女人。

当年,也是为了跟丈夫在一起,当列车员的她,"从地上跑到了天上"当了行车司机。"那时候,我心里很不情愿,老想孩子,想回家。而且,师傅比我还小,叫她师傅,我心里别扭。"

"见我板着脸不爱笑,师傅就问我,'你出来干嘛?'我说'挣钱。''挣钱干嘛?''给小孩更好的环境。'师傅又问我,'你这状态,能挣钱吗?你看看下面的工人,哪一个不辛苦?!'"

"坐在师傅身后,看见她的衣服被汗水打湿了,我就想,一个小姑娘都能干好,我为什么不能?我跟师傅说:'我想通了,我不依赖老公,我也要干好,改善我的生活。'"

"夏天热,开着空调还流汗。师傅就扶着我的手,手把手地教会了我。后来,她又鼓励我参加舞蹈队,现在,我觉得我的人生很精彩。"

前不久,师傅辞职了,刘广甜哭着在电话里问她为什么离开。师傅回答,自己要结婚了。"你不也是为了跟丈夫在一起才来这里的吗?现在,我也要跟丈夫在一起。"

这些女人,因为爱而来,也因为爱而格外想念自己的孩子。

女儿5岁的时候,王圣华因为工作太忙,照顾不了,只能把那么小的孩子托给机组，让她独自坐飞机回老家。

"那天我骑了18公里的摩托车送孩子到机场，进了安检后，她竟头也没回地走了。我一个人在机场哭了个稀里哗啦。飞机起飞后，我又等了一个多小时，怕飞机万一返航，孩子看不到我。"

"你怎么都不回头看我一眼？"后来她问女儿，孩子回答："我知道你在哭鼻子，所以就不看了。"

听别人说孩子，吴春芳眼泪唰地流了出来。

"我从小没爸爸，特别羡慕别人有爸爸妈妈。上小学时，一天下雨，同学们都是爸爸妈妈打着伞到学校门口接，只有我没有。"

如今，她却把6岁的儿子留在了老家，跟着丈夫在这里工作，"没办法，工作对我们全家都很重要。"

…………

在女人的世界里，少不了泪水，但永远也有浪漫的色彩。

第一次见到李晓，刘甲寿就有种一见钟情的感觉，"我在地面往上看，能看到行车箱内的人。"

"我们从事的都是高危行业，万一有事都特别危险。李晓的安全意识蛮强的，如果她发现钩吊挂得不稳，或者指挥意图不明，吊件移动摆放位置不清楚，她会提示我们，如果没有改正或者指明，她就不起吊。"

如今，已经结婚的两个人，一个在高空开行车，一个在地面指挥。"跟这个女人在一起，踏实。"小伙子说。

采访手记

三个女人一台戏。104个女人聚在一起，是一场什么戏？

为了给每个人一点表达的机会，在有限的采访时间里，我提议，每个参加座谈的女子行车班的代表，讲一个留在自己心里最难忘、最美的画面，十几个人相互对视了一下，在心里思索着该说哪一件。

想来想去，薛艳说暑假陪孩子去看大海，看见孩子特别高兴，自己也高兴，"我对自己说，以后每年都要带他出来旅游，不管他考得好不好"；吴春芳说，"在我们那批学员中，我是第一个出师独自开行车的，我原本是个很自卑的人"；王圣华说，"昨天老婆婆过80大寿，公公83岁了，挺羡慕他们的"；马金霞说，"有时候，看见地面上指挥行车的起重工冲着自己做个催促去吃饭的手势，也觉得很温馨"。

见到的这十几个女人，只是女子行车班104个姐妹中的十分之一，有名有姓写出来的，就更少之又少。我相信，如果有足够的时间，更多更深地走近她们，每一个人都会有动人的故事和美好的回忆。

2010年到2014年连续4个春节，她们中的大多数因为工期紧张不能回家。职工汇演时行车班的女人们演了一个小品，叫《我想吃妈妈包的饺子》，结果台下的工友们全被感动了。

我们的劳动者，不管是男人还是女人，同样艰辛。

我特别感动女人间那些情感的互动，在这个悬在十几米高空中的狭小空间里，在汗水和泪水流淌的时光里，青春和爱让平淡的人生有了光彩。

平凡人的大山水

> 在大自然面前，人渺小得像蚂蚁，可我们非要在这么恶劣的环境下开出一条天路！青藏线在铁路建设史上是人类创造的奇迹。创作时我受的那些苦，跟青藏铁路几十万筑路大军比起来，又算什么呢？

"人呀，就像树叶一样，到了冬天，一场大风就都扑簌簌地落下，被黄土掩埋了。名啊、利啊的什么都不重要了……" 20 岁时看过的这个电影画面，让 54 岁的韦选毅记忆犹新，"人最实在的就是时时刻刻地度过，愉快地度过"。

从 2009 年起，职工画家韦选毅出名了。他创作的巨幅国画《浩气正清华》被天安门管委会永久收藏，悬挂在了天安门城楼的中央大厅，之后，巨幅山水画《清风万里醉群山》《龙脉》又相继被悬挂在了人民大会堂和中南海……据说有人要拿一套别墅换他的一幅画。

我眼前的韦选毅，普通的西服、普通的毛衣，瘦小的个子，说话细声细气，显得很平实，没那种刻意打扮的艺术家范儿。

"我跟社会画家不一样，我是企业职工。"韦选毅说。他的创作更多的是画铁路，表现劳动者，给社会和历史留下记录。看着身高不足 1.70 米的韦选毅，我觉得好奇，"你哪儿来的那么大力气，能画出一层楼高的大画？"

韦选毅笑了，"驾驭大画的能力，来自大自然。"

———

2004 年，举世瞩目的青藏铁路开工。中国铁路建设的王牌企业全部上了战场，沿着青藏线一字摆开。韦选毅接到创作任务，跟着采风小组来到了全线最缺氧的地方——风火山隧道工程工地。

生长在秦岭大山里的韦选毅，从小吃苦耐劳，19 岁当了铁道兵，之后一直在建设工地工作生活，早已习惯了野外艰苦的环境。可是风火山的恶劣荒凉，还是让他震惊："这真不是人待的地方！"

睡到半夜，因为缺氧，韦选毅被憋得喘不过气来，大叫一声从梦中惊醒。第二天人们告诉他，叫出来是好的，如果叫不出来，很有可能就睡着憋死了。在这里说话、走路、吃饭都要慢，动作稍微快一点，就两眼冒金星。工人在风火山最多干一个月，就必须撤回到格尔木调整休息 3 个月。

交谈中他得知，从 20 世纪 50 年代起，国家就想修建青藏铁路，当年铁道兵在风火山勘探时拖拉机压出的车辙印儿，现在还看得见……50 年过去了，国力强大了，才有可能修建这条"天路"。

风火山隧道是在冰层里打，不仅条件恶劣，而且更要解决冰层隔温、保温的世界性难题，必须保持隧顶冰层永远恒温，不能因为火车通行产生热量而融化坍塌。

在这里，工人们一个班最少干 8 个小时，每个工点都设一个吸氧舱，人们喘不上气的时候到那里吸会儿氧，再接着干。

听着介绍，望着巍峨的雪山，韦选毅被荒原上指挥部门前插着的那面五星红旗感动得两眼湿润。"从大自然看，人是很渺小的。但从细部看，当我走进工人们的房间，看到正在进行的建设，我就知道，这些人在干着惊天动地的事。虽然在雪山大地之下，那几辆来来往往的施工车辆、那些劳动者都是很渺小的，看不出什么惊天动地的场面，但这里发生着惊天动地的事。"

二

离开风火山后，韦选毅做了一个决定：不随采风小组回内地。

他留在拉萨，自费花6000元买了一辆崭新的摩托车，一个人沿着川藏公路一个县城一个县城地采风。"搞创作必须深入基层，走到别人没到过、没见过的地方去，才能获得最真切、最真实的感受。如果走不到，只靠平常的心态去想象，那画出来的作品是打动不了人的。"

骑摩托车的第一个星期，每天早晨，韦选毅的手都胀得不能动，得活动好久才缓过来。

因为缺乏经验，开始骑车时，他戴着风镜和口罩，结果起风时他感觉不到。高原气压低，没风的时候，油门要加到极限，车才慢慢地往前走，可风一吹，车速就陡然加快，很容易发生侧翻。这样的危险他经历了两次。其中一次，摩托车沿着斜坡滑下山崖，下面就是滔滔的雅鲁藏布江，"完了，完了，完了"，车一边向下滑，他一边不由自主叫出声来……幸好一块大石头把车卡住了，才转危为安，不仅想起来后怕，而且光是把车从山坡拽上来，在高原缺氧的地方也费了他好长时间。

独行西藏，韦选毅定了一条原则——不走夜路。可有一天山洪把路堵了，韦选毅被迫在漆黑的山路上骑行，大山威严，震慑人心，让他害怕……终于，骑了1个多小时，翻过大山，他看见远处现出了点点的光亮，总算有人烟了！

西藏的山，给韦选毅的感觉，是气势逼人。"在大山里骑着骑着，突然现出弯弯曲曲的一条路，走走，前面是密林，云雾缭绕，只隐隐露出个雪山尖尖，让人害怕。这时候，我内心的动力就是想着一句话：一定要平安地走出去、冲过去。"

特别是过大水坑的时候，想着走过的路那么艰险后怕，不可能退回去，只能朝前走。每到这时候，他就两脚蹭着地，用离合器控制速度，加大油门，心里跟自己说："千万不能松油门，在这里熄火，很长时间打不着！"

在20多天的行程里，韦选毅从没想过中途放弃。一到县城，他就赶紧到邮局把自己拍摄的照片胶卷寄回单位。

一路上，韦选毅时常看见朝圣的藏民三步一磕头地往前走，他鼓励自己，"人家是信仰，我为了搞创作也是信仰啊！"

从西藏回来后，韦选毅创作出了国画《风雪青藏线》。在他的笔下，雪花飞舞的大山冷峻逼人，威严地占据了观众的整个视线，但是仔细看，山洼洼里突然出现了几个小房子，还有国旗，一条铁路从画面的最前方沿着大山盘旋到了远方。

"我笔下的大山是坚毅的，但是我们的筑路人更坚毅。在大自然面前，人渺小得像蚂蚁，可我们非要在这么恶劣的环境下开出一条路！青藏线在铁路建设史上是人类创造的奇迹。"韦选毅说，画的时候，他都能想到自己一路上受的那些苦，但是跟青藏铁路几十万筑路大军比起来，那点苦又算什么呢？

三

西藏之行，韦选毅最大的改变就是"跟谁都不再争啥了"。"谁说谁多厉害，走到大山里都特别害怕，特想见到人。与人争没意思了。把生活搞好，把自己具体的事做好就行。人最实在的就是时时刻刻地度过，愉快地度过。"

也是那一年，从西藏回来，韦选毅来到广东韶关的项目部，负责起了项目部的伙食管理，就在那个小镇，他遇到了现在的妻子。

"到镇上采购时，我总先在街边找个地方放车，停在谁门口谁都不让停，只有她允许我放，后来问她原因，她说，你总要找个地方停啊，再说只不过是停一会儿，又不是一直挡在门前。时间长了，她发现我什么菜时令新鲜、什么菜好菜贵就买什么，一点不留回扣，就问我是怎么想的。我说，职工离家那么远，吃好了才不那么想家。她当时不知道我会画画。"

如今，他家的日子，温馨精细得早晨从一杯淡盐水开始，晚上以一杯蜂蜜水结束。

2008年年初，韦选毅被邀请参加天安门城楼中央大厅巨幅山水画创作。得知参与此次创作的画家近百人，多是担任国家、地方美协主席职务的名流，韦选毅反而轻松了。"按照我自己的想法认真画好就可以了。"参选的画家绝大多数选择了泰山、黄山、长城等这样具有典型象征意义的题材进行创作，而秦岭山里长大的韦选毅，决定画画养育了他的这座大山。

"从小，家门就对着山，打柴、摘野果、采蘑菇、挖竹笋都在这座山里，生活很大一部分都离不开大山，融入大山，感觉特别踏实，能体会出大自然无穷的力量。"

多年写生，韦选毅走遍了祖国的名山大川。"每座山留给我的印象都是不一样的，比如浙江的普陀山，海岛上的一座小山，山里人家都是白白的墙绿绿的瓦，一家只接待一户客人住宿，收了房钱，告诉你离开时把钥匙放哪儿，人就离开了……我想趁着自己有精力的时候，多走走多画画。"

从西藏回来一年后，韦选毅又买了一辆摩托车，第二次再走川藏线。西藏的美，让他留恋。

"西藏的云就像白白的棉絮，好像伸手就可以拽下来。骑着车，头顶上只要有一团云，后背马上就感觉凉了，走出云团，人马上就沐浴在阳光里，全身暖洋洋的。"

"从山上往下走时，云顺着山往上飘，好像把你淹没了似的，真有人在云中行的感觉。"

韦选毅心里有很多选题，"除了青藏线，我最想画的是我们八百里秦川。"

采访手记

韦选毅最后一次哭是父亲去世,作为长子,他要为入殓的老人擦脸。"不知为什么,一瞬间我的眼泪就全出来了,从小到大,我从来没摸过父亲的脸。"向我讲起这些,他下意识地把脸掉向了窗外。

一直到初中,他还被父亲打。"他打我,我躲都不躲,拿眼睛瞪着他看。"村里人一直都以为这娃将来不会管他爸,结果,他把老人身前身后事办得妥妥帖帖,让全村人称赞。

"对待父母,只有面对,没有选择。能给的一定要给,不留遗憾。"他说,其实人要干成什么,都是要能忍受、能忍耐、能吃苦。尽量做好,不留遗憾。

画画,也是这样,他从来下的都是苦功。天安门城楼更换巨幅山水画,应征画家100多人。交草图时,只有他拿出了一张几乎跟实图一样的长6米、高2米的大画。"这样草图上是什么样,将来作品就是什么样,不走样。"

也许,除了艺术之外,这是他最终胜出的另一个原因。

给朋友赠画,他也一丝不苟,耗时耗力,有时候还挨骗,但他还是一丝不苟,"看的人能从画上体会出我的用心,这跟钱没关系。"

画室里,多年的写生稿、照片、导游图还有登山门票,他都分门别类地留着,仔仔细细整整齐齐地码放在那里,有种水滴石穿的感觉。他说,从西藏回来后,他就不想再跟谁争了,只想做好自己的事,把画画好。"既然对一件事还有兴趣、还想有新的尝试,说明在这件事上还有潜力可以挖掘，那就要继续努力去实现，尽量不留遗憾。"

"我跟市场上的社会画家不同的地方，在于我首先是企业的员工，我的作品很多是根据企业的需要来完成的。社会画家因为没有这些指令，没有这些责任，名气一大、年龄一大，就没有那种勇气去涉猎更深的东西，画花鸟的就只画花鸟，模仿古人的就反复模仿古人，缺少对社会的感知和责任感。而我，会多画铁路、画我们筑路人，留下历史记录。"

那天，看见我在路边等他，远远走来的韦选毅，50多岁的人了，竟然迎面小跑了过来……这一幕令人难忘。

冰山之子

海明威小说《乞力马扎罗的雪》，第一句话写了一只豹子在雪山上出没……我一直好奇，用雪山开篇，有什么特殊的意义？帕米尔高原上英俊的塔吉克族小伙子贾米和他的家族，让我找到了答案。

一

冬天的塔县，上午10点天才亮。

因为寒冷，街边开店的商贩大多已关门，回到喀什或者更远的内地去了。

整个县城，有一种远在天边的清冷静谧。

被简称为"塔县"的新疆喀什塔什库尔干塔吉克自治县，地处帕米尔高原，平均海拔超过3000米，边境线长880公里，与阿富汗、巴基斯坦、塔吉克斯坦三国接壤，电影《冰山上的来客》的故事就发生在这里。

海拔5010米的红其拉甫边境站上，伫立着世界上海拔最高的国门。

这座遥远的边城，耸立着被誉为"冰山之父"的海拔7600米的慕士塔格峰，传说留下了成吉思汗的两个脚印。而真实的记载有，在遥远的唐朝，玄奘取经路过塔县，在冰山之下住过20多天。

29岁的阿布都贾米，5年前从广州边防指挥学校毕业，放弃了留在广州工作的机会，回到塔县，工作的第一个派出所是热合曼派出所，就坐落在冰山脚下，窗外的风景就是全世界登山和摄影爱好者心中的圣地——慕士塔格雪峰。

贾米说话不急不慢，声音轻柔，一开始我以为他是因为紧张，后来他的同事说，贾米一直这样，每天和村民打交道，这样温和的语气让村民不紧张。

贾米的爸爸龙吉克退休前是新疆边防总队南疆指挥部副主任，他的爷爷卡德尔是塔吉克族第一个大学生，在部队荣立过3次一等功，是塔吉克族充满传奇的人物。而曾祖父阿布力克木，则经历了清末、民国，直到共产党解放了塔县。作为塔吉克族最有威望的族长，阿布力克木立下红色家训："所有子孙后代一定要爱国守边，跟着共产党走。"如今，作为家族第4代，贾米和弟弟夏吾古尼都是喀什边防支队塔县大队派出所民警。

贾米的爸爸龙吉克告诉我："小时候，我的祖父阿布力克木曾带我去看过两处房子，一处是几排又高又大的房子，一处是破破烂烂的矮房子。祖父说，解放前，塔吉克人有大房子也不敢住，宁愿挤在破房子里生活。因为这里是古丝绸之路，也是一条强盗之路，安全没有保障，谁也不敢住在好房子里。只有共产党让塔吉克族人有了保障，塔吉克族人把祖国看成是第一位重要的。"在他的家里，陈列着一只巨大的雄鹰标本，翅膀展开近两米。"我们塔吉克民族崇拜雄鹰，只有雄鹰能够飞过雪山，而雄鹰飞得再高也要回家。当兵戍边卫国的教育融进了我们家族的血脉。"龙吉克说。

二

贾米说:"公安边防派出所的民警和内地派出所民警工作内容没什么不同,但我们穿的是军装,担负着戍边的职责。塔吉克族有护边守边传统,边境线上的牧民都是护边员,家家都是哨所。派出所民警担负着引导服务牧民的职责。"

每次执行巡边任务,一走就是一两个星期。冬天雪深没过膝盖,大家要手拉着手蹚着路走……执行巡边任务,虽然艰苦,却是25岁的弟弟夏吾古尼最向往的事,这总让他联想起电影《冰山上的来客》里的情景。

"电影里的故事就是我爷爷那一代军人的写照。"古尼说话的声音也像哥哥贾米一样轻柔,"弟弟长得跟我爷爷特别像"。贾米说,爷爷长着黄头发、蓝眼睛,穿着军装,瘦削英俊的样子,让人想起苏联小说《钢铁是怎样炼成的》主人公保尔·柯察金。

"90后"古尼有一种年少沉稳的气质,甚至有点心事重重的样子。他现在工作的单位就是3年前哥哥贾米所在的派出所,如今,从他办公桌望出去,慕士塔格峰近在眼前。

2015年8月,塔县农村发生融雪性洪灾,很多民房被泥石流冲毁,古尼和战友赶去救援,听到将要倒塌房子里传出呼救声,古尼身上绑了一个救生圈,顺着声音摸了过去,用手挖了快1个小时,终于把卡在桌角边的老大妈救了出来。

抢险持续了18个小时,古尼和战友们一起救助了300多位村民,200多头牲畜,帮老乡挽回100多万元损失。

古尼说:"抢险中,印象最深的是一个小男孩儿,惊恐地站在家里的灶台上,一看到我,哇的哭了出来。"这样的时刻总让他心痛难平。山上牧民来派出所办事，走的是山路，只能骑马或骑牦牛，下来一趟最快也要大半天，为方便牧民，古尼习惯在户籍室留一盏灯，每天晚上一直亮着。只要有人来，凌晨三四点钟，他也会立刻爬起来，遇到路途远没地方住的老乡，就留他们在所里过夜。

工作短短3年，古尼已经荣立了一次个人三等功。

三

贾米工作中曾经有过一段焦虑彷徨的时期。

回塔县工作3年的时候，一位广州军校的同学到新疆出差，特意辗转颠簸来到塔县看他，临别时问贾米："你是咱们班成绩最好的，难道真就在这么荒凉的地方干一辈子吗？"广州离塔县有6000多公里，从高楼林立的都市回到连一栋两层楼都没有的高原边城，支撑贾米的是建设家乡的信念。可工作一段时间后，他似乎并没有做出什么成绩，同学的追问刺痛着贾米的心。

"这个时候，我最想念爷爷。"贾米是爷爷卡德尔的长孙，从小是爷爷把他带大的。"爷爷经常摸着腿上的伤疤给我讲他的故事，我从小的理想就是像爷爷和爸爸一样当兵，为祖国奉献。"贾米说。

困惑缠绕着他。利用放假的时间，贾米从塔县出发，坐了两个小时的汽车，再骑了6个小时的马，来到瓦罕走廊上的中阿边境，爷爷卡德尔生前在这里刻过一块石碑，上面写着："我的一生无怨无悔，望我子孙守边爱国一辈子。"

"站在石碑前，我默默想了很久，前辈那样优秀，我一定要更努力工作。"贾米说。从那时开始，他内心平静了，再不去想回到家乡是不是值得这样的问题了。"我们一家4代当兵守边，这是家族的光荣，更是我的使命。"

为了帮助牧民增加收入，当地政府投资推广温室大棚种植蔬菜，但村里没人愿意尝试。兼任村党支部副书记的贾米，把7个大棚全部承包下来，花钱买塑料薄膜、种子和肥料，然后说服7户牧民试种，"挣了钱全归你们，赔了算我的"。牧民说不懂技术，贾米说："我教你种！"结果，牧民种菜挣了钱尝到了甜头，贾米在村民中说话也有了分量。为了让村民及时了解党的新政策和国家的新形势，贾米带动村民一起开办了"爱民图书室"，建起了微信群。

四

2014年8月11日，贾米和美丽的古丽巴尔结婚了。

他工作过的两个村子的村民全都来了，人们按照塔吉克族的习俗，带着馕、红布和枕头前来道贺，龙吉克家宽敞的院子里坐满了人。"那天来的人太多了，光接亲的车，就有81辆。"贾米说。当天，他们家共宰了11只羊和1头牦牛招待客人。

一位生活特别困难的村民两手空空地来了，不好意思地对贾米说，他拿不出什么贺礼，但即使这样也要过来祝贺，因为他要感谢贾米对他家的帮助，"我为你唱首歌吧！"他对贾米说。

歌声响起，能歌善舞的塔吉克人打起手鼓、吹响鹰笛，跳起了热情奔放的鹰舞。

幸福的时刻，贾米想起从广州刚回塔县的日子。每天早晨，天不亮他就早早地爬起来，站在院子里等待日出。

"太阳的第一缕光是照在慕士塔格峰上的，冰峰被照得通红。这个时间会持续很久，我常常情不自禁地流泪。"贾米说，"慕士塔格峰被塔吉克族人视为精神象征，雪山象征着纯洁，信念的纯洁。名利并不那么重要，我的信念是，像前辈那样，为祖国奉献。"

采访手记

在拍摄过电影《冰山上的来客》的塔县采访，我问年轻的塔吉克族民警贾米，"雪山，意味着什么？"

他略作思考之后回答："雪山代表着信念的纯洁。"

"那么你的信念是什么？"我问。

"为祖国奉献。"他回答。

在这种地方听到这样的话，我会更单纯地相信并且为之感动。

从塔县开车两个多小时，就到了海拔5010米的红其拉甫边境站，这里伫立着世界上海拔最高的国门，站在这里，才体验到"祖国"原来这么高这么大，而我离国门这么近，迈过去，就离开了。

在这个离蓝天很近的地方，走得快一点就会气喘吁吁，待的时间长一点，就心跳加快头重脚轻。跟前几代戍边人相比，现在边防站的条件已经改善很多，战士们甚至在生活区搭起了温室，种上了蔬菜。

但是，条件再改善，跟贾米可以留下来工作的广州无法相比。

我问贾米，6年前，当他军校毕业，从广州回到塔县，一路上最大的变化是什么？他说，广州距离塔县6000多公里，但这不只是空间上的距离。7月，高原已经绿了，开了很多野花，整个县城没有一栋楼房，全是低矮的平房，只有慕士塔格峰高耸入云，"没有哪一座高楼能高过它"。

这座高耸入云的雪山是塔吉克族人至高无上的精神家园。

塔县至今夜不闭户，路不拾遗。走进任何一家土墙垒成的院子，屋内墙上都挂满了家里女人一针一线绣出的艳丽布围，烧得红彤彤的火炉，会烤热从寒风中走来的人的心窝，热情的主人倾其所有招待客人，几杯烈酒下肚，人们会乘兴打起手鼓，吹奏鹰笛，模仿雄鹰展翅跳起鹰舞……

我敬重贾米的选择，因为换作是我，答案并不确定。

幸好见到了贾米，让我知道遥远的雪山下，有信念纯洁的人存在。

归途

齐齐哈尔第二机床厂门口，一个神志不清的老太太要进厂看她的儿媳妇，被门卫阻拦。老太太拿出了一张照片，指着不远处竖立着的巨幅毛泽东主席和一个人握手的黑白照片，对门卫说："你认识这个人不？他是我老头儿，你不能不让我进去。"这个和毛泽东握手的人是马恒昌。

一

一位老人，躺在北京至齐齐哈尔的特快列车上，奄奄一息。两年来，他经历了 5 次癌症手术，耗尽了所有的气力。就在两天前，他第一次大便失禁在床上，面对儿女，老人一下子涨红了脸……77 岁的马恒昌做出了最后决定，"北京不能再待了。我要回家"。夜色笼上天空，喧闹的世界渐渐沉寂，只有列车沉重的足音陪伴着无法入睡的人走向自己的目的地。

对各方的劝阻，心意已决的老人只微弱地说了一句话："厂里给我治病得卖掉好几台车床！那钱都是工人的血汗，我没这个权。"

二

躺在软卧包厢里,马恒昌对守在旁边的大儿子马春忠说:"咱们老马家,是共产党、毛主席救的,这个恩,老马家几辈子都报不完。"

1985年5月16日,这个被疼痛折磨的夜晚,与前行列车背道而驰的无尽的回忆,将这位即将告别人世的老人带到遥远的过去——

1948年11月2日,一阵枪炮声响过,解放军攻占沈阳。

原国民党"504"兵工厂一张硕大的告示前,围满了骨瘦如柴饥肠辘辘的工人,人们看到这样一行字——全体工人上班,按家庭人数领高粱米。

战乱中的沈阳饿殍满地,一个馒头能娶走一个姑娘,穷人们在死亡线上挣扎,吃光了所有的草皮、树根。

人群中,站着41岁的大工匠马恒昌。

就在来这里的路上,他碰到了一件事:

上早班的马恒昌看见,厂里一间堆放杂料的仓库冒出了浓烟,一个穿军装的男人正带着几个小孩忙乱地用布驱赶着呛人的烟雾。看见他上前帮忙,军人不好意思地解释:"我老婆是南方人,不会生北方的炉子。"

"解放军长官,为什么不住厂里的洋楼,住这四壁透风的仓房?"

"我们有纪律,官兵一致,不能搞特殊。洋楼要留给工人。"

这话,让马恒昌吃惊。从伪满洲国到日军占领再到国民政府,他见到的政府无一例外不把枪口对准老百姓,有谁管过工人的死活?

领粮的路上,马恒昌想,"天下真有为老百姓做主的队伍吗?"

"只领你一个人的吗?"发粮的军人口气和蔼地问他,"你家有几口人？"

"7口，可他们住在乡下。"

"那也按7口人给你发粮！"

…………

背起满满两袋高粱米，马恒昌立刻坐上火车往家赶。

下了车走回村子的时候，天已漆黑，荒芜人烟的路上大雪无痕，背着重重的粮食深一脚浅一脚地走着，这个一米八几的中年汉子，眼里一直止不住流泪。

冰天雪地，茫茫四野。万籁俱寂的世界里，只有脚下咯吱咯吱的踩雪声。

泪水淌在脸上是热的，比泪更烫的，是这个男人的心。

…………

7岁，马恒昌死了父亲，为了给家里省张吃饭的嘴，小小的他开始给地主放牛，冬天，没有鞋穿，只能把脚埋在牛粪里取暖。

九一八事变，眼见100多位工友被日本侵略兵枪杀，24岁的马恒昌要了两天饭才逃回家。

后来，他成了8级大工匠，月饷上百万，可连一袋高粱米都买不来。同样是为了给家里省张吃饭的嘴，马恒昌不得不把16岁的大女儿远嫁给又老又残的农民。

出嫁那天，女儿坐着铁轱辘马车一路哀号地离去，马恒昌觉得穷人的日子就像是这辆吱吱扭扭转动的破车，在苦海里无望地轮回。

什么时候是个头儿啊？！

在背粮回家的这个漆黑的雪夜，马恒昌终于看到了曙光。

…………

敲开家门，马恒昌把粮袋朝炕桌上重重地一放，大声说："孩子他妈，快给孩子做饭去！"

话音未落，几个躺在炕上饥肠辘辘的孩子兴奋地一骨碌爬了起来。一会儿工夫，久违的饭香飘了出来。那种香气啊……几十年后，马家人好像还能闻得到。

看着孩子们一碗接着一碗地吃着白花花的高粱米饭，夫妻俩对着油灯落泪。

第二天，马恒昌让妻子找出了藏在箱底儿的千分尺。

妻子问他："当家的，你要它干嘛？"

"我要把它带到工厂，献给共产党。"

背粮回家的路上，马恒昌已经想好了——他要报恩！

…………

妻子急眼了，"献了它，就等于献了咱全家的性命啊！"

千分尺是大工匠必不可少的工具。一根头发丝，用千分尺量可以量出六七道，而精密部件的误差只能有一两道。在饥荒的年代，一把千分尺可以换一家人一年的口粮。

马恒昌的母亲病得快没命的时候，妻子几次想卖掉千分尺给婆婆买药，老人说什么不让，"死就死了，这是咱全家人活命的家什，不许卖"。直到咽气，老人还握着千分尺不肯松手。

傍晚，马恒昌来到母亲坟前，"妈，共产党救了咱家的命啊！发了粮、分了地、工厂也开工了。您不是说做人要知恩图报吗？我把千分尺献出去，您不会不乐意吧！"

说完，马恒昌带着一家人，跪成两排，给老人磕了3个头。

连夜他坐着火车回了沈阳，把千分尺献给了正在为没有工具而无法开工的工厂。

三

这时候，全国还没有解放，国民党的飞机不时侵扰着沈阳，肆无忌惮地低空投放着炸弹。

部队首长向兵工厂厂长下了死命令："半个月完成17门高射炮的生产任务，不然枪毙你！"

没有图纸和工艺、没有技术人员，工厂一片废墟，看见焦急万分的厂长，少言寡语的马恒昌只说了一句话："厂长，你放心，有工人在，你就死不了。"

凭着高超的技艺和丰富的经验，大字不识的马恒昌，加工出了高射炮的关键部件闭锁机，并毫无保留地教给了其他工友。

"教会徒弟，饿死师傅。"从来技术保守的工匠们被马恒昌献千分尺、公开技术的一连串举动震动了。

人们推选马恒昌当组长，形成了"三人互助会""检查头一个活儿"等一系列民主管理的做法……地位低下、饱受压迫盘剥的工人们，第一次有了当家作主的感觉，有了用自己的肩膀支撑起一个百废待兴工厂的豪情。

多年后，被送进学校读书的马恒昌，第一次学会写"工人"两个字时，他曾经感慨不已，"发明这俩字的人真了不起。'工人'摞在一起，不就是个'天'嘛！"

为了完成任务，马恒昌一连几天站在车床前，高烧39度，累得尿了血，他也不吭一声。敌机投掷炸弹，工友拉他躲避一下，他头也不抬，"我的命是共产党救的，他国民党要不去"。

…………

高射炮如期完成，敌人的飞机绝迹了。

1949年4月28日,"马恒昌小组"正式命名,包括他在内的10名组员全部入党,小组赢得了第一面流动红旗。

四

黎明的微光,透进窗帘洒进车厢,像模糊的记忆依稀可见。列车在不知名的地方穿行,向北、向北,再向北。

　　……………

35年前的秋天,一列被漆成黑色的闷罐车从沈阳出发,向北疾驰。

徐景荣、佟俊山、赵炳衡、李凤和……这些熟悉的老伙计们挤坐在满车的设备中间,满怀激情,没有人知道要去哪里,只知道列车千里奔驰,向北前行。

鸭绿江边的战火,让刚刚成立的新中国做出了军工企业迁移的决定,跟随着第一列转移的火车,"马恒昌小组"成员从辽宁沈阳来到了黑龙江齐齐哈尔,在冰雪覆盖、野狼出没的荒滩上落户生根。

1951年1月17日,"马恒昌小组"在《工人日报》上发表了《全国工矿职工开展爱国主义劳动竞赛的倡议书》,得到各地职工的热烈响应,共和国历史上第一次劳动热潮由此掀起,"马恒昌小组"成为"中国工人阶级的一面旗帜"。

正在辽宁鞍山一家工人疗养院养病的马恒昌,从广播里听到了劳动竞赛的盛况。

第一个5年计划中,"马恒昌小组"完成了14年的工作量。

历经中华人民共和国成立、"文革"和改革开放,马恒昌小组一直保持着光荣的传统,截至1985年,马恒昌小组荣获省以上荣誉40多项,组长传了15任。

　　…………

"有一个事，我总在琢磨，"回忆忽然中止，马恒昌回到了现实中，对大儿子马春忠说，"这个小组别再叫我的名字了。它不属于哪个人，它属于国家"。

儿子看见父亲的眼睛一直望着包厢房门，仿佛视线已经越过门外，看到了红日升起在远方。"这名字已经让我享用一生了。"马恒昌无限感慨。

五

1950年9月25日，马恒昌坐着从沈阳开往北京的火车，到首都参加全国工农兵劳动模范代表大会。

劳模们被直接送进中南海。"这不是过去皇上住的地方吗？"第一次走进怀仁堂，43岁的马恒昌心潮澎湃，"共产党真是把穷人捧上了天。"

9月30日晚，中央人民政府政务院举行国庆一周年招待会，马恒昌得到通知——由他代表工人阶级向毛泽东主席和中央领导敬酒。

"全国那么多知名劳模，比我资格老比我贡献大的人有的是，这么大的荣誉，怎么落在我马恒昌头上了？"

惊喜、激动之余，从没喝过酒的马恒昌也担心死了。"万一喝醉，那可就丢人现眼啦！"情急之中，他看见圆桌上摆着的汽水，心里一亮。

端着汽水冒充白酒的马恒昌被引荐到毛泽东主席面前，听到"马恒昌"的名字，毛主席笑容满面地连声说了3遍："马恒昌，我知道。"

因为激动呆呆定住了的马恒昌，被人从后面捅了一下，才回过神来，语音颤抖地对主席说："我代表工人阶级向毛主席敬酒，祝毛主席健康！"

毛主席举起酒杯，笑着对马恒昌说："为工人阶级健康干杯！"

……

"万万不该喝汽水啊，真是对毛主席他老人家大不敬！"这次敬酒的经历，荣耀和懊悔伴随了他以后的人生。

他把和主席握手的照片端端正正地挂在床对面的墙上。几十年，每天醒来，第一眼看到的就是这张照片。

六

1975年3月的一个星期天，马恒昌把子女们叫到家中，宣布"有话要说"。这一年他刚刚当选全国人大常委会委员，在人民大会堂开会时，穿着一件土气的灰棉袄的马恒昌，坐在了主席台上。

从北京回来，有人称呼他"马常委"，他立即表情严肃地纠正，"可不能叫什么常委，我只是个工人"。

马恒昌对儿女们说："从今以后，全家人不许背着我向领导提要求，哪怕再合理的要求也不行。"

大儿子马春忠一家6口三代人挤在16平方米的房间里，出门都要侧身，马春忠的妻子陈颖瞒着公公马恒昌向厂里要了一套两居室。马恒昌知道了，硬是让儿媳妇把钥匙退了回去，"我知道你们困难，但困难的不止咱一家，'工作向上攀，生活向下看'，我们家要加一个'更'字"。

"喊破嗓子，不如做出样子。"这是马恒昌经常说的话。

70岁前，马恒昌一直住在厂东门边的平房里，房前屋后被公厕、垃圾堆和死水塘包围，门口积水泥泞，房屋低陷潮湿。

有一年，时任全国人大常委会副委员长、同为全国劳模的倪志福到齐齐哈尔视察，提出要到老朋友马恒昌家里看看，马恒昌害怕当了"大官儿"的老友看见自己的陋室会说话，硬是以"老伴耳聋，家里没人"为借口，谢绝了老友的好意。

马恒昌照过 1200 多张照片，却只照过一次"全家福"，照片上少了远嫁农村的大女儿春霞。

曾经，大女儿领着丈夫到城里找过马恒昌，农村生活太苦了，她想让已经是名人的父亲帮忙给他们找个活儿干。

这个女儿，马恒昌心里最愧疚也最牵挂……一连几天，"帮"还是"不帮"，两个念头在他这个当父亲的心里打架——

马恒昌脸上的笑容没有了，饭也吃得很少，不说一句话。

最后，马恒昌对女儿说："在农村的也不是咱一家子女，爸不能为了你搞特殊化。自己的路要自己走。"

多少年过去了，每当城里的儿女提议照张全家福，马恒昌总是拒绝："有一张得了，照那干嘛！"

七

1979 年 7 月，马恒昌被安排到青岛一个高干疗养区疗养。

这里的建筑都是独门独院的二层楼，站在窗前远眺，人就像是站在大海中行驶的轮船上。花木繁茂的院落，宽大舒适的房间，糖果茶点应有尽有。

一天下来，马恒昌对陪同的大儿媳妇陈颖说："来这里疗养的人，都是一人一院，太豪华了。光服务员就有十几个，这么排场，我住不惯。"

"您不用担心，钱不一定是厂里拿，可能是国家报销。"

"谁拿不都是国家的钱吗？"

"爸，您甭多想，可能全国人大常委就有这个待遇。"

"什么常委不常委的,我就是个工厂的工人。"

住在这里,马恒昌总是心神不宁。面对大海他常常独自伫立很久,"我总觉得住这里不合适"。

勉强住了几天,马恒昌坚决离开了。

八

23个小时的颠簸,从北京出发的这列火车终于到达了齐齐哈尔。

30多年间,这条路马恒昌不知往返了多少次。现在,这是最后一次……

曾经多次,当年一起当劳模的领导邀请马恒昌到北京工作,他总是回答:"我是工人,不能离开工厂,不能离开小组。"

一天两夜,归途中,马春忠几乎没合过眼。听着疼痛难奈的父亲不时发出呻吟,看着太阳从地平线升起,又一点点坠落在广阔无边的平原上,这个即将失去父亲的人,内心充满悲伤——看到太阳升起,他会想:"人啊,如果能像朝阳一样富有生气该多好啊!可是人终将会像落日一样沉没,不论它曾经升起得多高,也不论它曾经散发过多少的光和热……父亲的一生,是报恩的一生,真正按照他心里的共产党员的标准,只做奉献、不肯索取的一生……"

临下火车时,马恒昌对儿子说:"我想见一个人。"

儿子问:"谁呀?"

"王金平。"

九

终于回到齐齐哈尔,回到工厂,回到小组,回到家了。

这里的春天才刚刚到来，风吹在脸上，特别清凉，跟北京的不一样。

住进齐齐哈尔203医院，来看望马恒昌的人川流不息。

告别，总让人感伤。

一天，马恒昌对一位老部下说了一番话，让子女们看到了一生不徇私情的父亲在人生最后时刻儿女情长的一面。

"我的大孙子马虹，本来应该接我的班，因为我一直没退休，他的父母只好花2800元钱给孩子买了一个指标，可那个单位又倒闭了……你能不能在负责的单位帮我的大孙子解决一下工作？"末了儿，马恒昌又说了一遍："你要知道我是在什么情况下跟你说这个事儿的。"

…………

耿直了一辈子的马恒昌不会知道，唯一一次为家里人开口，却没有下文。

✣

1985年7月17日，马恒昌在病床前终于等到了自己念念不忘的那个人——王金平。

从北京一下火车，马春忠在第一时间里，就向有关方面反映了父亲马恒昌想见王金平的意愿，一番联系之后，终于找到了在沈阳大东区担任区委书记的王金平。得到消息的第二天，王金平坐着火车赶到了齐齐哈尔。

白发苍苍的两位老人，隔着眼泪辨认着对方，说不出一句话，手紧紧握着，不肯松开。

…………

1948年11月2日,沈阳解放。原国民党"504"兵工厂被解放军接管。英气勃发、和气可亲的军代表王金平是马恒昌认识的第一个共产党员。

是王金平发现了技术、人品一流的马恒昌,并推荐他担任组长,带领工友们突破技术难关。在他的帮助下,马恒昌加入了共产党,"马恒昌小组"享誉全国。

泪眼模糊中,那些一起经历的艰辛与辉煌,渐渐清晰又逐渐远去……

见完王金平的第二天,马恒昌去世。

临终时,他的眼角流出两颗热泪,没有留下一句遗言。

老伴悲伤地帮他穿起唯一一件呢子大衣,那是当选常委后,为了在其他代表面前不显得太寒酸,马恒昌特意到北京王府井百货大楼买的。

再过6天,是他78岁的生日。

十一

2010年5月11日,齐齐哈尔市革命公墓。

午后,偌大的院子里,只停了一辆车——马兵的银灰色夏利。

敞开的铁门里,一座白色小楼散发着远离尘世的气息。

马兵在白发苍苍的父母和5岁女儿陪伴下,跪在马恒昌的灵前,磕了3个头,"爷爷,我今年也当上全国劳模了"。

骨灰盒前摆放着照片,马恒昌穿着白衬衫,袖子挽起,头发苍白,柔软而稀疏,显得额头更加宽阔,鼻梁挺直,一双大手随意放在腿上,眼睛看着镜头神态安详。旁边的老伴儿,盘腿坐在炕上,淡蓝色对襟汗衫,黑亮的短发梳在耳后,纹丝不乱。

一本为纪念马恒昌诞辰百年出版的《一位开国劳模的家事》遮住了主人的姓名，只露出一个蓝色的存放号牌——0623。

……

十二

1950年9月26日，参加全国工农兵劳动模范代表大会的劳动者们，集中在丰台火车站，登上"毛泽东号"专列，直奔新中国热烈跳动着的心脏——首都，北京。

车厢内，孟泰、赵占魁、刘英源、田桂英……这些意气风发的劳模们在热情地握手，大声打着招呼，兴高采烈地签名，一派欢庆景象。

车厢外大片大片的农田，麦穗已经金黄。

站在车窗前的马恒昌，忽然注意到，列车行进的路面两旁，齐刷刷地站着身着军装的解放军战士，全副武装，背对车厢，三步一岗，一字排开，像金色田野中两条笔直的水平线，白晃晃的刺刀，阳光下闪着耀眼的银光。

车轮在钢轨上铿锵滑过，坚定地驶向目的地。

43岁的马恒昌，伫立窗前，眼前不断闪过英武庄严的士兵，身后一浪高过一浪的欢笑声渐渐模糊，"党和国家把我们看得这么重要啊！"

心潮澎湃难以自抑的马恒昌，仿佛听到了自己的心在一遍一遍地问着自己：

"我们是什么？还不就是旧社会被人欺压的人么？！"

采访手记

  一个工人生前受到国家主席13次接见，一个以他名字命名的小组曾经在全国家喻户晓，20世纪50年代，一批工人、农民劳模享誉全国，那真是一个时代的传奇。而与之相比的，我更感慨这个人一生朴素的坚持，一生守持一颗报恩的心，克己奉公，没有因为荣耀、地位而忘本。

  不需要华丽的言辞，这个人的品性跨越时代的界限，让今天的我景仰。

第二篇 铁魂

我的草样青春

见过李鹏之后，走在人来人往的闹市，看着打扮入时的年轻人，有时候我会想，同样是只有一次的青春年少，人和人的差别却那么大。

一

坐在会议室正中，与同事比起来，李鹏的白色工作服显得有些新，衬得脸色越发灰暗，黑框眼镜里一双细长的眼睛，很少移动。

24岁的他，参加工作3年，已经是"陕西省技术状元"了。

主持人逐一介绍过单位领导之后，竟漏掉了采访的主角，在一片笑声中，李鹏站了起来，有些拘谨地向记者们鞠了一个躬。

…………

事后，想起这个偶然发生的情节，我恍然明白，对于这个年轻人来说，这里不是他的主场。

他的"地盘儿"是在地下十几米深的隧道里，一间只能并排站下两个人的狭窄的盾构机操作室。

二

从会议室出来，李鹏换回一身半旧的蓝色工作服，戴上红色安全帽，走在烈日烘烤的工地，在装束差不多的职工中我一时没认出他来。

顺着铁梯一阶阶地往地下走，我搞不清一共拐了几次90度的弯儿，眼见前面的人后背已经被汗湿透，空气越往下越潮湿闷热，让人头发蒙。

这是宁波市在建地铁的一个停靠站，鼓风机嗡嗡不停转动着，向地下吹送着新鲜的空气，陪同人员解释，"挖隧道，对面那头儿是不通的，所以格外闷热"。

李鹏的工作就是操作盾构机打通隧道。

"盾构机"是一个长70多米、推力几千吨的重型设备，据说这个力量可以把6个运载火箭送上天。这个庞然大物不仅具有穿山甲一样的功能，可以在地层中钻出一条通路，而且还能将挖掘好的土洞直接用混凝土封闭成壁面光滑的隧道。

大学电气自动化专业毕业的李鹏，在深圳项目部当了4个月"白领"后，就服从单位分配，脱掉白衬衣，换上蓝色工作服，下到十几米深的地下，开始了盾构司机的"蓝领"生涯。

屏幕、键盘、鼠标，盾构司机通过操纵工作台上的按钮指挥盾构机向着前方掘进。

坐在李鹏的工作台上，我发现视线前方除了倾斜的显示屏外，只能看到一行黑色的英文字，想看到室外的情况，必须站起来。

我帮他算了一下：每天在地下工作12小时，即使按一年300天算，3年就是10800小时。"也就是说，你当了10000多小时的'地下工作者'了。"我说。

听到这个数字，李鹏有些吃惊，他也没想过自己待在地下的时间竟有这么长了。

"在地下待时间长了，人有些麻木了。"他说。

因为工程建设的特殊性，项目部的工人分黑白两班、每天在地下连续工作12小时，15天倒一次班。"干了大约一年的时候，人真的有点坚持不住了。"李鹏承认心里很挣扎，"每天除了上班就是睡觉，之后又是上班，周而复始日复一日，感觉很空虚、很迷茫。"

一个20岁出头儿的年轻人，在这么繁华热闹的都市，却每天12小时值守在十几米深的地下，没有阳光、没有网络、没有手机信号、没有休息日……十几米地层隔着的是迥然不同的两个世界。

"后来还是坚持下来了。"没等我问，他难得主动地说，"因为，想想自己毕竟还年轻！"

三

一天，电视台记者和市民代表来参观工地，职工们冒雨列队在门前迎接，给每个参观者发白手套、安全帽，领着他们到隧道参观，耐心地讲解盾构施工……听着来宾们发自内心的感叹和称赞，第一次经历这种场面的李鹏忽然心里很感动，既为自己的单位和工作骄傲，又觉得必须做好每一件事，才对得起企业的形象……

盾构机操作看似简单，依照程序按电钮就行了，其实却充满风险：盾构机要穿越河流、岩层，掘进过程中，司机看不到前面的情况，只能通过操作台显示的数据进行操作。一旦出现失误，就可能危及地面上建筑物的安全。

他经历过的最惊心动魄的一次盾构穿越，是深圳地铁3号线大运会专线的掘进,盾构机就在已经通车的地铁一号线下面挖掘,隧道顶部距离来往不息的一号线地铁站只有1.46米,近得还没有一人高!

穿越这段的时候,公司派了总工程师到现场坐镇,不仅每天下到现场检查、落实施工情况,而且要求项目调度员每两小时发一次短信汇报。最困难的地方,李鹏操作盾构机七八个小时,才向前掘进了1米!

....

隧道贯通的那一刻,李鹏第一时间从盾构机前面的刀盘爬到了洞外,站在阳光下从正面静静地看着破洞而出的盾构机,抽了一根烟,拿烟的手激动得一直在抖。

四

短短3年,李鹏在深圳、宁波转战了4个项目,跟他一起进公司的伙伴成了他的"徒弟"。

在深圳工作时,他有了女朋友。

过年的时候,女友从深圳来到宁波看他,特意送给他一条系在手腕上的红绳结。"因为是我的本命年,戴着它辟邪。"

我问他:"想到女朋友,会有一种阳光的感觉吗?"

"没有。想到下班,会有阳光的感觉。"

停顿了一会儿,他说:"想到她,会有放假的感觉。因为只有放假时,我们才能在一起。"

五

地下长时间工作，感到特别闷的时候，李鹏会用手机播放一会儿音乐，和着隧道里嗡嗡作响的机器声，听听歌、看看书。他喜欢读一本叫《草样青春》的小说，用草来比喻青春，很容易引起他的联想和共鸣，而且更重要的是，他觉得可以通过它了解一下其他青年人的生活。

从小，李鹏就觉得自己跟同龄人不太一样，别人都有父母陪伴，而他一直跟着爷爷奶奶生活。

李鹏的爷爷和爸爸都是修铁路的工人。七八岁的时候，他第一次来到父母工作的地方，四周全是大山，荒凉得见不到一点绿色。他问爸爸："你们为什么要待在荒山野外，有家不回？"父亲回答："施工虽然辛苦，但工作总要有人干啊。"

…………

一个人走在幽深的隧道里，有时候他会想起爷爷说过的一句话："你不要怨恨你爸总不回家，他是为了国家的建设奉献了自己最年轻的一段时光……"

采访手记

李鹏最终还是辞职走了，本来单位计划把他树立成青年爱岗敬业的典型加以培养，但这个年轻人还是离开了。

像李鹏所在的建筑行业，工作艰苦，而且基本上四处漂泊，长年不在家，年轻人流失情况一直比较突出，所以宣传部门毫无例外地选择"忠诚单位坚守岗位"这样的主题进行员工教育。

但现实地想，留下来的人更多是为了生计吧，但凡能离开，走的人还是多。

有时候反思，作为记者，其实应该更多关注行业、企业如何改善工人工作环境、降低劳动强度以及提高薪酬待遇问题，光靠放大奉献精神，并不能促进劳动者待遇的改进。

看过一篇报道，在澳大利亚，因为市政工人待遇好，从业竞争激烈，政府优先选择服过兵役为国家作过贡献的人就业，这让我印象深刻。和李鹏这样的劳动者接触多了，有时候我想，什么时候我们国家也发展到那样的水平？

我不认为李鹏是个逃兵，即使他是因为受不住苦坚持不下去了，也不能抹掉他曾经那么努力的青春。

用勇气拥抱世界

遇到灾难的时候，人会本能地封闭自己，寻找亲人的温暖，退缩到思想和情感中，这样的诱惑对处在困境中的人特别强烈。但这是不够的。因为不论什么境遇，每个人对世界都具有责任。而一个人只有尽到了对世界的责任，才能真正具有价值。

——

晚上8点，下班高峰已经过去，北京秀水街到建国门一侧的人行道。

我站在最内侧的盲道上，用一条长丝巾蒙住了眼睛，向前走。

一步、两步、三步……我用意志克服着恐惧，怕摔倒、怕跟人撞上、怕旁人奇怪的注视，这些让我每迈一步都格外小心。

我只走出了38步。

杨佳，29岁双目失明，却走出了令人折服的重生之路：

——失明8年后，她考取美国哈佛大学肯尼迪学院，并获得全额奖学金；

——一年完成学业，成为哈佛有史以来唯一一位获得行政管理硕士学位（MPA）的外国盲人。

……

当一个人一无所有的时候，也许才会知道自己还拥有什么。

失去光明的杨佳，没有将自己的人生停滞在黑暗之中，反而用自己的行动影响启发了越来越多的人。

采访杨佳之后，我发现自己有时候会闭起眼睛，努力体会风吹过脸颊的感觉……

二

杨佳，看不见的时候，你也像我一样害怕吗？

从发病到完全失明，杨佳大概经历了两年的时间，景物在她眼前一点一点消失，这恐怕是仅次于死亡的恐惧吧？

那时候杨佳常常会看着天空发呆，不是想万一什么都看不见了该怎么办，更多的时候她是在问自己，宇宙间是否真有一个万能的主宰，会不会在下一个清晨到来的时候，给她一个奇迹？

"眼前白花花空无一物的时间久了，心里就越来越清楚了——逃避是根本没用的，不管你愿不愿意，你都必须去面对，而且越早接受现实越好。"

摆在杨佳面前的现实是：丈夫离开了，一切要从头开始。

那阵子，杨佳的腿上总是磕得青一块紫一块，用吸管喝果汁，吸管又戳到了眼睛……

要生活，要像婴儿那样重新学习走路、吃饭、梳洗、写字……

让她重拾快乐的，是工作，是重回校园继续她当一个好老师的理想。在此之前，杨佳已经在中国科学院研究生院当了10年的老师，教授博士生英语写作和口语。

重回校园，首先是交通的问题。年近古稀的父亲当起了女儿的拐杖和保镖，寒来暑往，披星戴月，坐公交车、挤地铁，到教学楼，这对父女总是挽着胳膊，风度翩翩，气质优雅地在一起。

偶尔，下课的时候阳光好，父女俩会挽着手先走上一两站地再坐地铁，也许父亲会更紧地握住女儿冰凉的手，女儿也会轻快地抓抓爸爸的胳膊，无言地表示她的喜悦和感激。

为了克服上厕所的不便，杨佳常常只喝很少很少的水。她在教室里一动不动全神贯注地讲课，父亲也坐在不远处的教员休息室里等她，常常也是几个小时一动也不动。

这期间，杨佳出版了《研究生英语写作》《研究生英语阅读》两本书。前者被多所大学的外籍教师选定为博士生英语写作教材，后者被她最敬佩的导师李佩教授赞为"一部非常好的令人起敬的著作"。

一次，杨佳教过的一对学生夫妇，在校园遇见已经完全失明的她，只说了一句"老师，你怎么变成这样了呢"，就站在学校门口哭了起来。最后，还是杨佳劝住了他们，用笑容与之告别。

从那以后，杨佳发现自己比以前爱笑了。

三

2000年，人类迎来了一个新的千年，37岁的杨佳觉得自己应该走出去，去看看更远的世界，去接受更新的观念，学习更新的知识。

在哈佛大学，每天6门课，杨佳就在学校提供的一台特殊的计算机上插好 6 块电池，每一门课杨佳按下一个开关键，身边的同学帮她确认工作键指示灯亮了以后，她就开始随着教授的演讲，手指如飞地记起笔记，一堂课下来，同学们发现她的笔记就是一篇完整的讲义，不仅有教授的要点，而且有她自己的理解。

下课了，同学们看书，而杨佳则是通过计算机软件听书。每天老师布置下来的阅读书目常常多到一两百页，正常的学生都叫苦不迭，而她则要先在扫描仪上把书一页一页扫进计算机，之后通过特殊的软件读出来。当时计算机软件的正确率只能达到 96%，剩下 4% 的差错率可就害死人了，因为读不出又看不见，只能靠猜！

一天，母亲瞥见了女儿鬓角长出了白发，兀自伤心了好久……

杨佳练出了超快的听书速度，竟可以达到每分钟 500 个单词，那几乎就是录音机快进时变调的语速了。一年下来，她竟超出学校规定，比其他同学多学了 3 门课程。

在哈佛，杨佳不仅是坚韧的，而且是智慧的。

在毕业演讲中她说："疾病使我视力减退乃至失明。这期间我明白了一个道理，我认为人一生的奋斗分为两个阶段，第一阶段是与别人竞争，第二阶段是与自己竞争。对一个国家来说也是这样。"

杨佳的演讲和勇气赢得了满堂喝彩。她得到了哈佛大学少有的 A+ 成绩。

四

从哈佛回国后，杨佳在研究生院开课讲起了《沟通艺术》。

她在向学生展示沟通成为艺术的境界。"原来认为世界领袖离我们太遥远，但听杨老师讲解教授其中的方法、理念，我们觉得有一天自己也能做到。"杨佳的课堂出现了学生爆棚的现象，容纳 40 人的教室，170人争相报名，最后只能挤进来85个人。

课堂上，不时有同学会下意识地举手要求发言，更有一些人主动上台，杨佳总是循声侧过头来，微笑着为他们鼓掌。

……

小时候的杨佳，是一个特别听话的乖乖女，刚进研究生院工作的时候，上课的学生年纪都比她大很多，她整天穿着花裙子蹦蹦跳跳笑笑呵呵，她的导师李佩教授非常喜欢这个成绩优异的弟子，动员她："杨佳，把你留在学校当个老师好不好啊？""好啊。"杨佳想，有一天能像自己最敬佩的老师一样桃李满天下，该有多好啊！

那时候，她只想做一个好老师，一辈子留在单纯的校园里。可是，灾难降临了，改变了她对人生的理解。

遇到灾难的时候，人会本能地封闭自己。在黑暗中，人应当采取何种恰当的态度生活？退缩到思想和情感中，寻找亲人的温暖来替代光明，这样的诱惑对处在困境中的人们特别强烈。但这是不够的，因为不论什么境遇，每个人对世界都具有责任。而一个人只有尽到了对世界的责任，才能真正具有价值。所以，原来那个只将自己圈定在学院围墙里的杨佳，在失明后，反而主动走出家门、走出校门，参与了盲联的很多工作。她的社会责任感更强了。

"人生就是一个不断自省、不断发掘潜能的过程。与人、与世界甚至是与自己沟通，首先需要培养的是一个人的勇气和胆识。"这是杨佳向学生传授的第一个理念。

又是一堂课结束了，杨佳一手提着电脑一手挽着爸爸的胳膊走出教室，她不时会停下来，让身边的学生先走过去，她会和父亲说说今天的课程。

"下，杨佳。"父亲低声提醒着女儿，杨佳的脚步停顿了一下，然后熟练地跟着父亲走下了长长的台阶。正值下班高峰，地铁里人头攒动非常拥挤，紧靠在父亲臂弯里的杨佳，柔弱得像一棵细草，却那么坦然、毫不迟疑地在人流中前行。

采访手记

相对于杨佳的励志经历，一直以来让我念念不忘一直打动着我的，是她和父亲在一起的样子。那是一位头发雪白、身材挺拔、风度翩翩、不肯低头的老父亲，看见这对父女，我莫名的感动。

但是，杨佳却要求将这部分删掉，理由是不想让人觉得他们可怜。但是我还是固执地保留下来。多年过去了，不知现在的她是不是改变了想法。

杨佳有一个不向外人打开的"魔法师的密室"———她的房间。她为自己保留着一个外人到不了的地方。"其实什么都没有，一台电脑和一个扫描仪，很简单。"她解释道。

多年过去了，不知道现在改变了没有。

从卫生队里走出的少将军医

他一直保持着中国人民解放军三军仪仗队军人英武的形象。数不清的病人把他当作救命稻草，而他有的却是咬碎牙齿往肚子里咽的隐忍和刚毅。他是宫恩年。

——

凌晨4点半，我突然醒了，想到要进手术室采访，忽然既害怕又兴奋起来，脑子里反复出现宫恩年的话："你要看血腥的就有血腥的，看惊心动魄的就有惊心动魄的。"

9点，秘书送来一杯牛奶，"院长说您一大早出门，可能没吃早饭"。半小时后，换好手术服，我被领进手术室，令人新奇的是这里居然播放着音乐！而手术台前整齐摆放的电钻、骨钳、锤子、钩子，还有密密麻麻说不出名字的工具，让我想到了"刑具"。

一身绿色手术服的宫恩年戴上护士递过来的玻璃眼镜，站在了手术台前。助手邵彬小声向我解释："戴眼镜是为了防止手术中血溅到眼睛里。"

第一台手术是一位80多岁老太太,置换髋关节。

绿色的手术单将她的全身覆盖,只露出手术的部位,助理医生们已经在大腿根部预先切开了一道深及骨头的口子,等着主刀的宫恩年手术。"像这么大年纪的老人,几乎没有医生敢给她做手术了,没人愿意冒风险。我也不愿意。但是病人找到我,求我,我就经常忍不住答应了,原因是如果老人不能走动了,整天坐在轮椅上或者躺在床上,那还有什么生活质量?人活着就要活得高质量。"宫恩年说,他做过手术的老人最高龄是103岁。

无影灯下,宫恩年开始手术,电钻、骨锤,一件件工具递到他手上,一块块纱布填进汩汩冒血的伤口处,瞬间殷红……骨锤敲打骨头时,血溅到了我的手背上,感觉就像被什么烫了一下似的,用纱布擦掉后,还觉得有印儿留在那儿。

为了更清楚地看清医生手术的细节,护士搬来一个小圆凳,扶着我站在高处观看,这时,老人的头动了一下,吓了我一跳。"我们这里的病人大部分采用局部麻醉,这样既可以替病人节省费用,对身体的损伤也小。"听护士这么一解释,我才明白为什么手术室里播放着音乐,要不病人听着钻头、锤子在自己身上叮叮当当响个没完,得紧张成什么样子了!

二十几分钟,宫恩年将金属片严丝合缝地嵌进骨头里,声音很愉悦地对着老太太说:"非常完美!您两三天后就能下地走路了。"接着,他又对我说:"别的医院关节置换手术时间长,我们只用20分钟,没有多余动作。"

重新消毒后,没有片刻休息,宫恩年走进另一间手术室,开始第二台手术。

在这家医院,宫恩年的诊室和手术室都很特别,诊室是里外套间,可以容纳4位病人看病等候,不仅可以不间断看病,而且能够缓解病人等在门外的焦虑情绪，而手术室则是"品"字形的3间，穿行其中，他可以最高效地利用时间为病人手术。

每年，宫恩年的手术量都过万例，为此，他经常要去补牙，因为手术中常常不知不觉地用劲儿，后槽牙总是被咬碎。

做完风险性极大的手术，如果病人过了苏醒时间没醒，他会立马急出一头冷汗，日积月累的焦虑，让他手背上出现了一大块白斑。

…………

二

中午11点，宫恩年走出手术室，来不及换衣服，披件羽绒大衣，穿着拖鞋，就直接进病房察看前一天刚做完手术的病人情况。

11点40分，一身笔挺军装的宫恩年出现在食堂，一位35年前的病人起身迎上前来。

这位叫戴宝华的女人，刚从伊朗回国。"35年了，我一直没再见过宫大夫，可一直都没忘，这次回来一定要见见他。"

今年58岁的戴宝华面容姣好，看得出当年的美丽。"我那时候才23岁，是副食商店卖水果的售货员，得了颈椎病，左胳膊抬起来都困难。多亏您帮我治好了！现在我已经当奶奶了，特别想邀请您有时间带着夫人到我家里来，我给您好好做顿饭表示感谢！"

"应该我谢谢你才对！"宫恩年笑了。

35年没见，宫恩年依然记得这个女病人。当年，他是中国人民解放军三军仪仗队的一名卫生员，靠着祖传的正骨方法，自发为训练中受伤的战友治病，渐渐走上了从医之路，因为治疗效果好，不仅战友、领导找他治病，社会上也有越来越多的病人找上门来。

"那时候，没人支持我看病，因为万一治坏了，连长指导员都跟着受处分,当年别人最大的支持就是不反对。"

35年不见,戴宝华觉得宫大夫没什么变化,就是脸变瘦了。"当年哪有现在这么大的医院、这么多医生啊,就在连队边上的一间特小的房子里,只有一张床,铺着一张单子,怕人多给蹭脏了,脚底的地方还垫着一块塑料布。"言语间,戴宝华想起当年宫恩年穿着的那件白大褂,"唉,就那么一件白大褂,又旧又短的,刚过屁股,哪像现在这么精神。"

那时候看病,宫恩年不收一分钱,完全是义务,每月津贴只有6元钱,还经常把自己熬制的膏药送给病人用。戴宝华说:"他那时候说话很少,却很乐观很有信心,而且他的医术很高,冬天给我扎针都是隔着棉裤直接扎!"

"那是为了避嫌吧?"我插话问道。

宫恩年点头:"万一有人说你的不是,你就甭想干了,脱了军装走人吧。"

"那为什么还要给人看病呢?"我问。

"就是想解除病人的痛苦啊,那时候什么都没想过,根本不会想到今天的样子,就是很朴实地想当个医生,给病人治好病。"

戴宝华的到来,勾起了宫恩年对往事的回忆。

有一次出诊,赶上瓢泼大雨,病人给了他一把油布雨伞,到外面一打开,伞整个儿散架了,只能淋着大雨回连队,结果发起高烧,晕晕乎乎地躺在地上睡着了,醒来时想喝口热水,暖壶却是空的……回想当年,宫恩年感慨,"我是在夹缝里生存下来的"。

一直到10年前,还有同行不屑地称他"那个卫生员","现在,他们说到我,都不说话了。"面对责难,从20岁起他就不吭一声,只管埋头钻研,干自己认为对的事。在他的会客室窗台上放着一块石头做的牌子,上面刻着一个字——忍,牌子旁边挂满了别人送他的"骨神""神刀"之类的条幅，而宫恩年的军装上也已赫然嵌上了一颗金星，成为专业技术3级的少将军医。

三

下午5点半，一只棕色的贵宾犬率先跑进了会客室，随后，一天做了9台手术的宫恩年走了进来，换了一件红绿白相间的格子衬衫，外罩墨绿色的毛背心，头发梳得纹丝不乱。

"给记者倒咖啡。"他轻声对身边人说了一声，随即腰板挺直地坐进白色的沙发，那只小狗蜷伏在他身后，好像替主人累了一样，头埋在浓密的卷毛里，悄无声息。从去年开始，宫恩年身边多了这只小狗，有人说这是宫恩年的"小蜜"。过了知天命的年龄，他的生活里终于流露出一些柔情的色彩了。

刚过完56岁生日的宫恩年，讲到此生的遗憾和欣慰，竟两次落泪。

和他感情最亲的爷爷去世，他没能回去照料，成了他多年来最遗憾的事，一碰就会心酸。

"小时候爷爷常常问我，你长大后，会不会想我？我病了，你会不会照顾我？会不会给我买好吃的？我都满口答应了。爷爷去世那天，正是除夕，卫生队里只我一个人值班……当初答应他的事一件也没做到，从那以后，我就不再轻易许诺，答应的事一定认真做好。"也许因为这样，宫恩年看见那些年迈的老人，他总是格外耐心，也总是甘愿冒险为老人们做手术，解除他们的痛苦，遇见跟爷爷长得像的住院老人，宫恩年甚至会蹲下来帮他剪脚趾甲。

两年前，山东老家下了一场大暴雨，宫恩年父母住的老房子半夜里被雨水冲塌，幸好在房塌前的几分钟，熟睡中的老父亲突然醒了，拉着老伴跑到了屋外,"也就一瞬间的事,房就倒了"。说起当时的险情,宫恩年又一次红了眼圈,"如果父母出事了,我怎么交代呀!这么多年也没顾上给老人盖个好一点的房子!让我欣慰的是,自己这么多年从医行善,老天爷给了我最好的回报,保佑了自己的父母逃过了劫难"。

…………

爱人退休那年,儿子刚好到外地上大学,担心妻子一个人待在家里太冷清不适应,宫恩年一改几十年的老习惯,破例每天回家陪她吃晚饭,甚至帮着一起干家务,整整半年,直到妻子看他这么忙还要为自己分心,感动到不好意思了,他才又住回医院,每周只在星期天回家一次。

"白天看病做手术,晚上查房处理院务,进行骨病研究,几十年来,我把别人不要的时间全部利用起来了,人一生的奋斗就是跟自己的惰性做斗争,斗争到底,事业上大半成功了。"

在专业上取得了好几项世界性突破的宫恩年,甚至很少像其他专家那样外出讲学、参加学术活动。"一个人离开一线,业务技术就要退步了。"他说。

采访手记

  2018年官恩年从他一手创建的部队医院退休了,留下了刚刚建好的医疗大楼。我问他:"耗尽心血却离开了,心里会不会觉得委屈?"

  他回答:"早知道这样,我应该挣更多留给国家。"

锁王

在他普通的外表下有着让人好奇的神秘色彩……

一

传说，他用手一抹，就能把锁打开。

从普通门锁、防盗门锁、银行金柜锁、ATM 机锁再到各种汽车的门锁、发动机锁，世界上 3000 多种品牌的锁具他都能开。

主持人赵忠祥新买一辆奥迪 A6，钥匙落在车里打不开门锁，汽修厂认定只有砸碎玻璃一个办法，经人介绍赵忠祥找到他，请他出手，但又不放心地对他说："要是把锁弄坏了，你可要赔。"他回答："如果把你的锁弄坏了，我赔你一辆车。"结果，36 秒，车门开了。

温州一家银行的 ATM 机出现故障，处理了 1 个月也开不了锁，他派徒弟坐飞机过去，3 分钟解决问题。

蒙古国一位商人的奥迪汽车钥匙不见了，当地锁匠无法处理，从德国定做新钥匙要等 1 个月，车主通过使馆找到他，他赶到蒙古国，不仅 1 分钟开了车锁，而且 5 分钟就给车主配出一把新钥匙……

这些听来很神的事儿，对"锁王"黄永强来说，只是日常工作的一部分。

作为锁具专家，黄永强被公安部聘请为全国公安侦查系统的警察授课。

一对教师夫妇被人撬锁杀害，办案刑警特意把他请去做开锁痕迹检测。

他拥有28项防盗锁具和开锁工具专利，产品远销世界。

16岁在老家鞍山推着小车在街边摆摊修锁配钥匙，到现在门徒四千，牵头制定《锁具修理工国家职业标准》，再到荣获全国劳模、"中华传统技艺技能大师"和"修锁大王"称号……尽管黄永强这个东北男人身高只有1.60米，但却真是位"高人"，在他普通的外表下总有几分让人好奇的神秘色彩。

二

见到黄永强，我首先注意看了看他的手——很小却非常厚实，像戴了棉手套似的，让人称奇的是，这个人的拇指、食指、中指、无名指和小指，5个指头长短几乎一样。据说长着这样手的人，必然极其聪明。

"这么聪明的人，应该成为科学家。"我打趣地说。"我从上小学就学习不好，到初中就跟不上了，所以14岁就到工厂上班了。"他坦白地承认自己"没文化"，"上学太少，这是现在最让我觉得遗憾的事了"。

1981年16岁的黄永强不顾全家人的坚决反对，执意辞职在街边摆起了修锁配钥匙摊儿。"我母亲为此跟我大吵了一架，你那么小个儿，又没了正式工作，将来连个媳妇也娶不上。"那时候人们的观念还接受不了个体户，尤其是修锁配钥匙，在他们看来干这些活儿的都是些刑满释放人员。黄永强的父亲严正地告诉儿子："在大街上你别跟我打招呼，别说咱俩认识，我丢不起这个脸。"但是别看年纪不大，黄永强却拿定了主意，"我一定要出去，让社会来证明我能生存下来。"

每天黄永强推着自己用160元钱改装的小推车起早贪黑地忙活，修锁、修钢笔、配钥匙……"第一个月我挣了800多，第二个月1500，第三个月3000多，我母亲更怀疑我不走正道了，怎么我一个月的收入比她一年还多？她开始到市场给我送饭，经常站在很远很远的地方看着我……"

那时，他经常要到沈阳买钥匙坯等耗材，寒冬腊月凌晨两三点钟出门，黑漆漆的大街上没有一个人，心里很害怕，在路中间一路跑到火车站……47岁的黄永强回忆自己的青春岁月时说："那一年，我老了很多。"

他的额头上一条很深的皱纹将天庭分成上下两半，好像他的人生被分割成两部分……

三

对来配钥匙修锁的老人孩子还有穿补丁衣服的学生，黄永强一律免费，"全是手艺活儿，没成本"。黄永强没有因为自己做的是小本生意而锱铢必较，相比赚钱，他更愿意得到人们的认可。而好心得到了回报，受照顾的穷学生把自己的同学们带到他的摊位配钥匙，活儿越来越多，自己干不过来，他把单位里的小哥们叫来一起干。

第一年黄永强挣了8万多元，1981年，"万元户"在全国还是凤毛麟角，小小的黄永强就成了有钱人。"我母亲说，这下你能娶着媳妇了，别干了。"

他把挣来的钱全部交给母亲，拿着4000元到上海、义乌转了一圈，在义乌，有商业头脑的黄永强发现，这里的钥匙耗材一分五一个，而沈阳是两毛五，他用4000元全部买了耗材，在火车上站了40多个小时回到鞍山，不出3天成本就挣回来了。接着，他又坐火车到大连，沿路卖钢笔尖、钥匙坯……第二年，他挣了30万元。"我母亲又说，你挣这么多钱，有孩子都够花了，别干了。"

这时候的黄永强，不仅对挣钱有兴趣，而且迷上了开锁技术。

一次，常到他那儿修锁配钥匙的一个女顾客找到黄永强，让他帮忙开单位的保险柜锁，鼓弄了半天也打不开，最后只能用电钻钻开。"你这也叫开锁呀，这谁不能干？！"旁观者的风凉话让黄永强很受刺激。作为锁匠，他觉得很丢人。

回来后，黄永强开始寻师问道。鞍山有个姓付的残疾人会开保险柜，黄永强一连3个月天天请他吃饭，希望能跟他学手艺，终于，付师傅向黄永强吐露了真情："我不会开保险柜，我是保险柜厂出来的，能够花钱得到保险柜密码。"

第一次拜师的挫折没有打消黄永强学开锁的决心。在沈阳，一位退休的工程师给了他一把号称"万能钥匙"的小铁钩，回来后，黄永强天天用这把小铁钩鼓弄着开锁，弄了半年多，突然有一天，锁一下子被打开了，"当我把锁打开的时候，我感觉心门都被打开了！"

从此，黄永强的人生有了特定的目标。

"我开锁的技术，从开始几个小时到后来不超过1小时，每开一把锁，成功的大门就又被我打开一次。"黄永强开始每年拿出时间，用赚来的钱到全国各地拜师学艺，"有一次，我拎着当时市场上最好的密码箱到了秦皇岛，结果，我打开密码箱用了1分钟，秦皇岛的一个师傅，用了5秒钟！"

学艺途中，对黄永强影响最大的是杭州一个叫李礼的师傅。这个锁匠不仅教了很多徒弟，而且他还会弹古筝、会吹箫，从他那里，黄永强了解到很多东西，包括做事先做人，包括国外有很多先进的开锁工具和钥匙，让他对国外锁具行业有种向往。

1992年，黄永强到了澳门，别人都去了赌场，他却专门到街上去找锁匠。

在那里，他经历了一生都忘不了的事——

在澳门一家叫"雄记"的锁匠店，老板递给黄永强一把德国锁，用轻慢的口吻说："我开了3个月没打开。"黄永强接过来，观察了一下，用手一甩，锁开了，前后不到3秒钟。老板震惊了，当即骑着摩托车把他的师傅请了过来，看到黄永强配出的钥匙两面都能用，师傅说："你跟别人不一样。"第一次，黄永强体会到了"大陆锁匠"的自豪感。

游历的地方多了，黄永强对世界锁具发展历史和现状有了了解，他知道了法国凡尔赛宫所有的锁都是路易十六国王亲自做的，美国耶鲁大学的创办人是锁匠出身，美国水门事件的起因也跟锁有关……"能给全中国的锁匠提高一个档次，比什么都强。"随着视野的扩大，黄永强的心也变大了。

四

1999年，黄永强决定到北京闯市场。"北京有那么多驻外机构、高档场所，我的技术能派上用场。"身怀绝技的黄永强渴望打开更广大的门。"北京的锁匠一到晚上6点就下班了，这也正是人们回家开锁的高峰期。"黄永强看准了这个市场，再次不顾家人的反对毅然决然地出发了。

此时，在锁匠行内，黄永强已经很有名气，为了不抢同行的生意，初到北京，他给自己起了一个艺名——金锁，带着9个徒弟在朝阳门开起了一家修锁服务中心。

"我们的生意最初全是同行介绍的，他们开不了的锁就来找我们，这样就有了名气。"

让黄永强头疼的不是生意，而是周围人的态度。"邻居们一听说我们是开锁的，就跑到派出所找警察轰我们走。每次租房都遇到这种情况，老太太家里丢了个洗脸盆也怀疑是我们进她家拿走的。租房难干脆买房，开发商一听是开锁的也坚决不卖，交了订金也硬是要退了。每次买房都要费一番周折。"说起不被人信任，黄永强多少有些无奈，"其实锁匠犯罪的很少，因为他靠手艺吃饭收入比一般人都高，而且，干这行的大多是家传"。

为了赢得信任，黄永强的员工24小时GPS定位，指纹痕迹都保存在有关部门，他对徒弟经常叮嘱的一句话是："你一辈子不能有贪念。"

这时候，黄永强作为锁具专家被公安局请到犯罪现场做痕迹鉴定，目睹了居民因为门锁质量不合格而惨遭入室盗贼杀害的场景，他被触动了。

一个新开发的小区，一位醉酒的男住户用自家的钥匙打开了楼下邻居的房门，最后警察来了，用这把钥匙一试，整栋楼的房门都被打开了。

"国外锁具有欧标、美标，而且技术等级越来越高，而国内，防盗门生产偷工减料，有的钢板只有易拉罐那么薄，国营锁厂因为成本高大都已经倒闭了，私人锁厂生产的锁很多用锡纸就能打开。但是，锁的质量好坏从外表根本看不出来，老百姓不懂，就哪个便宜买哪个，没有意识到生活水平提高了，也要提高门锁的安全等级，提高犯罪成本，无疑是多一分对生命财产的保护。"黄永强说，以前他关心的是自己怎么赚钱，现在见得多了，他越来越关心老百姓的安全，更多了社会责任感，"一定要让老百姓知道安全用锁的重要性。"

为了提高居民安全用锁意识，黄永强主动带着徒弟走进社区开办咨询讲座。"一场咨询人工场地费少说也要一两千块钱，开始我们还带着锁具进行演示，后来怕人们说我这样做目的是为了推销，就干脆不带了，老百姓需要可以到市场上去买，我只告诉大家什么样的锁安全。"

黄永强最怕别人误解他这些公益行为是为了挣钱。"我挣钱靠比别人先进的理念和技术。"黄永强说，他的理想是要颠覆全世界人的用锁观念，用无簧叶片锁代替沿用了160年的弹子锁的技术，"每6000把弹子锁就有一个是重复的，用无簧叶片技术，才真正能做到一把钥匙开一把锁。哪怕是100亿把锁也不会重复"。

如今，他研制的保险柜，不仅防盗、防火、防水、防震，而且能在50米高空坠落后正常使用，被公安部定制为枪柜。他说："我最终会把这项技术用于民间。"

采访手记

现在越来越多家庭用上了智能锁，开锁技术是不是过时了？

黄永强的回答是，智能锁永远离不开机械锁，指纹锁、密码锁看似方便了用户，其实也让小偷更方便。因为现在家庭智能锁芯片采用的都是玩具级的模组，而且配置的机械锁芯没有一家超过20元钱……听他一说，家门安全又成了让人担心的大问题了。

从当初学一门手艺糊口谋生，到现在成为一个行业的权威，黄永强的人生并不神秘，答案就是他的微信名——锁的一生。

一句话落了五次泪

> 他的话铿锵有力:"我们要为自由而战。"

徐开富,一双大手伸过来,很恭敬地与记者们握手,骨节粗大,青筋可见,手黑得像炭一样。

看外形,我以为这是位农民工,长年野外作业,满脸的风霜与沧桑,经介绍,原来他是项目经理,"农民工的头儿"。

61岁的徐开富是南水北调平顶山西暗渠结构工程项目经理,旁人介绍:"干完这个工程,老徐就退休了,在工地上干了41年,真不容易。"

晚饭时,趁着觥筹交错的空隙,我凑到独坐桌角的老徐身边,问了一个很常规的问题:"听说您干完这个工程就退休了,能说说您这40多年工作的最大体会是什么吗?"

话音刚落,老徐即刻摆了摆手,一连声地说道:"不说了,不说了,不说了……"

迅即红了眼圈,坐在旁边的我眼睁睁地看着他那双眯缝着的眼睛隐隐地有了泪光。

作为记者，我还是想听他回答，"说说，说说您这40多年工作的最大感受。"

他又一次红了眼圈，"不说了，不说了"。

席间，这个问题我问了他5次，他竟然5次红了眼圈，不时用手背擦一下眼角。

"能有什么感受啊，一个字——'苦'呗！"说出这句话，徐开富的眼泪夺眶而出。

———

"老徐今天终于穿了件白衬衫。"跟他一起工作了一年多的业主席丽萍说，"这一年多就看见他整天穿着工作服在工地上忙了"。

听我讲起老徐流泪的事，席丽萍也红了眼圈，摘下眼镜，用餐巾纸擦去泪水。

这项工程开工时，正值隆冬，席丽萍和老徐几个人顶风冒雪在沿线察看场地，她说："太不容易了！当时，我们特别担心像南水北调这样的工程在施工中出纰漏，对施工单位很不放心。可是在之后的400多天里，老徐每天都是天不亮就盯在现场了，有他在，我们睡觉才放心。"

由于项目预算是多年前制定出来的，与现在的人工费、材料费等存在很大缺口，甚至正常施工也出现了困难。出于对项目负责的考虑，也因为被徐开富感动，业主方主动为项目争取资金。在相关说明会上，说起施工的艰难，席丽萍当众流泪。

"这让我们很感动，很欣慰啊！对于施工单位来说，业主能为我们这样动情，是极少有的。"徐开富说。

二

南水北调中线平顶山穿越焦柳铁路西暗渠工程，面临空前的挑战。双层顶进的设计方案，结构形式和工艺难度堪称"亚洲第一"。

当时，正要办理退休手续的徐开富被领导挽留，说："留下来干完这个再走吧，这个'亚洲第一'非你老徐不能胜任啊！"

可是，老徐太想退休了，妻子心脏病非常严重，晚上睡觉必须有人陪护，必须随时留意她的呼吸，否则有可能睡着睡着人就"走"了。老徐不在家，照顾老伴的重担就压在了儿子身上，为此，二十七八岁的儿子不得不放弃去德国进修的机会，到现在也没谈对象。

对家人亏欠太多，这几乎是所有工程人的心病，老徐也不例外。父母去世的时候，都赶上顶进工程最关键的阶段，根本离不开，老徐只能晚上在铁路边一边流泪一边给离世的老人烧些纸……"这辈子最对不起父母了。"老徐的眼泪止不住又落了下来。

南水北调工程任务艰巨，当了一辈子先进，荣获过"火车头"奖章的徐开富，最终选择留了下来。

工程要穿过4股铁路，每天有260多列列车经过，平均行车间隔7分钟。架空施工只能抓住这些零星的间隔时间，高峰时300多人集中在只有86米的架空范围内作业，为此，郑州铁路局工管、安监等保障部门20多人进驻现场办公116天，进行包保，而老徐的心更是日夜悬着。

顶进是在8月25日的清晨开始的，动土事大，老徐安排人足足放了10万头鞭炮。

随着一声令下，50台320吨液压千斤顶活塞杆徐徐伸出，初始

9300 吨顶力作用在了自重 8678 吨的格构梁箱体上，推动着它向焦柳铁路的路基嵌入……

整整 60 天，徐开富几乎每天都在凌晨两点左右再到现场巡视，他说："夜间人们的警觉会降低，我在现场，大家心里的弦就会更绷紧一些。"

9 月 26 日，轰鸣的机器戛然停息——上层结构梁按计划顶进到位，当检测工程师报出误差为零时，现场一片欢呼。

三

"谁愿意受苦啊，放着好工作不做在工地上干，那不是精神是脑子有病。"和老徐熟悉了，他说起了心里话，"工作生活都一样，没有人愿意吃苦，但是，当你没有选择时，就像是蹚一条河蹚到了一半，往回看，已经离岸很远了，身后是一片大水；往前看，同样看不到边儿，也是大水一片，这时候，你就只能咬着牙往前蹚了，最终还是能上岸的"。

"我常常跟自己的徒弟们说，咱们要为自由而战，被动地受苦、干活，只能越干越难受；只有主动地、为了自己过上好一点的生活而拼命干，才能越干越有劲。"

"人啊，总还是得有点自我欣赏的精神吧，想想自己干过的工程，即使别人不说，自己心里也很满足。"

采访结束时，老徐对从北京来的记者们说："再过几个月，这南水北调的一江清水就送进北京城了，你们就都能喝到了。"

采访手记

徐开富说得真好！

"咱们要为自由而战,被动地受苦、干活,只能越干越难受;只有主动地、为了自己过上好一点的生活而拼命干,才能越干越有劲。"

痛苦既能摧垮人也能成就人,老徐的眼泪不仅有辛酸更有欣慰。

心总是热的

虽然现在讲奉献会让有些人觉得落伍，但国家建设到什么时候都需要有人奉献。

"辽宁1年、北京1年、内蒙古5年、湖北1年半、四川1年，南昌N年。"细数大学毕业参加工作11年来转战过的省份，说到现在，刘小刚加了一句，"干得好就多待几年，干得不好人家不让你待"。

2011年12月2日，南昌，阳光明媚。坐在窗下的刘小刚，轮廓分明的脸上笼罩着一层金色。此刻，千里之外的北京正下着入冬以来的第一场雪，媳妇刚刚发来彩信，他们4岁的儿子正蹲在地上玩雪。

快一年了，刘小刚与妻儿团聚的日子加起来不到半个月。

一

我第一次见到刘小刚，是在项目部的简易彩钢房。

他的搭档高国孝用手将推拉窗扒拉开一条缝儿，探身扭开房锁，根本不用钥匙。项目部管理人员的办公室大同小异，外屋当办公室，内间放张床睡觉。"这条件比过去好多了，以前一年四季都在荒无人烟的地方干活，住的是四面漏风的工棚，现在干市政工程进城啦！"51岁的老高一副知足常乐的神情，接着他大声对着手机问刘小刚："你什么时候回家？记者等着呢！"那嗓门儿大得像在野外隔着老远似的，这些长年在外的人把回项目部说成回"家"。

刘小刚出现在门口时，脚步轻得没一点声音。一愣之下我第一个反应是："这人真年轻！"他笑了一下，脸颊是长年在野外太阳晒出来的古铜色。

33岁的项目经理用"如履薄冰"来形容自己的压力。为了鼓舞士气，项目部每天播放铿锵激昂的《铁道兵之歌》作为一天的开始，每天晚上开设课堂，有针对性地学习技术、管理、写作和礼仪等知识。

年终表彰的时候，刘小刚被有着两万多名职工的企业评为"十大敬业爱岗标兵"。

二

回忆10年的工作历程，第一时间出现在刘小刚脑海中的画面全部跟寒冷有关。

"在冰天雪地中修路，凌晨3点就起来了，一直干到晚上十一二点。呼啸寒风中，我们坚持了两个月、熬了两个月，当时认为完不成的工程，我们不但干完了，而且还是全线第一个完成的。"

内蒙古集宁市兴和县地处风口，荒凉极冷，出门办事，路上他们要带一箱方便面、5个热水瓶，穿两件棉大衣。一次过一个很陡的大坡，冰冻了三四厘米厚，车轮打滑上不去，刘小刚跑下车在后面推，用力过猛，脚下一滑整个人扑倒在地，脸磕在冰上，眉尾当即冒血，热乎乎地流了一脸……最后还是过路的人一起帮着才把车推了上去。

这之后，左眉的伤口处留了一个疤，这是艰苦岁月留在身体上的烙印。

"虽然艰苦、虽然寒冷，但我们的心是热的。"刘小刚说，"虽然现在讲'奉献'会让有些人觉得落伍，但国家建设，到什么时候都需要有人奉献"。

"当项目经理诱惑很多，风险也很大。"他在记事本第一页粘了一张用红纸打印出来的字条——"戒贪勿敛无私才无畏，律己正身有节才有为"。

给儿子起名时，他也特意取了一个"正"字。"正直的正，做人要正直才能立于不败之地。人不正，任何事都可能将他打倒。"

幼年时，一件小事给他留下了很深印象。一次，一个福建商人给在县里当干部的父亲送了一条烟，过了几天，父亲就回送了人家两桶油，比烟贵多了。"父亲为人一直很清廉，所以我们家境一直清贫，但是我现在看过来，他虽然退休多年了，但说话在当地还是掷地有声，受人尊重。"

三

跟吃苦奉献的老一代修路人相比，刘小刚有着现代青年更注重生活幸福的一面。

一位老职工说他最大的心愿是退休后重访一遍自己干过的工程。刘小刚想都没想地反驳："要是我，绝不会等到退休才去，我们这些干工程的人也应该像其他行业一样，每年都享受休假，周末、节假日也正常休息，做到这一点要靠观念更新和管理水平提高。"

在他们单位，大多数的项目部职工半年之内能休一次探亲假就算是福利好的了，可刘小刚却要求大家一个季度回家一趟，往返路费由项目部报销。"一开始还有人不适应，这个行业几代人都习惯在外漂泊了。"

最让刘小刚渴望的是有机会到国外学习现代企业管理。"我想看看人家是怎么既保证工程进度质量，又保证一线职工享受福利的。"

2006年11月11日，刘小刚和媳妇选择在"光棍节"结婚，结束两个"北漂"的单身生活。两个人计划去温暖的海南度蜜月。可是结婚第三天，项目有事，他必须返回。"媳妇只好跟着我到了内蒙古，那里零下25摄氏度，连手机都被冻得一个字一个字地往外蹦，可是我们还要在户外搞测量，直到仪器完全不能工作了才回去。"

2007年农历腊月廿五，湖北恩施，送走了项目部里最后一个工人，刘小刚才匆匆往家赶。

之前，他们修筑的隧道发生了塌方，组织工人设备撤到安全地带时，在塌腔里爬一个1米高的陡坡时，刘小刚不慎扭伤了腰……这一年的冬天赶上了冰雪灾害，从项目部出来，几十公里曲折陡峭的山路上，雪积了七八厘米厚，汽车轮子缠着防滑链一路险象环生地往山下跑了3个多小时，到了巴东，乘船到宜昌，再从宜昌坐火车回北京，费了好大的劲儿才买到一张硬座票，忍着锥心的腰疼坐了27个小时才到家……

"每次回家，看见媳妇抱着儿子站在出站口等着我，这是我最最最温暖的时候。"刘小刚一连用了3个"最"。

项目部就在南昌市红谷滩新区靠近体育馆的地方，在外忙碌一天深夜回项目部的刘小刚有时候会看见不少"富二代"在这条刚刚修好的公路上飙车。"兰博基尼、保时捷，各种各样的豪车都有，非常疯狂刺激，围观的都是十七八岁、二十岁出头的小姑娘小伙子，过着跟我们完全不一样的生活。"有时候，刘小刚会看一会儿，然后走开。

"我让媳妇把车卖了,让儿子从小坐公交车,培养他知足常乐、吃苦奋斗的精神。"

刘小刚说,他最想去的地方,是海南。

采访手记

当年的刘小刚真的很英俊,古铜色的面颊棱角鲜明,一双凤眼英气逼人,一点不输于那些当红的影星。不知现在的他有没有变得"油腻"。

让我印象更深的,是他希望学习国外先进企业既保证工程进度质量又保证一线职工享受福利的愿望和实践。不知现在他做得怎么样了。

两三年前,我见到另一个跟刘小刚当年差不多年纪的项目经理,说起一年只跟家人待了一天的话题,这个血气方刚的小伙子沉默了一阵,倔强地回答:"这也是我们的竞争力。别人做不到忍受不了,我们做到了。"

……………

没有人愿意受苦,但总有人在承受,多么希望刘小刚当年的愿望能够实现得更多一点更普遍一点!

无悔的青春力量

　　天天想新的事，天天做新的事，这样一个人即使活到八九十岁，还是二三十岁人的心态。

一

　　新疆维吾尔自治区迎宾馆劳模表彰现场，在满是披红戴花的授奖代表中，我见到李俊。为了上台领奖，他特意系了一条红色的领带。
　　"高兴吗？"我问他。
　　"高兴，特别高兴。"言语间，62岁的李俊脸红了起来。
　　"早晨6点我就出门了。"他说。
　　他说的6点是北京时间，按照新疆比北京晚两个小时的时差计算，实际上才刚刚4点，整个乌鲁木齐还在沉睡，而他为了出席今天的表彰大会早早地出发了。
　　这位新疆著名的民营企业家，外表朴素温和，比实际年龄看起来年轻很多，微笑时抿起嘴，似有一丝面对生人的腼腆。
　　当过工程师、机关干部的李俊20多年前下海，用5万元创办企业，在新疆开创了一番天地。

让他意想不到的是，60岁的时候，功成名就却遭遇了意想不到的打击，对看重社会评价的他来说，简直就是道过不去的坎儿。

全国劳动模范是共和国授予个人的最高荣誉。5年评选表彰一次。2015年李俊光荣地被列为代表新疆的拟表彰人员，通过了全疆和全国范围内的公示，接到了赴京接受表彰的通知。正在这时，评选机构反映，他的企业三四年前曾委托广告公司做项目围栏广告，但是广告公司却因没有备案受到处罚……因为这一点，最终李俊当选全国劳动模范的资格在表彰的前两天被取消了。

这在当时，成为轰动一时的新闻。

不断有领导朋友打电话询问，李俊真正体验到了哑巴吃黄连有口说不出的感觉。老伴儿连着两个晚上没睡着觉。

大喜大悲，视荣誉为生命的李俊心里空落落的。"20年产业化的路，我们对新疆绿色住宅产业化发展的确做了些事。60岁的人了，我没有做对不起人的事啊！"他的委屈没处说。

那段时间，李俊反复背诵范仲淹的《岳阳楼记》。"'居庙堂之高则忧其民，处江湖之远则忧其君……先天下之忧而忧，后天下之乐而乐。'这几句讲的是心里要装着大家，要对国家忠诚。遇到困难时，我会对着办公室摆放着的毛主席像倾诉，从中汲取力量。毛主席身上那种坚强的性格、崇高的理想、持之以恒的决心、不达目的决不罢休的意志，还有那种不管风吹浪打胜似闲庭信步的气概，给我力量！……而且，全世界受苦受难的人都装在他的心中……每一次流泪都是头一遭啊。这是人生的又一种历练和提升。我相信，从这件事中熬过来的人，都是好样的。"

最终，是事业让他平静了。"一走到工地，就又有种力量。作为60岁的人，我感到自己身上有一种青春的力量。那是追求卓越、意志坚韧、无怨无悔、不断创新的力量,通过艰苦学习和实践,水到渠成形成夺人的气质,让人信赖和依靠。这种感觉是我20岁时所没有的。"

二

就是在这一年,他创办的民族药企业在国家新三板成功上市。

15年前,这是一家没产品、没销售网络,只有80多个没有变成产品的民间配方和300多位职工、1个月的销售收入不到3万元的国营药厂。李俊接手后,整整3年,他每个月要从房地产公司拿出几十万元给药厂职工发工资。很多人建议把药厂转手卖了,或者干脆用这块地盖商品房。李俊没有动摇,坚定地看好民族药这个千年瑰宝。"哪怕是把我房地产的全部利润砸进药业,也要坚定不移地把新疆民族药发展下去。"这期间,公司没有辞退一名员工,到了年节,他还要带着钱物去慰问药厂离退休的老职工。

为了通过国家药监局审批,李俊一趟一趟地跑北京,晚上整夜在宾馆翻阅资料,白天有时候为了见相关领导,在评审中心一等就是一天。"要争取别人的理解和同情,真是心力交瘁。支撑心里的信念只有一点,那就是这个事是对的,是不让别人笑话的事。"

"如果让我重新选择,我仍然选择做企业、创造财富、为社会作贡献,即使这条路上有更多的艰辛,我也无怨无悔。"

当年要与药厂合作的企业有不少家,但厂长陈永平最终选择了李俊。他说:"这是我这辈子做的最正确的决定,无论是为我自己还是为这家药厂和药厂里300多位职工。"

三

20年来，李俊日常的生活就是三点一线：家—办公室—工厂、工地，没有节假日，没有体育锻炼，也不像其他老板那样热衷打高尔夫球。他的健康秘诀有两点：一是注意饮食，吃得非常清淡，几乎不在外吃饭，很少应酬；二是学习。"肩膀上有责任的人，学习是一种解压，也是对成功的总结，更是让人变得自信的很好方法。"

"自信让人健康。自信可以治病、治心病。"李俊说，一个人的自信，一是来自工作的实践，在实践中悟到好多东西，经历许多困难，一个一个去解决；二是来自成功。"成功的喜悦、分享给别人的幸福、对社会的贡献、自我价值的实现，这些都使人自信。所以，一个人一定要追求成功，目标确定后，就不屈不挠，开拓进取。"

李俊和老伴住在150平方米的单元房里，很多企业的职工都住在这个小区。"我没有豪宅，为儿子准备的也是一套单元房，和大多数中国的父母一样。我们家的保险柜除了放着厚厚一摞集资的字条外什么也没有，要让我马上拿出20万元现金，家里也拿不出来。我最贵的衣服是穿了好几年的4000多元一套的报喜鸟西服。"

"生活得这么简单，挣这么多钱干什么用？"我问他。

"我挣钱，就是为了干事业，用我一生精力把绿色住宅、节能减排和民族药的产业化做好，这辈子就活得很有意义。"李俊说，"以前是为了挣钱呕心沥血，现在是为了花钱如履薄冰。我每天想的事都是花钱的事。当你的手头拥有几十亿元的财富时，这是一个很重的责任，不是你一个人的事，必须要具备花钱的本领。在完成这个责任中，必须要有一种青春无悔、追求卓越的情怀和心态。"

"我一直记得，从小我奶奶、一个山东老太太就老说，人要知足，心里要感恩。自己受多少罪都行,但不要让别人为你受罪。要爱护人、对得起人,处处用好的心态来爱护别人、保护别人。"

四

60 岁生日那天,李俊是和老伴在家里过的。

"坐在一起,回顾三十五六年共同生活的经历、一路走来的酸甜苦辣,分享成功的喜悦、大家庭的其乐融融、两个人的相互支持和爱……"

20 世纪 70 年代末,年轻的小伙子李俊,白天在设计图纸,晚上在工地和工人干活,常常忙到九十点钟,才匆匆赶去约会。"当时她常常要等好几个小时,但从来没什么怨言,几十年下来,我们总是相互支持,相濡以沫。"

当年,年轻的妻子是语文老师,嗓子哑了,只能调到图书馆工作。"我就帮她设计书架,做好了再帮她安好……"

我问他:"这么多年过来,您的夫人一定非常满意嫁给您吧?"

"是的。老伴对我的评价很高。得到终身伴侣实事求是的好的评价,是很珍贵的。因为朝夕相处,彼此最了解,经过几十年共同生活,对方能够肯定你,这是非常难得的。"他回答。

采访手记

见到李俊时，正是他全国劳模意外落选不久，其他人都避而不谈，怕揭伤疤会疼。而我特别想知道他会用什么方法愈合伤口。

高处不胜寒，冷暖自知。一个人只有心怀超越自我的信念，才会走得更远。

风雨维权路

名满天下的义乌小商品城,商业繁华背后一位工会干部的坚持影响了数不清的人。跟办公室里常见的"厚德载物""天道酬勤"书法条幅不同,陈有德的办公室墙上挂着"一蓑烟雨任平生"。

5年工会工作生涯,5年风雨维权。

陈有德能够坚持下来,他说是因为,作为一个人,对社会的良知、对工作的责任心和对老百姓的感恩心。

一

1999年初春,新上任的义乌市总工会主席陈有德,坐在新办公室里,有点儿郁闷。"一直风风火火在乡镇工作,如今进了这个人们眼里'船到码头人到站'的清闲部门,自己该干点什么?工会又能做些什么呢?"

陈有德生得南人北相,高声大嗓,有一股少见的豪气。"无事可做的日子我不过。"容不得多愁善感,他腾地从椅子上站了起来,叫上工会的同事,"走,咱们下去搞社会调研,看看工会工作应该做些什么!"

这个从乡间地头里跑出来的前荷叶塘镇党委书记信奉一句话:接触老百姓有饭吃。

兵分六路,一个多月跑下来,陈有德陷入了沉思。

18岁的农民工吴德中,工作中被车床截断了两根手指,老板让他在一份"两不相欠"的字据上摁了一个手印后,给了500元钱就把他赶出了工厂大门。

一位到义乌打工的江西籍农民因为讨不到3000多元工资,又求告无门,愤而跳楼……

经济蒸蒸日上,高楼拔地而起的背后,这座世界闻名的小商品批发城,每年有3000多件劳资纠纷得不到解决。职工中特别是那些外来的农民工被黑心老板克扣工资,工伤后寻医没钱投诉无门,有的只好求老乡"摆平",一些带有黑社会性质的"老乡帮"应运而生。

每年1万多起劳动争议案件,职工通过法律途径(包括劳动仲裁)维护自身权益的只有百余起——不是职工不愿意打官司,而是很多人没有钱,打不起官司;或是不懂法,不知道如何依靠法律维护自己的权益。

"没人爱管的事情,必须有人管起来。工会工作不是没事做,而是有太多的事要做。"陈有德感到新时期工会工作面临的责任和挑战:"企业要普遍建立工会,继而通过工会维护职工的合法权益。"

陈有德连续召开了10个座谈会,听取各方面人士的意见,没有一个人不说帮职工维权是件大好事,应该!但是……

"大家的意思我都知道,无非就是工会是群团组织,不具有行政职能。一无处罚裁决权,二无强制执行权,搞维权吃力不讨好,再说工会没有一个法律专业人才，没有维权专项经费，也没有维权专职机构。说来说去就是困难呗。"面对着满屋子蒸腾的烟雾，陈有德拍板了："困难再大也要干！我就不信这种利国利民的好事会做不成。"

二

不久，《金华日报》刊登了这样一条简讯：《为职工说话替职工撑腰——我省首家职工维权协会在义乌成立》。

消息发布的当天，维权协会就来了3位外来打工妹，投诉当地某宾馆扣发她们一个月工资。

陈有德带人赶到宾馆。"这关你们工会什么事？"老板的态度很强硬。"我们工会就要管这事。成立职工法律维权协会就是专门管这些事的。"陈有德拿出《工会法》和协会成立的批复文件，老板吃惊地睁大了眼睛。

初战告捷，陈有德他们开始紧锣密鼓忙碌起来：招聘法律专业人才，寻找合作的律师事务所，在职工中宣传维权协会的作用……这时，一个突发事件让刚成立的工会职工维权协会面临夭折的危险。

义乌市一部门以协会不能从事当事人诉讼代理活动为由，派人砸了协会的牌子。嘈杂之中，陈有德从楼上的办公室冲了下来，当街一把揪住来人的衣服，"走，咱们找书记去！"

事后冷静下来，陈有德感觉到了问题的严峻性：诉诸法律是维权的终极手段，没有了这个终极手段的威慑，工会的维权必然陷入困境。总不能每次都靠揪人脖领子找领导"摆平"吧，必须建立工会的维权机制。

"在缺乏手段的情况下，工会维权只能走社会化维权的道路。"

一连几个月,陈有德吃不下睡不香,但是再沉的石头总有撬动的办法,他说:"创新是被逼出来的。"

2001年4月,金华市召开四届二次人大代表会议,作为市人大代表的陈有德在会上将维权协会遇到的难题和自己的想法与其他代表作了交流,11位人大代表赞同陈有德的想法,由他领衔一起提交了《关于建立工会系统职工法律维权新机制》的议案:建议由工会组织与司法部门协商,建立一个条件按司法部规定、人员由总工会管理、业务受司法局指导、诉讼案源由工会提供、服务面向职工的维权机构。

经过3个月焦急等待,议案的承办部门给陈有德书面答复:"成立职工维权律师事务所之类的组织,于法无据,议案留作参考。"面对这样的答复,12名人大代表不满意,再次提交议案。

第二次给代表的答复仍然不让人满意,第三次同样是失望……

三次答复三次不满意。这种事在金华是前所未有的。"算了吧,再这样下去,你就可能跟人结仇了。"好心人劝他,"都是因为工作,犯不上啊。"

"为职工维权,不抱着对个人无所谓的态度去干,是绝对要退下阵来的。"陈有德是个认准了就豁得出去的男人,"我不会为了压力而退出。"

于是人大代表们"犟上了":不仅继续保留提案权,而且还把不满意的复函抄报到了金华市人大常委会代工委、金华市人民政府信息督查科。

壮士断腕的悲壮,终于引起了当地领导的重视,金华市司法局局长亲临义乌总工会职工法律维权协会进行调研,最终得出的结论是——"这个维权工作,我们不仅要支持,而且对司法改革是一个推动。"

义乌市职工法律维权工作自此正式纳入了该市司法援助体系。

经过不断尝试，义乌市总工会形成了以包括外来职工在内的职工群体为基本对象，以处理劳动关系矛盾为基本特征，以协商调解、参与仲裁、诉讼代理、法律援助为基本手段的工会社会化维权新机制。

三

浙江东阳籍农民工朱洪林被建筑公司包工头拖欠 3 万多元工资。他找到义乌市总工会维权中心，工作人员先给他让座倒茶，记录他的详细叙述，然后打电话与老板协商。又跑到 10 多公里外的建筑工地与老板交涉。谁知老板对中心工作人员采取回避、拖延的态度，多次耐心说服仍没有结果。维权中心代理提起仲裁并最终帮朱洪林拿回了工资。朱洪林对维权中心这种为了给工人说话不惜"千辛万苦、千言万语、千方百计"的精神十分佩服，"就算没要回我的工钱，我也信赖工会"。

"工会维权要真正落到实处，赢得职工的信赖，光靠感情和精神是不行的。关键是帮职工切实打赢官司，解决纠纷。"为了破解工会维权手段缺乏和力量不足的难题，陈有德提出了"工会工作在工会之外，借风借力借理"的工作理念，创造性地开展社会化维权。

每天早晨上班，陈有德喜欢在总工会门口站上一两分钟，用眼睛扫视一番墙上的铜牌：义乌市法律援助中心职工工作部、义乌市总工会人民调解委员会、人民法院职工法律维权调解联络处、劳动争议仲裁派出庭——这些分别是工会与司法局、法院、劳动人事局联合设立的机构，有了它们，工会帮职工维权，不仅快速、有效，而且具有法律效力。

不久，职工法律维权中心来了两位重要的人物——义乌市市长和副市长。他们亲自为邹渊进等 25 名建筑民工发放被拖欠的工资，吴蔚荣市长说："企业拖欠了你们工资，我代表政府向你们道歉。你们有困难就找工会，我们政府十分支持工会的工作。"

此举在义乌引起了强烈的反响。所有人都知道政府支持工会工作，这为工会维权营造了好的氛围。"现在有职工来投诉，工会一个电话打到企业去，老板很快都亲自来了，不像过去……"

陈有德的大眼睛眯缝起来，吐出一口烟。

四

瘦小的虞修明拖着沉重的步子走进职工法律维权中心的大门。整整5年了，自从他在安装货梯时从井道内坠落，受了工伤之后，为了讨回医疗费、工伤补偿费，他经历了漫长辛酸的维权之路，3次仲裁申请、5次诉讼，都因为工伤单位变更、管辖权等问题而未获得赔偿。几年的权利主张，使他尝尽了冷落白眼，背上了高额债务。如今他似乎已经走到了绝望的终点。

一杯热茶放到了虞修明的面前，紧接着，陈有德递上了一支烟。这个胆怯的农民眼巴巴地看着自己的手发抖，就是没有办法止住。

将近一个小时，听虞修明讲完他的遭遇和艰辛的维权过程，陈有德说了一句话："你放心，你的官司工会帮你打定了！"

"有希望了！"回到家，虞修明只和妻子说了这一句，就站在太阳底下泛起了辛酸。

"对这起职工权益明显受侵害的案件，工会维权必须要有一竿子插到底的勇气。"陈有德知道这是一块难啃的骨头。

他把维权中心的人员全部召集起来，连夜分析该案详情，之后又特意带人到杭州找法律专家咨询；通过媒体报道引起了社会的关注；他本人以工会主席、人大代表的双重身份向法院和人大提出书面呼吁《该判还是该裁？该拖还是该决——来自虞修明工伤赔偿求助案而引发的思考》，呼吁人民法院维护职工的合法权益。

由此，法院4次组织庭审，维权中心工作人员作为虞修明的维权代理人向被告律师递交了长达60页的证据材料。

一年零3个月后，一个阳光灿烂的日子，虞修明终于拿到了用伤痛、残疾和心理折磨换来的7万多元的工伤赔偿。

"拿到钱的当天，我给陈主席打电话，想去他家看看，表示一下。他说老虞啊，那些钱是你的活命钱啊，你千万别来。"

从此，虞修明总爱往工会跑。"像我这样土气的农民，想见他了，就直接上楼到他办公室看一下，每次他都倒水递烟，一家人一样。"

五

工会探索的社会化维权模式，唤醒着人们关注权益保护的意识，投诉案件也下降了50%。

"社会化维权道路是有德凭着执着的责任意识，付出艰辛的努力走出来的。"维权中心秘书长陈灏是陈有德最坚定的合作者，也是唯一见过陈有德犯难掉泪的人，"为职工维权，说起来口号响亮，但具体做起来，很多时候太难了。"

有段时间，各方面的压力阻挠压得陈灏喘不过气来。他告诉陈有德自己挺不住想离开了。

辞行的时刻，陈有德和陈灏坐在维权中心办公室里，整整一个晚上谁都没说一句话。两个人一根接一根地抽着烟……凌晨2点，陈灏站起身往外走，忍不住问了一句："有德，我走了以后，你怎么办？"

"我会坚持下去。"与往常不同，陈有德的话音很小。陈灏探询地看了他一眼，看见了泪水。

"我一下受不了了，认识他快 30 年了，见他为职工掉过泪，为失去父母掉过泪，今天他为我、为维权的事业掉泪了。我心里顿生起一股士为知己者死的豪气。"

"我不走了！再难再苦我陪着你。"陈灏话音落下去，陈有德一巴掌拍在自己的大腿上，说道："走，回家睡觉！"

回顾走过来的历程，陈有德操着难懂的义乌普通话向我讲了下面类似告白的一段话：

"工会没职没权，为了工作，很多时候要低声下气地求人、磨人。有人跟我说，你好歹也是跟其他局一样平起平坐的官啊，犯得着吗？我说我陈有德从来没为自己升官发财求过谁，但为了创造一个社会化维权工作平台，在与人沟通过程中，一开始人家不理解不接受，我们受点冷落、委屈不算什么。我这个人个性直爽，做官永远是个不成熟的干部，但我凡事出于公心，时间久了，人家就理解了，也接受了我的这种个性。我们靠一种品质，一种细节去打动人，去和人交往。"

"这种品质是什么呢？"我追问。

"做人要诚，做事要实，做干部要为民。"

陈有德说："真正热烈的掌声来自基层，来自老百姓。不用扩音器，直接响在你的心里边。这样的场面，我们为什么不多下去感受一下呢？"

20多年前，100多名农民联名写信给县、市乃至浙江省组织部门，要求把他们心目中的好干部陈有德从农民干部转为正式国家干部。"我的官是老百姓给的。我当了干部就是要为老百姓说话办事。"陈有德说，"自己出身农民，有着最朴实的情怀：知恩图报。"

采访手记

当年，我们十几位中央媒体的记者采访义乌市总工会维权主席陈有德，有一位农民工当众给陈有德鞠躬的情景，我记在了采访本上。

"我也是30多岁的男人啊，黑心老板让我们一夜之间什么都没有了，我并不想让别人同情，只想有人帮我把拼死拼活挣的血汗钱讨回来。没钱的滋味有多难啊，我受到过多少轻蔑的眼光啊。是工会把我们的事当成自己的事……我现在没钱给工会送锦旗，今天当着这么多记者，我就给陈主席和工会干部鞠个躬，表示我，一个农民工的感谢吧！"

佟洪光转过身，背对着记者，向坐在后排的工会人深深地弯下腰去。

没有掌声，面对这个深深躬下去的背影，人们沉默……

侠胆

一声闷响，漆黑的巷道，千斤重的矿车连煤带车扣倒在铁轨边，像一座巨山把车上的工人拍在了身下……"孙猴子被如来佛压在五指山下500年出不来，你这猴儿居然一骨碌滚了出来？"

这一年，侯占友18岁，死里逃生，血气方刚。没有人想到，在未来的岁月里，他和他的力气，跨越大半个世纪，成了矿工中的一代传奇。

一

54岁时，侯占友到北京开劳模座谈会，当天下午，他抽空去了一趟故宫。

30年前，他作为全国工运会摔跤季军和全国的大力士们一起参观过这里，众目睽睽下，侯占友力拔山兮把大殿门口的一个铜狮子稳稳地抱起，又稳稳放回。

这段佳话，让他作为男人骄傲了大半辈子。

这一次，侯占友又来到了铜狮子面前，他想再把它抱起一回——可是，铜狮子纹丝不动。

出了故宫，侯占友感到体力正在无声衰退，情急之中，他招呼也不打，直接不辞而别，坐车回到赵各庄矿下井攉煤去了。

…………

"你问老侯给人留下个什么印象？就是鲁智深那个样儿，行侠仗义敢想敢干，不仅为人行事像，连身材相貌也像。"

70多岁的老伙计范仲华，坐在一间向阳的平房里，向我回忆起他熟知的侯占友。

20世纪70年代，国家煤炭紧缺，作为起重工的侯占友，自愿义务下井劳动，不要加班费、不要下井津贴、不要补助粮，带动了整个开滦煤矿工人的劳动热情。新华社报道他的事迹时算了一笔账，"地球转一圈，他转一圈半；地球转两圈，他上三个班"。

范仲华是最早宣传侯占友的"伯乐"。"那时候，他来我们采三区义务劳动，我作为采煤班的班长，常常把他的事迹写成表扬稿，在采三区的广播站播出。渐渐侯占友下井义务劳动的事为人所知。"

"老侯退休后，长年吃住在北山，开荒凿石建矿工乐园，有一年我们上山给他过生日，喝了酒，他哭了，拉着我的手说，老范，我得谢谢你啊！"

一起在百米之下的矿井里劳作了大半辈子，如今，侯占友已经去世多年，剩下当年的老伙计范仲华，常常独自坐在太阳地儿里，想起那些往事。两个人的合影就压在他桌子的玻璃板下，擦桌子拿东西的时候不经意中瞥见了，有时就特意端详起来——那时候，他们都还人在中年。

二

1970年,侯占友43岁。这一年岁末的一场风雪,改变了他的人生。大雪如盖。无边无际。

下了夜班往家赶的侯占友,风雪中撞见了一个人,满头满身落满了雪片,须发皆白,浑身颤抖地拉住侯占友的衣摆,恳求道:"大兄弟,行行好吧!帮我找瓶酒来,我的牛冻得快不行了!"

定睛一看,一头老牛冻僵在雪地上,奄奄一息。牛是庄稼人的命根子,侯占友明白事情的严重性。"行!我回家给你拿酒。"他二话不说地答应了。

空荡荡的煤场上,赶着牲口等着拉煤的队伍逶迤绵延在雪地上,像茫茫世界里的一群孤鸦,急等着一星点儿的温暖。

那个年代,相对整个社会的物资短缺,矿工的待遇是优厚的,每月有一瓶白酒的定量,有一车大块煤的供应,虽然井下工作艰辛,但却有着为国家贡献光和热的主人翁自豪感。

侯占友匆匆赶到家,拿出藏在柜里的一瓶白酒,又抄起桌上开封了的那瓶,赶出门去。

这边,老农正在焦急地等待着,他不知道刚才那个素不相识的矿工兄弟会不会回来。他只能听天由命地焦急等待。

"快给牛灌酒!"侯占友的话打断了老农的激动情绪,两个人一个掰开牛嘴,一个咕嘟咕嘟往里倒酒……少顷,酒入牛肠,一股热辣之气升起,倒在雪地上的牲口,在人们庆幸的目光下,摇摇晃晃站了起来。

侯占友从怀里拿出了另一瓶酒,递给等着拉煤的农民,"大伙儿都喝一口吧,暖暖身子。"

瑟缩在寒夜里的人们无声地传递着这小小的酒瓶，每个人抿了一小口。

"农民没煤烧了！"侯占友只是开滦煤矿赵各庄矿起重班的一个小组长，可是他心里着急了，当即，他领出一车福利煤，想都没想自家这个冬天该怎么过，就让排队的农民们拉走了。

"农民种粮食给我们工人吃，我们矿山的工人怎么能让农民兄弟烧不上煤呢！"第二天出门上班前，侯占友对妻子石秀珍说："从今天开始，我要下井挖煤去。"

"你调到采煤班了？"妻子想不明白，好好的在地面上当起重工，为什么要去危险的井下干活，还是义务的？

"起重工也干，业余时间再去下井。"

…………

后来，有人做过统计，1971年到1975年，侯占友义务加班2136个，彻彻底底成了"不在册"的采煤工。

"老侯有劲儿，攉煤（铲煤）一锹下去就攉出一条沟，百十斤的立柱，搬运工一人背一根都费劲，他一个肩膀挂一个，脖子上再挎一个，掌子面的人都乐意他来，干活又快又带劲儿。"

掌子面采到淋水层，顶板哗哗喷水，地上变成了一条黑河，电钻在煤壁上打出一个炮眼儿，就变成一个小水井，根本无法装炸药。班长和炮工站在壁前犯愁，想不出办法。

侯占友看见了，从炮工手里接过电钻，插上钻杆，一屁股坐在泥水里，"就这么打"。嘟嘟嘟，为了出煤，义务劳动的老矿工不管不顾，一排炮眼打完，他变成了一尊泥雕。

在侯占友带动下，开滦矿区百里煤海中，涌现出了父子齐上阵、夫妻创高产、全家下井义务劳动等众多先进。1975年，在全国工业生产停滞的阶段，开滦煤矿原煤精煤产量翻两番，缓解了全国用煤紧张的局面。周恩来总理对此批示：开滦工人阶级"出了力,救了急,立了功"。

三

1972年3月的一天，开滦煤矿发生特大透水事故，消息当即传到了北京，惊动了煤炭部、国务院。各处汇集来的小山似的治水物资器材，争分夺秒地通过电梯似的罐笼运送到井下巷道。

突然，井口传出尖利的停车信号——勾装着6吨水泥浆泵的罐笼卡在井筒当中了！

6000多公斤的大家伙悬在井筒当中，随时有坠落的危险，而井底地下水正在上淹……远水解不了近渴，最有效的办法也最危险——派人顺着罐道梁下去排除故障。

曾经，一个工友酒后失足堕入井筒之中，侯占友乘罐到井筒收尸，只捡回一小筐碎骨。人头挂到罐梁上，被水泡得浮囊了，是侯占友爬到梁上将人头取了下来。

井筒中"行走"，那是命悬一线。

侯占友对抢险的工友说："我下吧。"

"老侯，用绳子系住你的腰。"

"算了，几百米深的井筒，上边看不见，借不上劲。"拉开罐门，侯占友一步步向井筒走去。

"万一我上不来，告诉你大嫂，不要到矿上闹，国家有政策。"侯占友向人交代。

围观的人鸦雀无声，大有"风萧萧兮易水寒"的架势。

深邃狭长的罐道梁，由下往上冒着白气，侯占友攀住钢梁慢慢下沉，消失在雾气之中。

井筒内的风格外强劲，安全帽被吹掉了，头上的矿灯也被吹到了腰间。眼前一片黑暗，井壁上哗哗的流水浇透了周身，冰冷刺骨。凭着感觉，壁虎一样贴着罐道往下沉，衣服、双手还有胸口被罐壁割破了，他仍然紧紧抱着不敢松手，几百米的深井，一个闪失就会粉身碎骨。

终于，井口的人们听到了下面传来的敲击声，故障排除了。
…………

"井下，那可真是不易啊！"讲到此处，有些驼背、一头白发的范仲华抬起眼睛，下意识地看看窗外，揉搓一下关节粗大的双手。这情景，让我禁不住对他生出好感——是那种对经历艰难困苦的人又敬重又疼惜的好感。

"我见天儿没事儿，经常会想起老侯，10多年坚持义务劳动，谁能做到啊！"

别人下班升井回家了，侯占友仍然留在井下，饿了就从家里带来的粮袋里找出一个馒头啃，困了就在简陋的休息室睡一会儿或者干脆靠着岩壁眯一觉。

矿工下井，从地面到掌子面要乘4次罐笼，走两三小时路，他从起重班下了班再到井下干活，根本就没有回家的时间了。最长的一次连班，他在井下三天三夜，"也就仗着他身体壮！"

中秋夜，家家团圆，侯占友在井下和回柱工人一起回收支撑顶板的铁柱。工友劝他，"老侯，今儿过节，回家吧，要不到别处义务劳动去吧。这儿危险。我们干这行的，担些风险是应该的，你一个义务劳动的，犯不着一块儿担风险。"

还有一次，掌子面上煤炭采空后，空顶加大，每到一个阶段就会有一次大规模的落顶，这叫周期来压。这时候，顶板压力与日俱增，老塘边(采空区)的柱子被压得东倒西歪，这时候回柱，等于上战场。

这回，侯占友带了一只烧鸡，从18岁下井推煤，他就知道这个"令儿"，鸡就是吉啊，危险时，工人们总要以此来寻求心理安慰。

七扭八歪的柱子撑着摇摇欲坠的顶板，顶板上的金属网有的已经撕裂了，乱柱丛中闪动着两盏矿灯，范仲华扒开浮煤，一根柱子露了出来，侯占友双手抓住柱顶，一个旱地拔葱，将柱子拽了出来。瞬间，一阵咔巴巴巨响，腾的冒出黑色的烟雾……没有人说话，只有绞车吃力的轰鸣声和大绳吃劲的咔咔声。

这时，掌子面整个颤抖起来，周期来压到了最高峰——老塘内刮来猛烈的狂风，将人掀得几个趔趄。侯占友闪迟一步，一条腿被卡在乱石堆中的铁柱子下面，一动不能动。

工友们围上来救他，老侯连忙制止："先别管我，先打顶柱，护住掌面。"

老范心里一热，侯占友说得没错，如果掌子面垮了，全都完蛋。

…………

1976年唐山大地震，抢险过程中，井架失火，消防车无法上前，危急时刻，侯占友噌噌噌爬上几百米高的井架，一会儿用水枪浇湿自己，一会儿灭火，火势一次次被压下来，又一次次蹿上来。他再浇湿自己，再用水枪灭火……

人们的心热了，老侯这么不顾个人安危，你说他图啥呀？！

四

1927年，侯占友出生在河北曲阳一个叫葫芦洼村的地方，父亲在他出生前便在贫病中去世。

5岁时，跟着母亲一路要饭逃荒到开滦煤矿赵各庄矿，母子俩靠每天坐在矿井口为往来矿工缝补衣裳挣一点糊口钱。

饥寒交迫中，这个男孩渐渐长大了，大字不识的母亲给他取了个有寓意的名字——占友，不占天时地利，就占个人和吧。"占友"，但愿这孩子将来多个朋友多条路。

12岁，侯占友到矿北一座开采后废弃的荒山背石头。笨重的石块压在脊背上，跟着大人像动物一样四肢着地排着长队在山坡爬行，日复一日，辛劳和危险时时伴随着这个穷苦的少年。

一次，山洞里蹿出了一条啃噬尸骨的野狗，疯狂地将他扑倒在地，张开血盆大口直取他咽喉。惊恐中，侯占友抄起一根树杈猛然将狗叉翻在地，死劲顶住它的脖子，右脚踏在狗肚子上……整座大山仿佛只有这对生命在僵持，终于野狗脑袋一歪，不动了。

童年里最黑暗的记忆是看到矿难发生，一场瓦斯爆炸引起了煤尘爆炸，掌子面上的人全部遇难。尸体整整运了一个星期，支离破碎地停在山坡上，满坡的黑血，惨不忍睹。

夜间，尸骨闪出蓝色的磷光，人们说那是冤魂在眨眼。一天，侯占友跟着同龄的孩子到山上捡煤块，捡到了一只黑乎乎的人脚。

苦难从他来到这个世上的第一天起就如影相随，苦难也将一个男孩塑造成了一个无所畏惧、体魄强健的男人，更给他留下了一个抗争压迫的英雄印记。

1938年，赵各庄矿青年矿工刀劈鬼子兵，之后开滦煤矿3000多名工人举行抗日大罢工，三天三夜，节振国带着工人游击队在矿门口竖起一面红旗，人们潮水般地拥来，千百张黑色的面孔放开喉咙高唱《义勇军进行曲》……工人要做矿山的主人，矿山是我们工人的,"劳作不再只为了生存,而是要建设一个工人当家做主的新中国",这信念在侯占友的心底扎了根。

…………

晚年,侯占友又在即将坍塌的井下救了一个人。人家拿着一沓钱酬谢他,侯占友推开了伸过来的那只手,说:"我这大半辈子,不知多少次抢险救人,哪次拿过钱呢?你以为我是为挣钱才到井下冒险玩命吗?!"

五

20世纪70年代末,侯占友成为赵各庄矿党委常委,在矿办公大楼有了一间办公室。

一天下来,侯占友坐不住了,大字不识几个的他,报看不进去,文件看不下来,浑身的力气没处使,浑身不自在。

第二天,侯占友又回到井下劳动,那间办公室从此就一直空着。

侯占友就是这么一个性格率真,心里没有那么多弯弯绕儿的汉子,想到什么就干什么,从不瞻前顾后。

逢年过节,矿工们喜欢办个高跷会热闹一番,侯占友总是扮最丑最滑稽的傻柱子,在大庭广众之下放肆地扭来扭去,惹人爆笑。

当了党委常委之后,有人提醒他,老侯,当了干部,要注意形象,别再演什么傻柱子了。他犹豫了一下,头一拨浪,照跳不误,气得妻子跟他吵闹,他头也不回地走了。

直到今天,当年那些高跷会的老会友们提起来还说,侯占友的傻柱子,那可真是跳得畅快。

"老侯没文化,更没有谋略和心计,他是那种鲁智深似的侠义性格,想到了就干、舍了命地干,甚至不顾家里妻儿是不是因为他吃

187

光了定量的粮食而不得不去挖野菜充饥……也正是因为他身上的这种执着率真，往往别人做不到的事，他做到了。"范仲华的印象里，侯占友只有一次软弱得像个无助的孩子。

那是1978年前后，因为侯占友曾经在北京开会时和与会代表一起受到"四人帮"中某人的接见，调查组专门多次让这个老工人交代情况。矿上红极一时的劳模一时间倍感压抑，以至于在省劳模座谈会上，说起自己的委屈，侯占友再也忍不住，失声痛哭。

六

1982年9月的一天，午后天空开始下起了小雪，55岁的侯占友领着自己的两个儿子，悄悄地来到北山。

40年过去了，当年那个背石头的孩子已经两鬓斑白，而这座光秃秃的石头山，依然如故，寸草不生，岿然不动。

这情景不能不让侯占友感慨，上午，他刚刚在工资科办理完退休手续，从现在开始，劳作一生的他可以每天晒着太阳，好好享受了。

冒着小雪，父子三人干了一下午，在半山腰挥锹平整出一块地，侯占友想好了，今后他要住在这座荒山上，开荒种树，给矿上那些井下苦了一辈子的退休的老伙计们开辟一块休闲健身的场所。"只要我还有力气，就一直干下去，再没有退休这件事。"侯占友计划着，等这里平出了地、填上了土，种上花草树木，再盖间遮风避雨的小房，建个乘凉看景的亭子，像城市里的那些公园一样的时候，就给这北山起名叫"矿工乐园"。

就像当初下井义务劳动一样，没有人相信侯占友能坚持下去。"老侯又要出什么风头？"人们的议论，侯占友根本不听，闷声不响地埋头干自己想好的事。

早晨四五点钟，他挥着铁锤敲凿石头的声音便在荒山响起，挑水、运水泥、刨地，劳作的身影一直忙碌到天黑，家就在山下，他却成年住在山坡上干打垒搭起的小石屋里，四面透风，空无一物。

....

一年过去了，第二年，种下的柳树苗开始抽条，逛山的老工友也开始跟在老侯后面一起劳动。渐渐地，房子盖起来了，上山参加义务劳动的学生多了，矿上的青年多了……北山成了矿山人义务劳动的火热工地，人流似火，造田运土，红旗猎猎。

13年后，一个当初没人相信的梦想变成了现实，光秃秃的北山绿树成荫，挂起了公园的牌子。

而从1992年开始患白血病，经受了10年病痛折磨，生命力旺盛的侯占友在2003年初春的一个凌晨，终于耗尽了身体里最后一点气力，像很多人一样，在昏睡中离世。享年76岁。

....

那座北山，如今被人叫作"侯山"。

采访手记

写一个不在世的人，是一种穿越的感觉。

一个人外在的东西，可以通过照片、资料去收集去认识，但他的内心要凭借什么去摸索去感应呢？

多年后，当我更多地以一个读者的视角来看他的故事，我脑子里盘旋着两个想法：一个是，怎么才能让今天的人们有兴趣读一读他的故事？另一个是，我相信，你只要读了，就一定会感动，因为虽然时代不同，但人优秀的精神内核是一样的，都是牺牲自己奉献他人。

做不到的人说这是宣传是传奇；这么做了的人是真正的"英雄"，哪怕无名，哪怕被忘记……

沉默的力量

> 要跟对手开展竞赛，你必须有核心竞争力。

贺琪话很少。几次在工地见到他，都没听他说过什么话，见人就是一笑，沉默地坐在一边，听别人热热闹闹地说话。

—

31岁担任新疆第一条地铁项目总工程师，在全线18个标段中贺琪是独一无二的，同时，他也是乌鲁木齐市建委聘请的执法检查专家组唯一一位地铁施工单位的专家，被授予新疆建设奖章。

他的领导田利锋介绍说："干工程的人，大多出身寒门，拼的是谁更能吃苦。"

说起最苦的一段经历，贺琪说到了襄渝铁路工程，"我的第一份工作是在四川大山里，整整两年。每天项目上的皮卡车把我们送到工点，一整天我和工友就穿梭在山林里进行工程测量，到了晚上，必须赶回到指定地点乘车返回，否则就只能借宿在山里老乡家，更糟时就只能露天过夜，山里又潮又冷，真没少受苦。"

2008年，公司为进军地铁建设市场，从1000多名青年中挑选了10名骨干到深圳地铁实地学习，贺琪名列其中。

从深山老林迈进大都市，贺琪感觉到强烈的反差，"在山里，天天沉迷在大山沟里，对外面的世界不知道，好生活没见过，也不奢望；到了深圳，一下子从最苦最难的地方到了全国最前沿的城市，以前睡在没空调、被子潮得能挤出水的地方，现在不仅吃得好，宿舍也有空调，而且收入翻了好几倍……你说那是什么感觉？就是觉得必须要倍加珍惜，付出更多的努力去学习，保住这样的好工作！"

深圳3年，贺琪每天只睡五六个小时，同来的10个人，最后只留下了5个。离开深圳时，贺琪已经掌握了国内领先的地铁技术。"在深圳，我最大的收获是在思想、思路上接受了先进文化的熏陶。"他说。

二

之后，贺琪担任了公司第一个地铁项目的总工程师，并荣获全国工程建设优秀质量管理小组二等奖。

2014年5月，公司中标乌鲁木齐市地铁1号线11标段，贺琪被任命为项目总工程师。作为国家"一带一路"倡议上最重要的城市乌鲁木齐，修建第一条地铁，这么重要的工程，血气方刚的贺琪从开工伊始就带领项目部，无论是工程进度还是施工质量，始终排在全线18个标段的第一位。

直言竞争时，沉默寡言的贺琪眼睛亮了，"要跟对手开展竞赛，速度上要比快，质量上要比好。各公司都在争先恐后地竞争，你必须有核心竞争力。"

"工程进入最危险的路段，距地面只有4.6米，上面车开过的声音，地底下听得很清楚，为了确保施工安全，那段时间，我每天要在地下连续待9个多小时进行勘察，累了，就上来透口气，再下来看，施工现场一根钢筋、一块铁片放在哪儿我全都掌握。"

贺琪说："与老一辈技术人员强调现场经验不同，我们现在更强调在办公室研究图纸这个环节，先研究图纸，再上现场，回来再看图纸。一切事情要干好，我认为靠的首先是心思、思路。万法唯心造。一件事如果花10分钟，我会花8分钟去想，两分钟去做。全部要想到，工作效率就很高。在现场，我特别在意戴安全帽的问题，一个人连安全帽都不戴，他能有什么安全生产的意识？抓工作，我从最根本、最简单、最常识的抓起。我希望我是一个星星之火，用实践成果感染带动更多年轻技术人员。"

三

深圳3年，贺琪只休过1天假，利用这一天，他把同在项目部的一位姑娘约出去游湖划船，回来就确定了恋爱关系，之后在西安安家生子。

2014年乌鲁木齐地铁开工，贺琪没有回过一次家；2015年，他只回过一次家，待了一天！

知道他这种生活情况，我直言不讳地说出了自己的看法："这种生活不符合现代人的价值观，老一辈工程人常有结婚30年夫妻在一起不到3年的经历，这种事到了今天不值得提倡。"

显然，作为他本人，他也没把这件事当成功绩，"现实很无奈，我们这个行业到今天这种情况基本没有改变，接受不了，只能不干走人……但你又能干什么呢？"

…………

沉默少许,这个 31 岁倔强的男人说道:"这也是我们的核心竞争力!别人做不到的,我们能做到。"

采访手记

在罗布泊采访时，我曾经无意间坐在一位小伙子身边，让我意想不到的是，当我坐下的一刹那，这个年轻人浑身颤抖了一下。

这个细节，每每想起来，我都觉得心酸。

到艰苦的工地多了，我知道这种长年离家孤独的生活，在建筑行业相当普遍，都是血气方刚身强力壮的男人，他们付出的不仅是繁重的劳动，还要忍受远比我们想象多得多的东西。

但相比同情，我更欣赏贺琪的这种倔强和刚毅。

孟子在《生于忧患，死于安乐》中说：天将降大任于斯人也，必先苦其心志，劳其筋骨，饿其体肤，空乏其身，行拂乱其所为，所以动心忍性，增益其所不能。

在国家建设的宏大背景下，每个劳动者都是时代发展洪流中的一员，凝聚成了中国崛起的力量。就像全国劳模窦铁成说的那样，作为一名普通的战士，为了国家顽强地战斗和生活。即使满身油污灰尘，即使困顿煎熬，我们每一位劳动者同样完成着"大任"。

男人到死心如铁

> 市场大的潮流走到面前,我没有办法,只能同流,但我决不合污。别人说你不合污你就没钱,人家住别墅开奔驰,你什么都没有,你不是活该吗?那我就活该吧。

山东日照,一间红火的剧场,东北二人转正在热闹地上演。台上的男人粗俗地调笑着女人,观众爆发出惊奇兴奋的笑声。

杨在葆,坐在贵宾席上,他感觉到自己整个背开始较劲、发酸。

音乐声、笑骂声、叫好声,充斥着整个剧场、充斥着整个夜晚。

这位70岁的老演员,坐在剧场的中央,在这沉浮着的笑的汪洋里,一动不动,面沉似铁。

半个多世纪前,20岁英俊得"像个坦克兵"的杨在葆顺利考取了中央戏剧学院华东分院(上海戏剧学院前身),开始他的艺术之旅。离开家乡安徽宿县时,母亲仍在规劝这个杨家的小儿子:"孩子,你干嘛非要去当个戏子呢!咱当个医生、老师不好吗?""娘,我不是当什么戏子,我是要当个演员,演员和老师一样都是人类灵魂的工程师,是传播真善美,揭露假恶丑的艺术家。"母亲听不懂这些新词儿:"唉,还不都一样!"

走了很远,过了很久,家早就消失得无影无踪了,这个踌躇满志的青年,始终感觉到母亲忧郁的目光,好像一直落在他的背上。

———

他站在风里,红色条绒衬衫,牛仔裤,脚下是那种被称作"火箭头儿"的皮鞋。

他的笑很短暂,好像你一不小心就会把他惹怒了似的。

他很高,魁梧,头发稀疏朝上立着。

摄影师在他选择的地点为他拍照,两个恰好经过的妇女看见了,激动地凑了过来,"杨老师,我们从小就看您的电影,是您的影迷啊!"他笑着一左一右地搭住她们的肩膀拍照,像老大哥一样自然。

他71岁,看起来像50多岁。他是昔日银幕上的英雄,在这个冬日里平平常常的午后,他依然使人愉快难忘。

杨在葆,一个中国为数不多让观众过目不忘的男演员。

从20世纪60年代开始,杨在葆创造出了一系列充满阳刚气息的男人形象,他扮演的人物总是历经磨难终不悔,充满奋斗的激情和直面现实的大无畏英雄主义精神。

1984年,杨在葆同时荣获电影百花奖和金鸡奖最佳男演员奖。从颁奖晚会回到宾馆,兴奋之余,他想起了那次离家的情景,写下了自己最真实的心声:"我在银幕上塑造的人物形象,如果活在了观众心里,这是对我最大的奖赏,我才算是一个有了艺术生命的演员。"

二

1985年夏天，午后，中南海西华门门口，站岗的卫兵发现一个推着自行车的男人快速地朝自己走来，非常眼熟，好像在哪里见过。"我是电影演员杨在葆，我想给中央领导送封信。"来人的话让卫兵为难了，他没见过敢如此做的演员。

信的内容是反映他自导自演的电影《代理市长》因为其中一句台词遭禁演的问题。信最终奇迹般地送到了，中央领导亲自作了批示，一部轰动一时的电影《代理市长》得以面世。

"是艺术给了我勇气。"杨在葆说，"为艺术，我可以吃一切苦。"

30多岁时，杨在葆为演好一个三轮车工人劳模程德旺，他在上海的大街小巷，穿着工作服，脖子上系着块白毛巾，整整蹬了一个月的三轮车，随便哪个客人一招手，他蹬上就跑，到了地方一分一厘地收了车钱，转身蹬着车又跑了。

正当杨在葆全身心投身现实主义题材的创作中，雄心勃勃要"立大智大勇，前行前行"的时候，中国电影走向市场改革与阵痛的大潮席卷而来。国产电影遭遇了前所未有的冰河期。中国电影向何处去？正当其时的电影人开始了不同的选择与探索。

从雄心万丈到寂寞无声，从50岁到70岁——20年，这个演员没有再演过一部电影。

....

杨在葆谢绝那些他认为"不是从生活中来而是几个人坐在屋里侃出来的"角色，谢绝商人重金请他做广告。"就像当年跟我母亲说的一样，我不是一个戏子，更不是一个玩物，像个猴子似的，别人给钱要猴戴帽就戴帽。"

"艺术是一种文明，使社会通过你的作品得到陶冶，民族的精神得到弘扬。"

1983年，杨在葆出演电影《血总是热的》。这时香港的以打斗搞笑为主的影片已开始冲击内地的电影市场。很多人劝杨在葆不要去演这个描写普通工厂生活的电影。但主人公的一段台词，深深地打动了他，后来又深深地打动了观众："有人说，中国的经济体制像一架庞大的机器，有些齿轮已经锈住了，咬死了，可只要用我们的血做润滑剂就有希望转动。这话已经说滥了，不时髦了，没人要听了，可无论如何我们的血总是热的。"

"这些话，正是那个时期人们的心声啊！作为一个演员，就应该拍这样的影片，我不会为了挣钱而演戏。"

笑富贵，千钧如发，男人到死心如铁。

杨在葆最爱用狂草书写辛弃疾的词。"市场大的潮流走到面前，我没有办法，但是我说我是'同流，但不合污'。别人说你不合污你就没钱，人家住别墅开奔驰，你什么都没有，你不是活该吗？那我就活该吧。"

第一次荣获百花奖最佳男主角的时候，杨在葆穷得没有上台领奖的衣服，临时在北影厂边上的北太平庄地摊上花1元零5分钱买了一件黑色短袖T恤，就到济南领奖去了。对此他非但不介意甚至引以为荣。"没什么好丢人的，我是一个诚实的劳动者。我就是穿着龙袍，也当不成真的皇帝。我最看重我的事业，从不拿自己的事业开玩笑。人生就是一幅自画像，关键的几笔不能画歪了，不然就不好看了。"

"人生的目的不仅是为了生活，而且还需要荣誉的生存。荣誉是人格，是能有所不为。"

杨在葆非常喜欢穿着这件黑T恤照的一张照片。照片已经泛黄，他划着船，戴着墨镜和棕色牛仔帽。"我那个时候已经50岁了，很棒！"他的眼光在照片上流连，照片上他的胳膊肌肉紧绷，鼻梁挺直。

"我曾经想过演方志敏，演岳飞……我们民族涌现过很多英雄，他们不仅映照历史也映照今天。"

不演戏，杨在葆当起了导演，抒发自己的心声：在电影银幕越来越娱乐的时候，他偏偏选择拍摄电影《党小组长》，还特意把党章拍了个大大的特写；在《昨日的承诺》中，他干脆给男主角起名为"赵汉青"，一副"人生自古谁无死"的倔强。

"也许我是市场中的败将，但我决不是降将。"

"一腔热血走地府，满怀豪情上天庭。"古人的这种气节让他热血上顶。"一个人对自己认准的事、认准的道理不能坚持、不敢表达，活着一点意思都没有！一个民族一个人最重要的是要有一种坚持真理的精神，哪怕是一时贫困艰难，哪怕为之牺牲也不要紧，因为那是一个坚强的民族、一个有血性的人。"

三

一岁多一点的时候，杨在葆就失去了父亲。母亲是他人生最重要的老师。

"家里墙上贴的全是杨家将、岳母刺字、二十四孝、桃园三结义这些画，使我从小思想里就有着浓厚的精忠报国、忠孝节义观念。我的母亲非常有骨气非常坚强，日子过得再艰难，她也从来不求人。"在杨在葆的印象里，家里遇到过不去的大事时，跟一般的女人不同，母亲当时从来是不会哭的，"只有当事情过去以后，她才会背着人流一会儿眼泪。"

"历尽千辛万苦，不曾弯腰低头。"杨在葆这样评价母亲。"从小我就知道自己是家里唯一的男人,一心盼着自己赶紧长大,好替母亲顶门户。"

上中学的时候,杨在葆就是文艺骨干,一次看话剧《保尔·柯察金》,舞台上穿着蓝白条儿海魂衫的共产党员朱赫来的形象吸引了这个英俊的少年。"什么时候自己能在台上穿着海魂衫扮演这样的英雄该多好啊!"在杨在葆的心目中,从来都是要演那种让人尊敬的英雄。

大学表演课的老师是来自苏联列宁格勒艺术学院的一位50多岁的女教授。一次小品课上,一位同学在台上模拟抱着孩子撒尿的情形,惹恼了教授,"你是个无赖!难道观众买票是来看你给孩子擦屁股的吗?"这情景杨在葆至今历历在目。"她对我的影响非常大,她不喜欢把丑恶的东西搬上舞台,艺术家就是把人类美好的东西创造出来,展示给观众。"

对于现在舞台上出现的一些恶俗的演出,杨在葆不能接受。遇到这种情景,看到周围观众在大笑、在鼓掌,他常常表现得面无表情。"面无表情就是一种最丰富的表情。现在人们最容易接受的就是不费力的东西,就是插科打诨、就是笑。这是民族的悲哀。"

....

1984年,获得"百花""金鸡"双奖的杨在葆,悄悄地做了一件事。他取出珍藏的一缕头发,和两块奖牌缠绕在一起,郑重地放进了妻子的骨灰盒里,头发是他帮病重妻子梳头时飘落下来的,他小心地保留了好几年,没有人知道。

这个和他青梅竹马一起长大的女人,只活了短短的四十几年,生病的时候,丈夫被关在监狱里,生死未卜。

1971年,杨在葆被诬陷为"现行反革命",被关押了整整4年。"监狱里,对着那些神气活现的人,我从来不低头,老子正当年,大丈夫行得正,无愧于心,无所畏惧。"

那段日子里，杨在葆只向狱警提出过一个请求——他能不能申请离婚？

"我不知要坐多少年牢？妻子还年轻，不能拖累人家。"

杨在葆不知道，在他被抓走的当天，这个瘦小的女人就跑到街角的新华书店买了一张京剧样板戏《红灯记》李玉和戴着镣铐的剧照，贴在了床前，一直到4年后丈夫被无罪释放回家。

不久，独自抚养两个孩子照顾婆婆的妻子，得了肾病，而且越来越严重，走在街上就可能晕倒。但这些杨在葆一点都不知道。

有一年，上海的冬天特别阴冷，不会做针线活儿的妻子硬是一针一线给杨在葆纳了一双鞋，做了一件衣服，寄到了监狱。

1975年，杨在葆被无罪释放。出狱那天，他穿上了妻子做的新衣新鞋，走出监狱大门。妻子领着一双儿女等着他，几年没见，她的脸色那么苍白。

妻子去世的时候，杨在葆在七尺白布上挥毫写下一副挽联：一生清白无媚俗，遇难时节有傲骨。

前不久杨在葆回了趟上海，他又一次翻看了妻子留下的日记，上面写着："我早想好了，大不了回农村种地，我和孩子也要等你回来……"看罢，他又一次掩卷长叹。

后来，一个比他小22岁的善良的姑娘走进了杨在葆的生活。"我是一个穷汉，家里的'道具'很少，除了两个孩子还有岳母要养。我问她，你这么漂亮的大姑娘看上我什么了？她说，这些她都不在意，和我在一起她觉得安全、踏实。"

"她爱我，是因为我的悲惨遭遇；我爱她，是因为她对我悲惨遭遇的同情。"当杨在葆背诵起莎士比亚名剧《奥德赛》中的这句台词时，暮色低垂，有人无声地按亮了电灯。

四

曾有人采访杨在葆,问:"幼年丧父、中年丧妻,晚年您又差点儿丧子,您怎么看待自己坎坷的人生?"

他回答:"一个人什么事情都要面对现实,尤其是男人,不能哭哭啼啼的。东方人比较爱哭,容易在别人面前掉眼泪。哭什么?哭我可怜、哭我多困难吗?嘿嘿,我偏不!我会流泪,为着别人的不幸而同情,但绝不为自己哭。"

一次,杨在葆扭伤了腰去医院,下车的时候,儿子要搀他,他一挥胳膊挡开了伸过来的手,"扶我干嘛?老子自己走。"他就是这么倔强,冻死迎风站,饿死不低头。"让人看见的永远都是过五关斩六将。"

"那时候我10个馒头用筷子串了搭在晾衣架上,每天饿了就就着咸菜吃个馒头,喝杯茶,很好,很快乐。我们那一代的价值标准不同,看重的是精神的充实,讲究的是奉献。今天的人们对生活的理解经历和我们不同了,别说你采访我几个小时,我就是讲上10天,你也不可能真正了解我。"

采访最后,我还是忍不住问他:"您说,男人最大的魅力是什么?"

一见他笑,我就知道这个问题对他来说有多么老套了。

"男人干什么的?男人就是堵枪眼儿的。最大的魅力就是责任心,就是给女人安全感。"他回答。

采访手记

  一个演员最大的悲哀是失去舞台。20年，这双灼热的眼睛一次又一次被希望的星光拨亮又随即黯淡，最终年华老去，心中渴望的作品付之东流。

  但是人不就是应该有所为有所不为吗？中国人不就是讲究"宁为玉碎不为瓦全"的气节吗？

  年轻一代也许不会知道一个叫"杨在葆"的演员，但我想但凡有一点阅历的人，对他说的这句话，是会引起共鸣的，因为每个人，都会面临选择。

  "人生就是一幅自画像，关键的几笔不能画歪了，不然就不好看了。人生的目的不仅是为了生活，而且还需要荣誉的生存。荣誉是人格，是能有所不为。"

世界上最美好的奇迹

一个人真正的伟大，是为那些弱小的、看似无用甚至是拖累包袱的生命奉献自己，用自己的命延续其他的生命。

没有花香，没有树高
我是一棵无人知道的小草
从不寂寞，从不烦恼
你看我的伙伴遍及天涯海角
……

殷广平最喜欢这首名为《小草》的歌曲，他觉得自己就是这样的一棵小草。

而在江苏盐城，不少人用"0到99的奇迹"来称赞他和他的学校。

殷广平创办的学校，首届高中毕业班，高考成绩本科二类以上院校的达线率是99%，其中90%的学生考进了全国重点大学。

但是，他却在反复想——为什么不是100%？

他的想法是:"对学校1%,对家庭就是100%。"

———

采访殷广平的时候,正值招生时节,他躲出办公室住进了招待所。

现在,即使是他们幼儿园招生,家长们也不惜提前两天两夜到报名处排队……学校这么火,反而让他得罪了不少人。因为他坚持,不论是干部子女、大款的孩子还是下岗职工、农民工的小孩,一律按成绩录取。

20多年前,这是一个走廊里挂着尿布毫无生气的镇办小学……殷广平将它打造成了从幼儿园、小学、初中到高中15年一贯制的教育集团。

"学校是塑造人的地方,一个人要有信念,遇到再大的困难,也要笑呵呵地面对。"殷广平心目中的好学生,不是"5分+绵羊",而是像学校门口"学生寄语"描述的那样的人:勇敢、负责、真诚、进取。

17岁的张迎雪觉得自己很幸运,作为学校公平教育的受益者,她考上了北京大学。

为了争取北大、清华等名牌高校自主招生的名额,殷广平多方奔波,为了见一位相关负责人,他曾经站在大学的校门外,在刺骨的寒风里一等就是大半夜……

让师生们敬佩的是,40多个名额,殷校长全部公开,按照成绩进行分配,没有照顾一个"关系"。

和张迎雪一起参加自主招生、最终被北大录取的4名同学中,一名是下岗职工的子女,一名是农民工的孩子。

针对社会上普遍存在的问题，殷广平严令禁止教师搞有偿家教、接受家长吃请、推销复习资料、以教谋私……学校无论是选拔参加省市竞赛还是出国旅游学习，学生入选的标准永远是品德和成绩，孩子们站在同一起跑线上平等竞争。

殷广平用自己的行动为学生树立着公平、公正的榜样，帮助孩子在他们的精神世界增加一分对于公正的信仰。

二

1996年7月19日，是殷广平人生的一个转折点，妻子陈惠云突发脑溢血，生命垂危。

当时，学校正处在上升的关键阶段，殷广平带领着全体师生在全力争创江苏省普教系统的最高荣誉——省模范学校。与此同时，他的女儿刚好升入高三，面临着竞争激烈的高考。

白天，他在学校忙；夜深人静时，他睁着惺忪的睡眼，在病房不断地为妻子擦身、清理屎尿……

医生说，这样的病情，即使抢救过来，也很少有人能活过3年。

可是13年过去了。陈惠云已经能够由他架着，在院子里艰难地蹒跚行走。

殷广平常常想起当年的情景，被推进手术室的刹那，已经神志不清的妻子，竟突然死死地拉住了他的手，不肯松开……

13年来，他始终为她悬着心，好像自己的手稍微松一下儿，这个拉住他手的生命就会轻易地滑掉。他对一直渴望与爸爸一起旅行的女儿说："我和你不能同时乘飞机外出，假如我们同时出事，你妈怎么办呢？"

妻子生病的时候，他 43 岁。

虽然他说，走在校园里，每分钟都感到充实和幸福，但这么多年照顾瘫痪在床、神志不清的妻子，有人说他品德高尚，却亏待了自己。

有爱慕他的年轻姑娘给他写信，表示愿意和他一起照顾瘫痪的妻子。他想想，谢绝了。

"我有妻子啊，她每天都陪伴在我身边。有她在，女儿和我就有一个完整的家。"

殷广平说："一个人真正的伟大，是为那些弱小的、看似无用甚至是拖累包袱的生命奉献自己，用自己的命延续其他的生命……"学校是塑造人的地方，一个人穷尽一生竭力争取的应该是做"最好的自己，我是老师，更要为人师表"。

很多年，老师、同学们都看到这样一个身影：在学校忙了一天的殷校长，戴着太阳帽和墨镜，骑着一辆二八自行车，车筐里满是从菜市场买的水果、蔬菜，匆匆往家赶。

三

女儿要出嫁了，殷广平到市场上为她买了两件婚纱和一双红皮鞋，等着她回家试穿。

女儿是殷广平的精神支柱。他欣赏这个女孩子的坚强和善良，常常以此来鼓励学生。"我女儿准备高考的时候，母亲生了重病，但她没有被困难打倒，一边帮着爸爸护理妈妈，一边坚强地复习功课……现在她已经博士毕业，成了一名优秀的医生——有时候她连续工作24小时后又累又困地下班，碰到病人和家属需要帮助，她总是笑眯眯地耐心解决，从来不怕麻烦。"

当年，殷广平带着妻子到上海看病，医院没有熟人，连号都挂不上，坐在人来人往的医院走廊里，他不住地流泪……

他是那种自己受了苦，就更为别人着想的人。

新来的老师，走进学校分配的住房都会意外地发现，米缸里已经装满了米，煤气罐也充得足足的，配偶和孩子学校也事先全部安排妥当。

经济困难的学生，不仅在读的时候能领到助学金，而且可以一直受助到大学毕业。

…………

有很多从小学入校到高中毕业的学生，12年里从少年长成了青年。在他们的记忆里，每年新学期开始的时候，校长总是穿着一身西装，站在大操场的升旗台上致辞，12年，他的结束语一直不变——"祝老师同学们不断进步，阖家欢乐"。

56岁的殷广平说，他一生受了一个人一句话的影响——就是教育家陶行知的话："捧着一颗心来，不带半根草去。"

把一个薄弱的小学发展成了一方百姓公认的名校，为当地的人们做了很多好事。殷广平觉得自己的人生拥有了一笔巨大的财富。

四

对于未来，他有着温馨的憧憬："退休后，我要带着妻子从盐城搬到上海，和女儿住在一起。"

每次女儿回盐城探亲，和他一起到超市采购时，大包小包所有的东西，她都是全部揽下，一个人又拎又扛，说什么也不肯让父亲沾手："爸，平日你太累了，现在就两手空空地跟在我后面，休息一会儿吧。"

……………

妻子晕车，殷广平想着将来买一辆电动车，带着妻子在上海玩玩。

他想告诉自己的学生，"0 到 99 的奇迹"是一个人主观＋客观的耕耘与收获；而世界上最本质、最美好的奇迹是拥有爱。

采访手记

很多年前曾经向藏药大师措如次朗堪布请教：一个人要成功需要什么条件？

当时我心里预想的答案是勤奋、努力、天赋、机遇等等，而这位修养深厚老人的回答却出乎我的预料，他说："一个人要成功，首先要遇到好的老师，之后才是勤奋、努力、天赋等等。"

…………

老师是我们人生的引路人，我们为遇到了好老师感到由衷的庆幸，并充满感激。

铁魂

2008年4月11日,56家中央媒体100多位记者坐满了原本空荡的会场,同一时间采访一位普通劳动者——窦铁成。他被誉为新时代产业工人学习的楷模。

上篇

一

暴风雪咆哮着,在乌黑冰冷的铁道线上肆虐,保尔穿着破烂的大衣和一双单薄的马靴,军帽下裹着一条肮脏的围巾,在没膝深的雪地里和战友一起挥锹刨冰……

初中毕业,因为出身不好,学习成绩优异的窦铁成被迫辍学跟着祖父返乡务农,青春期的少年学会了抽烟。在这个关口,母亲送给他一本书——《钢铁是怎样炼成的》。从此,保尔的形象进入了窦铁成的世界。"无论在多么艰苦的条件下,作为一名普通的战士,为了国家顽强地战斗和生活。保尔的这种精神一直激励着我。"

"咔嚓"一声，走在窦铁成身后的孙晓峰清楚地听到了这声脆响。窦铁成跌坐在地上，额头上冒出一排豆大的汗珠。踩上了一颗石子，右脚板骨折了。

离秦岭隧道工程营盘变电所改造工程交工的日期只剩下45天。变电所是铁路建设的"关门工程"，不能通电火车就不能开通，整个工程的竣工将受到影响，企业也将失去信誉。

"派老窦去督战！"作为电力施工的高级技术工人，窦铁成已经记不清多少次奔赴火线了。

想不到刚来的第二天，他就扭伤了脚。

不能去医院。住院，打石膏，还怎么盯在工地上？

山风萧瑟冰冷，脚伤火辣辣钻心地疼，窦铁成给自己打气："如果我退却了，可能这个工期就不够用了。"

窦铁成参加过兰新、京九、西康和京珠、泰赣等一系列铁路、公路建设。渴极了的他喝过黄河里的泥汤，满嘴泥沙吐不出来；隧道施工，整整45天他和工友没见过太阳，每天接岩石缝里滴渗下来的水泡方便面，工程完工的时候，所有人的指甲凹陷……"社会上有些人觉得我们可怜，说我们傻，但为国家修路吃苦我们觉得自豪，这种成就感，他们体会不到。"

营盘变电所建在400多米高的荒山顶上，连绵的雨雪下个不停。每天，窦铁成总是咬着牙把肿得像馒头一样的脚挤进绝缘鞋，裹上军大衣，一瘸一拐地带着4个工友沿着陡峭的山坡人抬肩扛地把材料、设备搬到山上……一干就是十四五个小时，衣服被汗水湿透了又焐干，手脚磨出了血泡。日复一日，他没有歇过一天，没有去过一次医院，直到变电所如期优质交工。

离开的时候，正值春运高峰，对窦铁成充满敬意的甲方领导主动帮他买票。可直到最后进了站台还是上不了火车，"一定要让窦师傅坐火车回家"。眼看列车要开，送行的十几个人竟然像电影里人们对待英雄那样，将他托举过头顶，平躺着从车窗送进了车厢。

二

像窦铁成这样50多岁还在工地上登高爬低干活的老工人，不多见了。很多人不明白，没有人要求他跟小伙们一起爬二三十米高的工作平台、钻一人宽窄的地沟了，他为什么每天还在现场辛苦？

窦铁成说，29年，他负责安装管理的变电所从没有出现过一次故障，原因就在于他的坚持和耐心、细心，还有责任心。

"我眼里，干的活儿是件工艺品。"

往墙上钉母线，钉一根他要用水平尺量一次；安置一排10米高的柜子，他要求柜顶之间完全水平1毫米不差。每一个细节，窦铁成都是这样一丝不苟一丝不差。

徒弟第一次用6个小时独立装完了一个开关柜，感觉很得意。窦铁成看后，却要求他把柜中的线全部拆掉。看见徒弟委屈，窦铁成说："不但要接上，还要接得漂亮。外观美不美，质量好不好，反映的是人的素质。"

安装两台50吨重的变压器，5个人干了4个多小时才终于到位。收工时，窦铁成发现机身离标准还差1厘米。结果，为了这1厘米，大家又辛辛苦苦地干了两个半小时。

建设京九铁路的时候，业主和监理得知变电所是窦铁成带人干的，当即免验，直接送电了。这项工程后来荣获了中国建筑业最高荣誉——鲁班奖。

"我理解的成功是你对社会做了什么，你做过的事情是不是觉得还有什么缺憾。如果回过头看的时候没有缺憾，那么在这个台阶上，我就是成功的。"

为了这份执着，漫长的29年，窦铁成不仅挑战着自己心理和生理的极限，也承受着别人的不理解与冷落。大女儿结婚的喜糖，他托工友散发，一个月后，喜糖却仍然原封不动地搁在那儿。"是我检查工作得罪了人家啊。"虽然伤心，但窦铁成不改初衷。

"电影《追捕》里有一句台词：向前走，不要朝两边看，你就会融化在蓝天中。我就是这样走过来的。"窦铁成说，每一次当他心无旁骛追赶目标的时候，他总能体会到融化进蓝天的感觉。

三

窦铁成只有初中文凭。这让他在很长一段时期感到自卑和遗憾。

为此，他终生学习钻研技术，记下了上百万字工作读书笔记；工作中，他突破一道道技术难关，还培养出了300多名徒弟，被单位的大学生们称为"教授"。

窦铁成出生于书香世家，对这个因为时代原因辍学的儿子，父母一直忧虑。成为工人的那天，他们用钢笔在他的军挎包上写了一首古诗："白日依山尽，黄河入海流。欲穷千里目，更上一层楼。"

父亲病重，窦铁成从工地辗转坐了10个小时车赶回陕西蒲城老家，刚进门，就接到单位的电话，要他火速支援另一个工程。

临行前，窦铁成来到老人床前，为父亲再刮一次胡子。

抚摸着老人枯瘦的脸颊，从来没在人前掉过泪的窦铁成泣不成声。凝望着也已饱尝人生甘苦的儿子，父亲同样泪流满面。

从小到大，父亲留给窦铁成最深的印象，是他严厉而慈祥的眼神。而此时，那里只有深深的眷恋和欣慰。

"他对我说过,最优秀的人永远在超越自身,奉献他人。在生命本质的最高层面上,工人和哲学家没有差别。"

中篇

一

一天午休,窦铁成拿着自己的数码相机给年轻漂亮的徒弟耿丽娟看。"猜猜,我拍的是啥?"

看她半天说不对,老窦得意地笑了:"是蚂蚁洞啊。艺术吧?"

去现场的路上,路边的蚁穴引起了他的兴趣,便连忙跑回宿舍取来相机,又在旁边放了一块石头,很得意地按下了快门儿。

"窦师傅能从生活中最微小的地方发现情趣。"新来的学生很惊奇,大名鼎鼎的劳模并不是想象里的不苟言笑,只知道工作,他有一个充满快乐和想象的世界。

工作环境的艰辛、人生道路的坎坷,没有磨灭窦铁成对生活的热爱,反而开启他生命的智慧,他从最为艰苦贫瘠的地方开掘出了一个更为丰富的世界。

....

1994年,工作了16年的窦铁成,陷入了人生的低潮。

这时的他技术已经非常娴熟,是企业公认的德才兼备的技术能手。但是,仅仅是一个"技师"的职称,整整10年他都没评上。很多技术上、资历上不如他的人早早有了各种待遇,自己的徒弟也已经当了他的领导。

更让他放不下的是对家庭的牵挂和愧疚。干工程的人天南地北四海为家,结婚20多年,他回家的日子加起来没有两年,家里农活他顾不上，孩子出生他回不去，妻子带着3个孩子又要种地又要照顾老人，实在太辛苦。而此时他的父亲得了癌症，自己当工人的收入又很低，入不敷出。工地上通信十分不便，他只能暗暗揪心。

单位很多人走了。"像你这样技术过硬的人，不怕找不到更好的工作。"听着这些话，窦铁成心里也在犹豫。

正在这时，一天，公司经理把一枚铁道部颁发的"火车头奖章"带到京九线工地上交给了他，信封里面同时放着200元奖金，因为路上辗转了很长时间，钱已经发霉了。

荣誉给了处在情绪低谷的窦铁成极大的激励，"这是企业、国家对我的认可啊！"之前承受的种种压抑和委屈，因为这枚奖章而具有了特殊的含义。

晚上，他戴着奖章独自在山坡上冲着家的方向坐了很久。他想念刚刚去世的父亲，早晨还在帮他刮胡子，晚上他就过世了。生命的无常和短暂，让窦铁成感悟到在有限的时空里，人必须放下一些东西，提起另一些东西。

窦铁成坚定了自己的人生定位：热爱电力工这个岗位，尽职尽责，时刻保持良好的精神状态，享受工作的快乐。

二

干工程，长年在野外，生活因陋就简。但是书籍和大自然给了他更为广阔的世界，启迪着他对生命的感悟。"我喜欢彩虹，因为它五颜六色很丰富。如果人只喜欢一种颜色，那就等于没有颜色。"

正是出于这种开放的心态，窦铁成从来不保守自己的技术和知识。他的手机电话成了"工地110"，年轻人遇到技术难题，随时可以向他咨询；其他单位的人需要技术支援，他照样毫无保留。

陕西省举办电力线路工职业技能竞赛，窦铁成师徒三人包揽个人前三名，荣获团体第一。他自己也被授予了"状元"称号。庆功宴上，窦铁成平生第一次喝醉了酒，回家时敲错了房门。

"我觉得现在'我'的概念已经变大了，不单是我自己和我的家庭，它还包括单位、社会甚至是国家。爱他们就是爱我自己。"

三

"灿烂的星光，伴随着明月，狂风把你从沸腾的塞外吹到了宁静的终南山，祝生日快乐，岁岁愉快！"

耿丽娟一直保存着窦师傅发的这条短信。"窦师傅把本来十分艰苦的工地描绘得这么有诗意，他就是这样可以让沉闷单调的生活变得快乐丰富起来的人。"

窦铁成喜欢写诗，喜欢照相，喜欢吹笛子，喜欢像年轻人一样朝气蓬勃地生活。他把徒弟的照片用软件故意丑化处理之后，发彩信给她看，逗她开心；进城办事，他选了五颜六色很卡通的小凳子给大家带回来……想家了，他会凑过来跟你拉家常；下雪了，他提醒你走路小心。

小魏刚毕业，下雨天不出工时总喜欢和人打牌，窦师傅看见了，就叫他一起出现场。小伙子赌气坐在屋檐下看雨不干活，窦铁成并不生气，对他说："不是非要让你干什么，我是想让你远离这些不良习气。"

在荒凉简陋的野外工地，窦师傅给这些刚走出校门的孩子们带来了温暖，也带来了人生的一种方向。

"他总是主动关心着我们，有时候好得甚至让人难以理解。"大专毕业的韩凌听了窦师傅的话，决定继续本科学习。看见韩凌值班时复习功课准备考试,窦铁成便让她回宿舍看书,自己替她值班。"当时我以为自己听错了。怎么会遇到这么好的人啊。"从那天起,窦铁成替韩凌值了半个月夜班,白天照样带着工友干活。

2004年的时候,窦铁成和已经是公司副总经理的徒弟刘月峰吃了一顿饭,酒桌上,师傅很得意地告诉徒弟,他正着手把多年的实践经验写成《变电所施工工艺》和《电气设备实验操作》两本书。"当时我感觉很诧异,领导并没有安排他做这件事,对这种完全出于自觉的行为,我不知道该怎么评价。"可是没过多久,从事工程投标工作的刘月峰就发现了这两本书的价值。"当业主见到我们拿出这么完善的工艺标准,真是对我们多了一分尊敬。"

四

从银川到内蒙古的鄂尔多斯棋盘井镇,沿途是褐色的荒原。

站在5米高的电力操作车上,魁梧而沉默的孙晓峰用扳手拧紧铁道上空电线上的螺丝。"如果没有遇到窦师傅,我现在还只是这样一个干外线的工人。"现在,他是公司为数不多的高级技师,供电分公司维修队队长。

第一次跟窦师傅学习,窦铁成让孙晓峰用钻头在铝板上打眼儿,一钻下去就打歪了。"钻头要直,心不要急,铝和铁材质不同,用的力道也要有区别。"窦铁成就是这样一钉一锤地不仅教会了徒弟技术,而且教了他很多做人的道理。

包茂高速公路开通时,高速公路管理局管基建的老总看中了既能管理又能施工的孙晓峰,提出把他调进效益很好的高管局,负责管理变电所。对方开出了很优惠的条件:月收入五六千元,比他现在的收入高很多。而且对方许诺,调他到离西安市只有30公里的太乙宫调度中心工作。

干工程的人，长年四海漂泊，一年跟家人在一起的时间少得可怜，根本照顾不了家庭和子女。当对方第三次打电话找到孙晓峰的时候，他犹豫了——他明白这个决定的分量。

一天中午，看见窦铁成在院子里休息，孙晓峰跟师傅说了这件事。"我师傅听完，低着头站在那儿，一句话也不说。"孙晓峰明白，师傅既不能说让他走，也不能说让他不走。

沉默了半天，孙晓峰给师傅递了根烟，两个人还是没话，抽完这支烟，就走开了。

下午，孙晓峰就把这件事回绝了。

"有一年快过春节了，中午休息的时候，我给在新疆施工的师傅打电话，想问候他一下，可他说正在工地干活，之后再打。放下电话我想，戈壁上这么冷的天，他这么大岁数了，别人都休息的时候，他还在干活……"

跟师傅在一起16年，孙晓峰没给师傅买过一包烟。

"人说师徒如父子。我们是君子之交淡如水。"

下篇

一

近乡情更怯。

坐在开往家乡的汽车上，窦铁成的心情用这句诗形容，最贴切不过。

2011年4月22日，春暖花开，阳光明媚，蒲城县大剧院掌声雷动，56岁的窦铁成怀着激动的心情回到了故乡——陕西省蒲城县。县委、县政府专门为他举办全国"双百模范人物"窦铁成先进事迹报告会。

此时的窦铁成已经获得了全国劳模等多种国家级荣誉,受到了党和国家领导人的亲切接见,成为全国产业工人的优秀代表。

自从他"出名"后,蒲城县先后3次邀请他回乡作报告,但因为工作紧张,时隔4年,他才第一次"正式"衣锦还乡。

带着回忆和感慨,窦铁成走进县剧院,这里座无虚席,全县副科级以上领导干部,县里高中、初中部分教师及学生代表1200多人在等候他的到来。

热烈掌声中,窦铁成站在主席台上接受少先队员敬献的鲜花。之后,他开始向家乡父老汇报自己30多年的工作学习情况,一边念着事先准备、反复修改了5遍的发言稿,一边他感觉到因为紧张和激动,自己的手心一直在不断地出汗。

"2009年10月1日,在新中国成立60周年盛大庆典上,我身穿蓝色工装,头带橘黄色安全帽,站在劳模彩车上从天安门前走过,接受党和国家领导人乃至全国人民的检阅。我的心情已经不是激动,而是激越乃至亢奋了,我一路摇着鲜花,道路两边的群众热情地朝我挥手。作为一名工人我感到无上光荣!我将会永远记住这个人生中最宝贵的时刻!"讲到这里,窦铁成抑制不住流出热泪。

如果说参加国庆庆典是他人生最辉煌的时刻,那么在家乡父老面前再次回顾这一刻的辉煌,又是多么自豪啊!

这时,窦铁成听到台下响起了热烈的掌声。

"我的这些荣誉,不仅是对我个人的充分肯定,更是对我们长期奋战在一线的普通劳动者的最大褒奖,是当代中国产业工人的光荣,更是我们蒲城人民的光荣!"这些话,是窦铁成发自内心的真挚感言,人生走到这个境界,他对国家、对社会、对单位和家乡充满感激。

"荣誉只能代表过去,当掌声落下,我该放下手中的鲜花,珍藏起金色的勋章,叠起笔挺的礼服,回到火热的工地,我就是个工人,只有在火热的工地上,我的人生才有价值。"

不到 90 分钟的报告,家乡父老给了窦铁成 13 次长久的掌声。

二

报告会结束后,窦铁成回家看望老母亲。

谁知一出会场大门,儿时的同学就把他围了起来,从大家的脸上他看出同学们激动的心情,他没想到同学们得知他要回家乡作报告都从家里赶来,最远的离会场有 20 多公里。

这时,窦铁成手机上传来这样一则短信:"你现在取得这么大的成绩,成了这么大的名人,我对你没什么要求,就想跟你照张相,行吗?"看后,窦铁成一下子笑了,发信的人是他中学时最要好的同学,如今在家务农。"有什么不行的!你看得起我要跟我照张相,还能不行?!"他从人群中一把拉过这位同学,对举着相机的宣传干事说:"帮我俩拍一张!"

三

时间紧张,匆匆忙忙与大家拍了几张合影,窦铁成就在众人的目送下,乘车赶回母亲的住处。

活到这个岁数,从小到大,56 岁的窦铁成已经数不清多少次迈进这个家门,但是这一次,他却感觉跟以往任何一次都不相同,因为,这一次他是受家乡政府邀请,作为为家乡争了光的子弟回家来的。

看见儿子快步走到自己面前,窦铁成的母亲同样激动得红了眼圈儿。

半身不遂的母亲正为不能到现场感受这份荣耀而遗憾,这会儿像迎接凯旋的英雄一样,连忙对着镜子梳理好花白的头发,换上了自己最喜欢的服装,红光满面地端坐在客厅等候。

看见儿子西装的一侧挂满了奖章,她禁不住用颤抖的手一枚一枚地仔仔细细抚摸了一遍,连声嘱咐着铁成:"这是国家和人民给你的荣誉,一定要珍惜,要谦虚,要和以前一样,好好工作。"

街坊四邻知道窦铁成回家了,也像看新媳妇儿似的一下子拥进了窦家,把还算宽敞的客厅挤得找不着下脚的地方,有三四个老人,算是窦铁成的长辈,他们一踏进房门就兴奋地大声说:"你为家乡父老争了气,我们因为有你而自豪!"

屋子里欢声笑语,气氛简直热烈得快要沸腾了。再熟悉不过的亲人也争着和胸戴奖章的窦铁成合影照相。

轮到与母亲合影时,老人对窦铁成的弟媳妇说了一声:"把我的奖章也拿出来!"

话音落下,儿媳妇赶紧把婆婆精心准备好的外套从里屋拿了出来,在这件衣服上面工工整整地挂着两枚奖章:一枚是"献给共和国创立者",一枚是"中华人民共和国成立60周年纪念章",这是母亲一辈子获得的荣誉。

而她此生最引以为荣的成就和安慰,此刻,挂满勋章站在母亲身旁。

采访手记

2008年五一前夕，中宣部确定铁路建设职工窦铁成作为当年的重大宣传典型，组织了包括新华社、人民日报社、中央电视台等几十家中央媒体100多位记者对他进行集中采访报道，统一在同一天刊播，简直是媒体同场竞技同题作文大赛。

采访进行了3天，我发现纸媒记者根本没有单独采访窦铁成的机会，他完全被电视台各个栏目组"霸占"了，我们这些纸媒记者被分成小组，轮流采访窦铁成的亲属、同事，除此之外就是看组织者事先准备的一大本厚厚的先进事迹材料……

所有记者都在争取一个单独采访的机会，关键是要有亮点。

我对组织者说："我想到一个好标题，请一定安排我单独采访窦铁成。"

"你想到了什么标题？"

"窦铁成不是叫铁成吗？他那个年代的人一定读过《钢铁是怎样炼成的》这本书，我的主标题是《铁魂》，副标题是《像保尔一样战斗》。"

"噢，这个标题好！"对方被打动了，"我们晚上商量一下，看能不能帮你挤出一点时间？"姚桂清书记当场表态。

第二天一早，一局宣传部长柯满堂找到正在吃早饭的我，说："我们商量了半天，只能安排你跟窦师傅坐一个车，在路上采访一下，你看行吗？""好！"我满怀感激地答应了。

柯部长避开众人悄悄领着我和同事毛浓曦上了一辆白色丰田越野车,窦铁成已经坐在后排最靠里的位子上了,我挨着他、老毛挨着我一起挤在后座上,柯部长坐在了副驾驶的位置,车随着大部队出发了。

为了这个宝贵的采访机会,我做了充分准备。第一为了防止晕车,我戴上了墨镜;第二,我想好了如何用最快的时间打开已经对采访有审美疲劳的窦铁成的感情世界。

通过仔细阅读他的事迹材料,我找到了一个肯定跟别的记者不一样的点,作为我的第一个问题。

"我在材料里看到,有一年你作为优秀技术工人被单位送到奥地利学习,回国时你给爱人买了什么礼物?"

问题一出,我就感觉到来自左边有点惊讶的目光,停顿一下,窦铁成回答:"我给她买了一个戒指。"

"什么戒指,钻戒吗?"

"水晶的。"

"什么颜色的水晶?"我接着问。

"黄色。"

"为什么选了黄色,黄水晶代表着什么吗?"我继续追问。

"代表收获。"

…………

一个长年漂泊在外,和妻子结婚20年在一起时间加起来不到两年的铁路工人,在他第一次出国、感觉到成功的时候,他送给同甘共苦妻子一枚代表收获的戒指。这样的采访,一下子打开了他的心门,也让我走进了这个人深沉的感情世界,并为之感动。

因为采访时间短暂,我只能继续选择最要害的问题提问。

这些年,对于先进人物的宣传,基本上存在着"高大全"的套路和模式,其中最常见也最不招读者待见的就是:"父母生病去世他不在身旁仍然坚守岗位……"这种没人情味儿的宣传让人反感,往往起到反面效果。

但是,这种情况对于工程建设单位客观上又时有发生,而且,对当事者来说,这种人生中的大事对他的冲击一定是最强烈的,记者当然要写,关键从什么出发以什么角度写。

没有拐弯抹角拖泥带水,第二个问题我就问到了父亲去世他不在场的事情。

我问他:"我在材料里看到,你父亲去世时,你没赶回来,这是怎么回事?"

这么直接发问,显然戳中了窦铁成,又是停顿一秒,他回答:"其实他病危的时候,我赶回来了,在家照顾了他几天,单位有急事打电话问我能不能回去,我看他好像没什么事,就想先回趟单位处理完工作再赶回来陪他……想不到走到半路,家里就来电话,说父亲过世了。"

"那你怎么办?"

"我告诉完单位,就直接赶回来了。"

"到家的情景是什么样的?"

"家门口挂满了办丧事的白布。"

不用眼睛看,从窦铁成说话哽咽的声音,我知道他在流泪。

但是,我仍然要继续追问。

"你离开家去单位,等于是和父亲诀别了,对吗?"

"是。"

"那你离开他时为他做了什么事吗?"我问。

"我帮他刮了胡子。"他回答。

"刮胡子的时候,你跟他说了什么?"

"什么都没说,我当时在流泪,说不出话。"

"那他跟你说了什么?"

"他也什么都没说,流着泪,就那么看着我。"

"他看你是什么眼神?"

"就是那种又严厉又慈祥的眼神……从小到大他都是这么看我的。"

坐在我左侧的窦铁成此时泪水哗哗哗地流了下来,身体不停地颤抖,我情不自禁地伸出左臂搂住了他紧缩的肩膀,泪水涌满了我的眼睛。

越野车似乎都慢了下来,无声地在路面上划过。

"你的采访把我都听哭了。"同车的柯部长后来说,"我想起了自己父亲去世的情景。"

…………

后来,窦铁成专门问过我:"李记者,我哭的时候,你哭了没?"

怎么可能不哭呢?这个人讲到为父亲刮胡子,我当时就懊悔地想到,父亲去世的时候,我这个当女儿的竟没想到帮他最后刮刮胡子!

…………

材料上"父亲去世,他因为工作没能在身边"这样简单的一句话,里面隐含着多少让人落泪的遗憾和思念啊!

报道出来后,庆功宴上,柯部长见到我第一句话就是:"这么多报纸,我第一先看的就是《工人日报》,我想看看,采访时我听得流泪了,看到文章我还流不流泪?结果我又流泪了。"

报道得到肯定,感到欣慰的时候,我问窦铁成:"窦师傅,您觉得报道怎么样?"

他几杯小酒下肚,很亲热地对我说:"你的文章就差那么一点点,就完美了。"

　　这回，轮到我吃惊了，怎么了，这个老工人被记者表扬得找不着北了吗？把他写成这样了，还觉得不满足吗？看来人真是不禁夸，一夸就骄傲啊！

　　直到4年后，我到罗布泊采访，在这个被称作"死亡之海"的地方，茫茫荒野没有绿色、没有人烟，只有天上大团大团的云彩，与那些修路的工人们相互守望，我恍然大悟窦铁成说的"那一点点"是什么了。

　　再见到窦铁成，我说："我现在明白你说的'那一点点'是什么意思了。"

　　他抽了一口烟，问："是什么？"

　　"采访时，你说过一个情景，有一年深秋，在大山里施工，满山遍野的树叶，红的黄的绿的五彩斑斓灿烂极了，你说：'当时想，要是这时候爱人在身边该多好啊！'我应该把这个写进去，你说对不对？！"

　　听我说完，他的手指在空中点了点，冲着我深深地点头。

第三篇 大工匠

手印

> 哪怕明天死了，我今天也要劳动！

8月，新疆的午后艳阳高照。

在前往阿克苏柯柯牙生态防护林的途中，笔直的乡村公路两旁，杨树高耸挺拔，清渠涓涓流淌，浇灌着绿油油的农田。一位头戴白帽的老汉开着电动三轮车从路上经过，车斗上坐着几个眼睛大大的维吾尔族小孩儿……这场景跟我在画报上看到的南疆景色一模一样。

地处塔克拉玛干沙漠边缘的柯柯牙，曾经终年黄土弥漫，是让人生畏的荒漠。

55岁的边雪梅，从甘肃渭源老家来到柯柯牙已经30年了。她说："老家苦，这里曾经更苦。那时候一年到头全是黄沙，最高风力达到12级，人和人面对面站着也看不到对方的脸……防护林没种起来时，种出的果子表皮被风沙打得全是磕磕巴巴的。"

边雪梅说的防护林，就是在风沙策源地柯柯牙建造的大型人工防风造林的三北防护林。

1986年，新上任的阿克苏地委书记颉富平站在黄沙弥漫的盐碱滩上问身边的林业干部："在戈壁滩上种树能不能活？"那位干部回答："虽然种树比养孩子难，但只要种总能活。"

"那咱们就种！"

这句话拉开了荒漠人 20 年向恶劣环境作战的序幕。

没有国家投资，阿克苏历任领导亲自挂帅，一任接着一任干，先后进行了 33 次艰苦卓绝的造林大会战，209.96 万人次投身其中，累计造林 20.8 万亩，彻底改变了柯柯牙原始地貌。

如今，这条南北长 25 公里、东西宽 4 公里的绿色屏障不仅改善了周边的生态环境，而且保障了林果业的发展，让边雪梅这样的果农一年能有七八万元的收入。2008 年北京奥运会时，他们种出的苹果、红枣、核桃成了奥运会指定产品。

而更让他们自豪的是，直到今天，绿色之战仍在向荒漠推进。

…………

在柯柯牙生态绿化工程纪念馆，一块金色的展板上面印刻着 13 位功臣的手掌印，下面写了一行字——千古荒漠变林海，人们永远不会忘记建设者的贡献。

有着一双粗糙大手的边雪梅，是百万绿化大军中的一员，说起这段历史，她感慨："30 年啊，我们过得可真不容易！刚来的时候还很年轻，转眼就老了。"

讲起这些年的经历，她说："1987 年，丈夫意外受伤失去了劳动能力，为了生存，26 岁当老师的我带着丈夫从甘肃老家投奔亲戚来到阿克苏。恰巧赶上会战栽杨树，生产队就把我们收留了下来，给我们发了口粮。于是我们就每天带着馕和锄头下地劳动，看见队里的领导带头干，大家干活也不惜力。一段时间下来，我们就把这里当成家了，心里和当地人一样有了共同的目标——我们要建设新疆！"

"不管吃了多少苦,我都不后悔来到新疆,因为在这块土地上,我把两个孩子养大了。"皮肤黝黑身材粗壮的边雪梅自豪地告诉我,她的女儿现在已经在俄罗斯读博士了。

可是丈夫和儿子身体都不好,直到现在农活儿还主要靠她一个人干,最累的时候她每天要在地里连续干10多个小时,从日出干到日落。

"我想再奋斗几年,也像别人那样给儿子在阿克苏城里买上房。"她倔强地说:"困难时我就靠我的毅力,哪怕明天死了,我今天也要劳动!"

临别的时候,我主动握了握这个女人的手,硬硬的平平的没有一点肉。

采访手记

和边雪梅见面总共十几分钟,但握住她那双手的感觉,多年过去了我还清楚地记得,这是一个最普通不过的农民、最普通不过的女人,像她生活的那片戈壁一样荒凉单调……但就是这样一位妻子,这样一位母亲,她身上那种坚韧倔强的力量,像她那双硬邦邦的大手一样,让人难忘。

舞 台

出生时，人们看见他左侧眉头上方有一颗很大的黑痣。看相的人说，此相男主大贵。于是给他取名"秉贵"；他12岁当童工，站了50年柜台；不算长的68年生命历程，他的"一团火"精神曾经广为流传，成为新中国服务行业中载入史册的代表人物。

—

"同志，我买一元钱的糖。货架上每样都来点儿。"

货架上的糖有三四十种，价格从每斤4.65元到3.15元、2.7元、2.45元、2.15元……再到1.8元、1.75元，站柜台快50年了，张秉贵也是第一次遇到这样的顾客。

"好嘞！您稍等。"张秉贵眼含笑意，左手抄起托盘，像跳探戈一样，麻利地来了一个转身，快步迈到货架的最左边，右手从最高处第一排第一个格子里拿出两块"小儿酥"放进托盘，转身回来称重，又转身从第二个格子里拿出3块"大白兔"奶糖，再转身称重，接着

235

转身、再转身……

一元钱，张秉贵称了 32 种糖。

20 世纪 80 年代初，早晨 8 点 30 分，位于北京王府井大街上的百货大楼准时开门营业。空旷的营业大厅像开闸放水的河床，顿时被四面八方赶来的人流充满。

这家新中国营业面积最大、货品最全的百货商店，是全国各地来到北京的人们必到的购物场所。即使手里钱再不富裕，来首都一趟，人们也会给家里的孩子大人买上一包糖。

一年 365 天，北京百货大楼的糖果柜台总是排着长队，很多人买完糖就直奔火车站。

为了节约顾客排队等候的一分一秒，张秉贵练就了卖糖"一抓准"、算账"一口清"的绝技，并且总结出"接一问二联系三""抬头售货"等服务技艺。

熟练的售货员接待一位顾客平均要用两分多钟，张秉贵只用 1 分钟。

"我要 2 两'大白兔'奶糖、3 两水果糖、半斤'脆口香'，外加一两椰香糖。"

"好嘞。下一位同志，您想想要买什么？"

50 多岁的张秉贵站在柜台里，声音洪亮，仪表堂堂，招呼下一位顾客的同时，已经快步迈到货架前，抓起一把"脆口香"放在秤盘上，不多不少整半斤；又迅速抓起 2 两"大白兔"奶糖、3 两水果糖和 1 两椰香糖，手跟秤一样准。当他熟练地把这 4 种糖包捆在一起时，已经心算出钱的总数，高声对顾客说："一块五毛五，请您把钱准备好。"

接待这位顾客，用了 47 秒。

一位老太太看着张秉贵这么麻利，竟着起急来，"您慢点儿卖吧，太快了我跟不上趟儿。"一句话，逗得排队的顾客们笑了起来。

二

梨园行有句名言：台上一分钟，台下十年功。

张秉贵在柜台上的"一分钟"，花费了他20多年心血。

1955年，36岁的张秉贵因为业务熟练，被刚刚建成的北京百货大楼破格录取，成了一名国营单位的售货员。因为服务热情，1957年他作为商店里优秀服务员，被评为北京市劳动模范。

正在这时，张秉贵听到两位顾客在柜台前悄悄议论："这位同志的服务态度还不错，就是卖货速度不快。"

张秉贵不禁扪心自问："作为一个售货员，光服务态度好，能说服务质量高吗？现在各行各业都在'大跃进'，我怎么能把顾客的宝贵时间白白浪费在柜台前呢？"

练！一定要练出一手过硬的售货技术。张秉贵把每次售货分解为问、拿、称、包、算、收6个环节，在每个环节上挖潜力。下班后，在宿舍房后的大磨盘前，对着路灯，他用碎瓦片当点心，一遍一遍练习包捆技术……

50多岁时，张秉贵又给自己算了一笔账：售货员每次回头看价签会耽误3秒钟，一天接待400位顾客，就耽误1小时——柜台上近百种糖果的价钱，他决定全部背熟……

65岁时，张秉贵到重庆为商业职工作报告，现场表演"一抓准"的绝技。

表演开始后，只见他神色从容，身手敏捷。一次、两次、三次，全都准确无误。可最后一次，因为重庆的天气潮湿，糖块的分量与北京有差异，秤打高了。助手有些尴尬，想伸手压压秤砣。张秉贵一看，马上阻止了他，并认真地说："可能多了，请拿下一块糖。"

果然，秤杆移到了中央。

等台下的掌声停下来后，张秉贵诚恳地对观众说："准，不是绝对的。如果绝对准，就不用秤了。我来表演，不是炫耀技巧，只是想说明熟能生巧的道理。希望同志们苦练技术。"台下，响起了比抓糖表演时更为热烈的掌声。

三

我被安排写张秉贵报道时，他老人家已经去世多年了。为了了解更多更真实的情况，我专门找到了张秉贵的徒弟卢秀岩。

那是 2010 年 4 月的一天，春寒料峭。坐在北京朝阳区红领巾公园的长椅上，58 岁的卢秀岩敞穿着棉衣，眯缝着眼睛看着远处，神情里有几分落寞。

3 年前，因为百货大楼装修撤销了茶叶柜台，这位全国劳模一时没了岗位，选择内退回家。

"那个时代跟现在不同。"卢秀岩开始了回忆——

从 1979 年到百货大楼工作，卢秀岩跟张秉贵一起站了 6 年柜台。当时，张秉贵 61 岁。

20 世纪 80 年代初，正是商品供不应求的年代，售货员上班 8 小时得不停地干，上趟厕所也得记在小本上……货架上不同价位不同口味的糖上百种，光回头转身，刚干的人一小时头就转晕了。

卢秀岩眼里的张秉贵，个子不高，很结实，特别利索。有点花白的头发梳得发亮，卡其布工作服熨得很挺括，脚下一双鞋更是擦得锃亮。

"站柜台就得有个干净利落的精神劲儿,顾客看了才高兴。特别是我们卖食品的,如果邋里邋遢,顾客就先倒了胃口。"几十年里张秉贵坚持每星期理发、每天刮胡子、换衬衣,消耗体力大,他每顿要吃6两饭。

"因为名气大,张师傅的柜台前顾客总是特别多,60多岁的人一点儿不显老,他对人的热情是发自内心的,特别自然。不像有的人,老像隔着什么似的。"卢秀岩说。

看到顾客两手捧着五六包东西来买糖,张秉贵二话不说找根绳子帮他把几个包捆在了一起。一位解放军战士见张秉贵这么忙,便拉开大旅行包,"老同志,甭包了,直接往里倒吧。"从口音张秉贵听出他是四川人,便说:"四川天气热,糖闷在包里会发黏流汤儿。我给您垫上蜡纸包好。"

一位排在后面的顾客怀里的孩子哭闹着要吃糖,张秉贵当即从货柜里拿起一块糖,递到孩子手里,孩子顿时止住了哭声。他又对顾客说:"这块糖等会儿一起算账。"顾客感激地点点头。轮到她买糖时,张秉贵从称好的糖中拿出一块放回货柜里,又拿出几块用小纸袋装好,塞进孩子的衣兜,把剩下的糖果包捆结实递给顾客,嘱咐道:"孩子兜里的糖,留他在路上吃。"人们会心地笑了,感叹这位售货员比妈妈想得还周到。

…………

忙得实在想喝水,张秉贵才会对顾客说一声"这位同志,我先喝口水",还不忘加一句"待会儿我快着点儿卖!"从柜台下面拿出水杯,他总是转过身,背对着顾客一口气把水灌下去。

张秉贵一生钻研柜台服务,总是说:"服务是门艺术,越研究越深。"他不仅练就了"一抓准""一口清"的绝技,而且对接待顾客时的神情、语气、声调、用词等细节十分讲究。比如,接待顾客时,他说:

"您好，同志，您看点什么？"特意用"看"代替"买"，让顾客多几分自在。

"张师傅上了柜台，就像演员上了舞台，张弛有度，熠熠生辉，那可真是让人挑大拇指叫好的角儿！"同样是全国劳模的卢秀岩说，张师傅的光彩别人可达不到。

柜台上，张秉贵生龙活虎光彩照人，台下他话很少、甚至严肃——他整个人的精气神全放在了柜台上！

一次，卢秀岩看见空荡荡的大楼里，下了班的张秉贵独自一人，双手拽着栏杆往上爬楼梯，那是一个非常孤独吃力又苍老的背影。

…………

我问卢秀岩："如果张秉贵遇到您今天的处境，他会怎么样？"

沉吟片刻，他回答："我想张师傅仍然会有很多顾客和观众。"

四

张秉贵身上的那股劲儿是别人拿不走的，即使受到冷落甚至打击，他依旧如故，不改变不放弃。

"文革"开始时，张秉贵正在患肝炎，久治不愈。

铺天盖地的大字报，一夜间贴满了百货大楼的楼道和职工俱乐部。同事见了他，也立刻躲开，张秉贵感到自己背后总有人在戳戳点点。

在一片白纸黑字的大字报中，《旧市委培养的假劳模》的文章格外醒目，"假劳模"成了张秉贵的代名词。

很多个夜晚，被赶下柜台回家听候审查的张秉贵思前想后睡不着——全心全意满腔热情地为顾客服务，这一切都错了吗？

因为家贫，张秉贵12岁就被送到天津一家地毯厂当童工。17

岁,大哥把他带进了一家叫"德昌厚"的店铺当了学徒。连年的战乱,老板的苛刻,一直到而立之年,张秉贵都是在压抑和忍耐中熬过来的——第一个儿子出生,因为老板不准回家,直到孩子夭折,他都没能看上一眼。

新中国给受尽压迫的穷苦人带来了全新的希望和热情,这种发自内心的感情,让张秉贵心情愉快,始终充满干劲。

张秉贵跟相濡以沫的妻子说:"甭管别人说我是'假劳模'还是'出风头',或者是其他什么,为人民服务没有错!"

审查没有结果,一段时间后,张秉贵被允许重新站柜台。像一匹被捆住却不肯驯服的汗血宝马,他把全身的能量又一股脑地倾注在了柜台之上——

仍然仪表堂堂,仍然热情洋溢,三尺柜台就是他人生的舞台。在那个黑白颠倒的年月里,他贴心周到的服务,让人意外,让人温暖,让人感动。

……………

几个月后,让张秉贵没想到的是,两年多没治好、十分顽固的肝病居然痊愈了。

五

"当年张师傅站柜台的地方就在商场最东边的那个位置。"头戴红色安全帽,身穿蓝绿色工作服,右臂套着"安全监督"红箍,张秉贵的另一位徒弟杜学昌,一双大手很熟络地朝商场一楼大厅东侧方向画了个圈儿,对我说:"20多年前,我经常站在那边的台阶上,远远地看张师傅怎么接待顾客。"

杜学昌后来也成了北京市劳模。因为卖场装修,50多岁的他临时当起了工地安全监督员。"现在商场已经没有我这么大岁数的人站柜台了。"

杜学昌手指的地方，现在是一家国际名牌化妆品专柜，散发着高档香水的气息。

如今，"张秉贵专柜"设在商城地下一层滚梯旁边。二儿子张朝和子承父业，职守在这个特殊的柜台。柜台上方，挂着张秉贵几张经典的工作照片。

张朝和也像父亲一样，笑容可掬，头发梳理得纹丝不乱，抓糖"一抓准"。无奈时过境迁，柜台前没有了当年的热闹。

他们都因为张秉贵而倍感骄傲，又都在回想中有几分风华不再的失落。

张朝和说，几乎每天都有或见过或听说过张秉贵的顾客找到这里。父亲的故事，伴随着感动感叹一遍又一遍地被重新提起。

张朝和给我讲了他父亲这样一个故事：

一次，糖果柜台处理一批有磕损的糖盒，一元钱一个。

顾客："哟，这个磕了。您能给我换一个吗？"

"好嘞，我给您换一个。"张秉贵接过这个，弯腰放进柜台，再取出另一个。

顾客："这个也有毛病啊！"

"是吗？那我再给你换一个。"张秉贵又弯腰取出另一个。

顾客："还有毛病。"

"那我再给您换一个。"

…………

一次又一次地弯腰，张秉贵耐心地从柜台下反反复复拿出那些因为磕损而处理的糖盒，供顾客反反复复来来回回挑选，始终没说一句诸如"都一样""都是处理品""都有毛病"这类的话。

晚上关门时，100多个有毛病的糖盒一个不剩地被顾客们高高兴兴地买走了。

徒弟问张秉贵："您哪儿来的这么大耐心？"

张秉贵说："咱要想着老百姓买点儿东西不容易啊！"

在很多先进事迹报告会、座谈会上，张秉贵总说这样一句话："我们售货员要用全心全意为人民服务的'一团火'温暖工农兵，让他们在商店里感到热乎乎的，回到家里热乎乎的，走上工作岗位还要热乎乎的，激发出更大的革命干劲，投入社会主义建设。这才算我们对革命事业有了一点贡献。"

六

1986年，张秉贵迎来了自己柜台生涯第50个年头。

北京市政府研究决定：由北京市总工会、中共北京市委商贸工作部、北京市人民政府财贸办公室、北京市第一商业局会同北京市百货大楼一起，联合举办"祝贺张秉贵柜台生涯50年"纪念活动。200多位到场的客人中，有侯宝林这样的表演名家。

《北京日报》为此发表社论：为一位普通售货员站了50年柜台举行隆重的纪念活动，在我们国家没有先例。以往，这种活动只属于大科学家、大艺术家、大文学家。

七

1987年1月，67岁的张秉贵满面春风地接待了从战场归来的解放军"猫耳洞之声"乐团，表演了他的"一抓准"和"一口清"。

这是他最后一次站柜台。

5月1日深夜，白天操持完小儿子婚礼的张秉贵，因为胃穿孔疼得不行被紧急送进了医院。

医生们开刀后随即原封不动地缝合起来，癌细胞已经大面积扩散，无力回天了。

从发病的情况看，张秉贵的贲门癌起码有一年了。

一年里，张秉贵一定忍受着难以承受的疼痛。

在他发病前的一周，已经调到茶叶柜台的卢秀岩，意外地见到张秉贵来看他。

"卢子，挺好的？"多年来，张师傅总是这样跟他打招呼。

"我看您瘦得厉害，是不是生了什么病？赶紧去医院看看吧。"一望之下，张秉贵外形的骤变让卢秀岩大吃一惊。

"是啊，下礼拜已经约好了去医院做个检查。"

他笑了一下，说了句"再见"，临了又朝忙碌的柜台看了一眼，走了。

这是卢秀岩和张秉贵的永别。

八

医院的4个月零18天，是张朝和跟父亲朝夕相处最长的一段时间。

父亲为了工作，几十年一直住单位的集体宿舍，每周只回家一次。

儿时的记忆里，父亲每次回家都会给孩子们买几块糖吃，而这些糖几乎都是粘在一起的很便宜的处理糖。

张朝和告诉我一个秘密：张秉贵只有参加重要活动时才穿一双真正的皮鞋，平常穿的都是那种泡沫塑料底的人造革鞋，没钱买替换的衬衫，他每天就换衬衫的假领子……

在离别人世的最后日子里，骨瘦如柴却又全身浮肿的张秉贵说了一句让儿子深深感喟的话："我这一辈子，在柜台上用尽了全部的力气，可以画个圆满的句号了。"

1988年9月18日，在张秉贵逝世一周年的祭日，商业部、全国总工会、北京市政府、市总工会在百货大楼门前广场，为他塑起一座高3米的半身铜像。黑色大理石基座的正面镌刻着陈云题写的镏金大字："一团火精神光耀神州。"

直到现在，每一个到王府井参观的旅游团都会在这座铜像前停留，张秉贵和他身后的百货大楼，成了一个参观景点。

九

…………

那时候，夏天商场里没有空调，柜台上方的两端倒悬着两台电风扇，不停地转着，可售货员们还是忙得满头大汗。

一位顾客排队到张秉贵跟前，说："我什么也不买，只是来要求您擦擦汗，喝口水。"说完，他伸手搂住了秤盘，回头嚷道："同志们，张秉贵同志太累了，我们建议他歇一下好不好？"

长长地排着队伍的顾客，齐刷刷地吼了一声：

好——！

采访手记

写这篇稿子是2010年，10年前了。那时张秉贵就已经去世23年了。这是我第一次靠着材料和采访身边人写一个没有见过面的人。现在重读，感动之余我也有些欣慰，因为当年写下的文字，我用了真心，没有懈怠，在我的能力范围之内记录了这个用"一团火"精神温暖了顾客和读者的好人。

当年，为起标题煞费苦心，久思数日忽然灵光乍现，柜台不就是他的人生舞台吗？一个售货员站了50年柜台，用尽了全部的力气，为自己的一生画上了圆满的句号。

我现在想，虽然时代早已沧海桑田般地改变了，但这个人依然跨越时空，向我们每个人做着最好的示范。

我的灯已经全部打亮

当你躺在死亡之床时，回想自己的人生，你是否实现了自己，是否实现了自己的潜能？

一

54岁的王宁利，皮肤白皙，话音沙哑温和，形象完全符合人们对医学专家的想象。

原定1小时的采访，不断被走进办公室的人打断。上午是他出门诊的日子，他邀请我跟他出诊采访。

一路小跑地下楼，他脚步轻快得像芭蕾舞剧里男主角出场，脚跟不落地跳着走。

被他落在身后的我问："怎么不坐电梯？"他头也不回地回答："电梯太慢了。"从9点看第一个病人，到下午2点30分看完第56个，王宁利只从椅子上站起过一次，向围在他周围的病人请假："咱们休息5分钟，我上趟厕所。"

12点过后，一位护士进来将一小盒酸奶放到他手边的桌子上，并细心地把吸管插好，将近 1 点的时候，趁着下一个病人没落座的空当，他拿起酸奶快速地吸了几口，随即又开始看病。

一个手术后复查的小伙子坐在他的对面，王宁利一边透过裂隙灯显微镜检查一边说："有希望，你的幸福就要到了。"听了这话，小伙子绷紧的身体一下子放松了下来，他急切地问道："那我的眼睛不会失明了吧？""只要听从医嘱，只要你活着，它就亮着，两盏灯就亮着。"

王宁利语音一直是和缓的，像一个爱操心的老妈妈，也许是因为知道自己说出的话落在患者心上的分量，所以，尽管忙碌，遇到情况好转的病人，他总是会渲染一下这种快乐。

"您看过那么多病人，心里是不是已经麻木、不那么难受了？"站在他身旁观摩的我，几小时里看着这些从七八十岁到几个月大的病人，好几次心酸得要落泪。

"还是会难过的。"趁着下一位病人走进诊室的几秒钟，王宁利对我说："有个两岁多的小孩儿，他的眼睛还能看到一点光，检查时，我拿手电筒一照，他双手立刻紧紧抓住手电筒不放，享受这一点点的光明……我心里很难受，尤其是看到小孩子。"

他停顿一下说："其实，我这个级别，可以不看基层的病人，但我不挑病人。因为多看一个和少看一个是不一样的。人活着不容易啊。有太阳的地方，就有人在流汗；有月亮的地方，就有人在流泪。"

"我是从底层出来的草根医生。"已经是国内顶尖眼科专家的王宁利不忌讳自己的出身，"青海很偏僻，我的家庭条件很苦，父亲为了供我们 5 个孩子上学，自愿到青海最偏僻艰苦的玉树当司机。我 16 岁去插队的时候，体重不到 50 公斤，每天扛将近 80 公斤重的麻袋。年底的时候我第一次给家里带回了钱。"

"高考没有考上我喜欢的美术学院，误打误撞进了青海医学院，

第一天上课，看一列一列的尸体标本，那时候我就知道，在中国最偏僻的地方、最不知名的医学院，一无所有的我，只有奋斗。"

王宁利是典型的外柔内刚，西北人彪悍倔强的性格浸透在他的骨子里，1987年做医生近5年后，他从青海考上了中国最好的眼科学院——广州中山医科大学眼科专业，一直读到博士。"如果先工作，收入会更多，三十七八岁了，很少有人像我似的还打着光棍。""说什么的都有，有人说我不正常，生理有毛病。"

艰辛的求学路，直到1998年到了美国加州一所大学做访问学者时，达到了极致，这一年，他被误诊为癌症。"当时想不通，为什么当我觉得各方面都准备得差不多，可以干一番事业的时候，老天爷要让我死掉呢？"

虽然是误诊，但在死亡边缘走了一回的王宁利还是有了一种凤凰涅槃的感觉。"当人厚积薄发，马上要产生作品、生命要发光的时候，上帝说你走吧，不能在这个世界待下去了，这时候对生命的感悟是最深的。不知道有多少人是经受了这样的感悟，才体会到要珍惜生命——珍惜自己的生命，也珍惜他人的生命。"

对王宁利影响最深的一本书叫作 Loser or Winner，其核心的一句话是：当你躺在死亡之床时，回想自己的人生，你是否实现了自己，你是否实现了自己的潜能？

"一个人的成功，在于是否实现了自己的潜能，100%实现了就是100%的成功，实现30%就是30%的成功。"

…………

下午2点30分，看完最后一个等在门外的病人，顾不上吃饭，他就匆匆赶去处理一起交通事故的救援。

二

第二次采访，又是一个早晨。

7点40分，在眼科中心多媒体教室找到他时，他正在和几个医生开碰头会，商量博士生导师人选、眼科年底联欢等各种重要又琐碎的事务，手里拿着一小盒喝了一半的酸奶，旁边的塑料袋里装着一个煮鸡蛋和一袋牛奶。大概这就是医生们的早餐了。

处理完早间事务，他带上我坐车到同仁堂中医院参加"房山老区光明行"活动。

当十几位面貌沧桑的老人被揭开挡在眼睛上的纱布，一刹那重见光明，皱纹密布的脸上绽放出的笑容让人动容，不知这时候，王宁利会不会想起自己劳苦一生的父亲？

11点回到医院，一个会诊在等着他，从医院西区到东区，他脚跟不着地，一路快走，让跟在他身后的我，觉得自己真像电影里追着明星一路小跑的记者。

会诊开始前5分钟，他关心起我的报道，动手在纸上写了4个小标题，有点"自以为是"地说："晚上我按这个说一遍，稿子就行了。"

一上午就这样忙忙碌碌过去了，印象最深的是他接打电话的频率，八九分钟就有电话进来或是打出去，一边快走一边还能发短信，甚至站在主席台时也背过身去发短信，往往话才说到一半就被电话打断了……"我们现在做的事情不是一天、一个月能出结果的，但我必须要各方面积累，才能实现。虽然忙乱，但是乱而有序。从横断面看着乱，其实三维看是很有序的。慢慢会有很多成果。"

返回医院的路上，王宁利解释，现阶段中国大医院的管理都是医学专家型人才管理，是一种无奈的历史过渡。"作为个人，当然非常累，但这是一种责任、义务，搭好了大家的平台，才有自己事业发展的平台。"

"你跟着我采访一天下来，就知道现阶段大医院的工作状况了。"他说。

"像您这样整天忙，家里人没意见吗？"

"把你的生活镶嵌在你的工作中，让家人分享你的成功，这个家庭就有独特的东西了。"王宁利说，浓缩的世界，更精彩。

....

下午1点，王宁利率领加上我的4个人坐上一辆别克商务车，前往三环外的友谊宾馆，参加科技部举办的"国家'十二五'科技支撑项目"答辩。

上车伊始，他的学生就打开电脑PPT文件开始实战计时演练。"各位评委，我们的课题是《眼科诊疗设备研发》……"车行在路上，清亮的演讲声中，我看见坐在前面副驾驶座位上的王宁利，渐渐地垂下了头，睡着了。前一晚为了这场答辩，他一直忙到凌晨1点，今天早晨6点30分就又出门了。

"您睡眠好吗？脑子里装着那么多事儿，不会失眠吗？"我问他。

"我的脑袋一沾枕头就睡着了，坐在车上也会立刻睡着，太缺觉了，哪里还会失眠？"他回答这个问题时，简直要笑出了声。

15分钟的预演准时结束，仿佛睡着了的王宁利居然能当即指出报告中存在的两处硬伤，这真让我惊奇，刚才明明看见他在打瞌睡。

我问他："您忙这么多事，接打这么多电话，怎么能够每件事都精力集中呢？"

"这可能就是当医生的职业训练吧。就像电脑桌面上有那么多个窗口，可以一个一个地点开，处理完了，再关上。"他接着说："人身体里有很多盏灯，照亮着我们的生命。我常常跟学生讲，你要努力把所有的灯都打亮,让生命发光。"

"不管活多少年,人都要离开这个世界。既然上天给了你机会让你成为人,难道不应该珍惜每一分钟每一个场合、每一点时间每一个机会?只有珍惜这些不放弃,才能实现自己。不珍惜,随时都放弃,肯定实现不了自己。"

"医生在现阶段,病人多任务重,一般都会沉溺于眼前工作。可人的能力再强,数字就是数字,一个医生能治多少病人?把时间算下来,还是 N 个,而不是 N 的 n 次方。我希望通过探索、科研,研究出新的治疗技术、探索新的原理,被广大医务工作者广泛应用,造福N的n次方的更多患者。"王宁利说,"那么多诺贝尔奖获得者,都实现了自己的潜能。他们不是陶醉在自己的成就中,而是他们的成就对人类有所贡献。"

············

答辩结束的归途中,商务车像一只在风浪中摇晃的船,王宁利讲起了他构思的科幻小说,他是在通过这个方式让自己休息,就像收音机换了一个频道,而不是彻底关上。

"小说的主人公生活在 2050 年的中国,那时人类已经可以像乘飞机一样乘坐宇宙飞船到太空旅游,在一个太阳系之外的行星上,他被外星人俘获,因此获得了一种可以洞穿人类心灵秘密的能量……这个能量让小伙子为国家作出了贡献,也让他经历了痛苦磨难,最终他回到了原始的大自然中生活……"

"您这么忙,用什么时间构思小说?"

"这个,不能告诉你。"他忽然有点孩子气,"保持精力的一个方法就是,保持好奇心,而且降低期待值,就是一点小事都会让你兴奋、开心。"

这让我想起进入答辩现场时的一幕:一只猫懒洋洋地蹲踞在门

口中央，王宁利冲着它吹了一声口哨，随后他表情认真地说道："这只猫生病了。你看它一动不动，完全没有了警戒心，肯定是在发烧，所以它趴在冰冷的地上给自己降温。"

我不确定他说的是真的还是在开玩笑，但这个细节，让我看到了一位医生的职业病，就像编辑看到错别字会忍不住用笔勾出来一样，医生看到患者也会本能地关注，哪怕它是一只猫。

三

晚上 7 点 20 分，忙了一天的王宁利，走进西区 3 楼的眼科中心手术室，脱去西装，换上紫色短袖的手术衣裤，外罩一件绿色的手术服，戴上帽子、口罩、橡胶手套，摘下眼镜，平静地坐在了手术台前。

今天晚上，有 11 台手术等着他做。

"我以前不知道还有晚上做手术的。"我说。

"只有王院长这样。他白天工作太多，就坚持晚上为病人手术。病人也都愿意等他。"他的助手回答。

作为著名的眼科专家，王宁利接诊的相当一部分是濒于失明、抱着"最后一线希望"辗转找来的病人。王宁利说，他最怕遇到这样的病人：一只眼睛已经完全瞎了，另一只眼睛只能看到模糊的影子。"这时候他找到你，你要不要给他治？如果不治，这只眼睛注定会瞎，而他，已经是走了很多家医院，从县乡到地市最后找到了这里、找到了我，如果我放弃，将他推出门去，就等于毁了他最后一线的希望；如果治，万一发生意外，就等于是提前让他失明，病人就走着进来，摸着出去，还很有可能发生医患纠纷……治还是不治，这已经不是科学的决策，而是灵魂的搏斗！"

…………

21 点 30 分，最后走进手术室的病人，是一个尚显青涩的 14 岁女孩儿。

"紧张吗？"看着这个直挺挺躺在手术床上、年纪跟自己女儿差不多的小姑娘，王宁利柔声地问。"嗯。"女孩子怯怯地回应。

"那你握握我的手，握我的手就不紧张了。"王宁利脱掉手套，伸出了手，鼓励地说，"使劲握，对，再使点劲儿，连你都觉得疼了才行。"

2010 年，王宁利自己因为右手骨折，也被做了一次手术，体验了一回躺在手术床上的感觉。"我也是非常非常紧张，手术前我跟我的主刀医生说，我就提一个请求：麻醉前，你一定要跟我握一握手。"

"一会儿开始手术后，你的身体千万不能动，不管谁让你抬起手来，你都不能抬，我说也不行。明白吗？"王宁利又嘱咐了一下女孩儿，女孩儿又嗯了一下。

"抬起你的右手给我看看？"王宁利接着说，话音未落，女孩的手臂就抬了起来，"看看，不是说谁说都不能抬吗，怎么这么快就忘了？"他带着笑意责备，气氛一下子轻松了许多。

换上一件新罩衫，一副新手套，王宁利把眼睛贴在显微镜上，用剪刀剪开蒙在女孩儿眼睛上的那块手术布。

"唉，这姑娘的睫毛可真长啊！"王宁利知道，自己的这句夸奖，一定能给小女孩儿多一些安慰。

手术在聚精会神的注视下开始了。

通过电子显示屏，我惊异地看到，注射麻醉针后的眼睛有些鼓胀，手术刀轻巧锐利地划开了眼球表面一层又软又薄的虹膜，轻轻地剥开，血慢慢溢出，旋即被他身边同样看着显微镜的助理医生用棉签轻轻揾去……接着，王宁利用细细的镊子夹住米粒似的药棉塞进剥开的地方，10 秒、20 秒，与此同时，手术刀在剥开的这层眼底上毫不犹豫地划开一个缺口，熟练得就像在白纸上画了一道线。

几分钟后，药棉被细心地取了出来，王宁利开始缝合伤口。他的一双手，带上橡胶手套后，不知道为什么显得很纤小，左手用镊子轻巧地将刚才剥开的虹膜接合在一起，右手握着弯钩长针，长针上穿着一根头发丝细的手术线，像在最名贵的锦缎上穿针引线……电子显示屏前，手术室里的医生护士五六个人无声地围在一起探头观看，像欣赏一场精彩的表演。

手术台前的王宁利，让我看到了他权威、甚至是庄严的一面。

刚进手术室时，一位护士曾悄悄地把我拉出去告诉我："你的口罩戴反了，院长让你换过来。"这里的医护人员戴一次性口罩全部是蓝色面冲外，只有我把白色戴在了外面，我自忖："口罩戴哪面儿有什么不同吗？连这个都要纠正，他真是太细了。"

"在这个世界上，除了丧失生命，最让人恐惧的就是失去光明。"王宁利在多个场合说过这句话，在如此娇贵的眼睛上做手术，他心细如丝，明察秋毫。

…………

缝完最后一针，王宁利身体向座椅靠背略微一仰，熟悉他的护士们便如释重负地轻声道："做完了。"

"手术很成功。"助理医生告诉做手术的小姑娘，听到这话，孩子那紧绷的身体才像是又有了呼吸，变得柔软了起来。

墙壁上的表，时针正好走到了22时的位置。

走出手术室，白天人来人往拥挤得像火车站候车大厅的眼科中心已经空无一人，没有了喧嚣的沉寂，反而让人有了几分失落。

忙碌了一天却依然神采奕奕的王宁利，领着我一路小跑地出了西区大楼，朝着马路对面的东区办公室走去，那里还有他的博士生们等着向他讨教研究课题。

255

夜风袭面，让人一下变得清爽。

"您最晚的手术做到几点？"我问。

"快到凌晨的也有。"

"那您想过'过劳死'的问题吗？"虽然有些忌讳，我还是问了。

"不会的，一个人干着自己喜欢的事，精神上是愉快的。"他回答，"就像你喜欢打乒乓球，随时可以打，你会觉得累吗？"

…………

采访手记

2020年夏天，63岁的王宁利又实现了他人生的一个潜能——以每小时22公里的速度，用了17.5小时骑着自行车沿着海拔3000多米的青海湖骑行385公里，圆了环青海湖骑行的梦想，挑战高原，挑战年龄。

只有不畏艰险爬到山巅的人，才能看到最美的风景；只有不怕困难勇立潮头的人，才能体验大海的壮美。

面对别人的羡慕、疑惑，他一如既往。"我不知道什么叫不可能，只要充分准备，一切皆有可能。"他说勇于挑战一切不可能、敢于在困难面前逞英雄，恰恰是他从一个青海的苦孩子成为中国顶级眼科科学家的力量源泉和精神支撑。

泪水过后

　　第一次看见死神，王长斌 23 岁。

　　崭新的蓝衬衫，把他的脸衬得更黑，见面伊始，他就有些激动，不停地搓着双手。

　　53 岁的王长斌，干施工测量 30 年了。

　　"测量员就像侦察兵，是工程建设的开路先锋。"王长斌对我说，"干这行特别艰苦，过活（干活）就像过命。"

　　"那你遇到过危及生命的情况吗？"我问。

　　"太多了……"话音落处，泪水迅疾涌了出来。

一

　　第一次看见死神，他 23 岁。

　　"当时是在大秦铁路进行隧道测量，我正在掌子面前画炮眼，突然后面塌方了，离我也就七八米，眼睁睁地看着洞子一直在塌，我除了紧紧抱着测量仪器，心提到嗓子眼儿，大脑一片空白。"

这次塌方，一个老乡遇难。"我说不出什么心情，就是不想吃饭也不想睡觉，帮他穿衣服时，遗体的那种僵硬的感觉几十年过去了，我还记忆犹新。"

离死亡最近的一次，也是在隧道。

一块两米见方的石头在王长斌背后四五米掉下来，地上溅起的小石子儿把他的耳朵、肩膀全打破了。

"那时候年轻，事后打场球就不再想了。"言语间，王长斌不时用双手在下眼眶划着，阻挡快要流出的泪水，"也没有什么无奈不无奈的，必须做自己应该做的事情。干到现在，想想过去走过的路，遇到太多太多的危险了。"

=

2013年，王长斌的妻子去世，从工地赶回来的时候，妻子已经重度昏迷，没有留下只言片语。

说到这里，王长斌"噢"地发出一声长叹，涕泗横流。

"我们一家在一起时，特别幸福。"他说，"她诊断出癌症后，我一直请假在家陪她，陪了一个多月，还剩最后两个疗程时，工期太紧，单位打了几次电话问我能不能回去？她就劝我去上班。'看病还要用钱呢。'她这样跟我说。"

两年过去了，王长斌仍然没有从失去爱人的阴影中走出来。被评为北京市劳模后，他做的第一件事就是戴着奖章和女儿一起到妻子的坟前。"女儿劝我，不要老想着过去的事，要向前看。可我有时候想她了，还会打她的手机——明知道人不在了，电话打不通，但是有时候还是忍不住打。她在的时候，不论我在什么地方上班，我们每天都要打电话，移动的信号强，我还特意换了电话卡……"说到这里，这个瘦小的中年人，从肺腑间发出"哎哟、哎哟"的呻吟，让在场的人默默，找不到劝慰的话。

"现在想想，让我感到安慰的是，在她化疗的时候，我陪了她6个疗程。"

三

为了把王长斌从悲痛的情绪中拉出来，我把话题引到了他的工作。

"施工测量工作艰苦，除了不时要面对死亡的威胁，日常工作中翻山越岭、顶风冒雪、风餐露宿的事再普通不过，在甘肃大通河引水隧道测量时，生活用水全部是浑的，我们准备了好几个桶，用漂白粉、明矾过滤水，只有到了冬天水才是清的。"

说到工作，王长斌的情绪平静了。

"测量工作，不仅环境艰苦，而且要求有高度责任心，否则差之毫厘谬以千里。干到现在好像得了职业病，总担心数据会出错，于是又测一遍，只有数据严谨精确，我心里才能安宁。"

"北京八达岭高速潭峪沟隧道，相距3300米的两洞对打误差只有几毫米，到最后一炮炸开时，根本看不出是对打的！"说到这里，王长斌脸上第一次露出笑容。

"关于付出和得到，我没有去想过。但有时想想这么多年，干了这么多活儿，有成就感，心灵得到了升华。自己文化不高，虽然没有那么大的能力，但把事尽力做好了，每当走过我负责测量的地方，有种满足感。"

在公司给王长斌的颁奖词上，有这样一句：30年风雨坚守，数以万次的测量任务，虽然让他在生活中错过了很多，但他从没错过一个数据。

采访手记

人,非常脆弱,又非常坚强。

这是王长斌留给我最直观的感受。

采访王长斌是早晨一上班。见到记者,他非常激动也很紧张,刚问了一两个问题,就见他强忍住激动,几度哽咽。问到他去世的妻子,泪水立刻如决堤一般倾泻而出,伴着他积压在心里30年的辛酸苦辣。

那个早晨,看着这个50多岁的男人失声痛哭,陪我采访的人悄悄起身离去,只留下我,苍白无力地向他道歉:"真不好意思,让您一大早就这么伤心。"

就是这样一个脆弱普通的人,工作中却执着到近乎有病,30年他测量的数据数不胜数,竟没有一个误差!

这是一个职业人的骄傲——承载重负,却坚持认真地工作生活,说来容易做到却很难,这是一个人经过千锤百炼后闪现的生命光彩。

听新疆摄影家张东升讲过,有一次到沙漠边上拍照,在茫茫的一片沙漠中,他看见居然有一小片湖,湖里还开着莲花。他说当时就被震撼了。

我不知道这是不是海市蜃楼。不管是真的还是幻觉,都不重要。我倒觉得这是一种比喻和启示:即使我们的人生已经荒芜成一片沙漠,但我们的内心要葆有这样一片湖水永不干涸,这样,我们渺小的生命就会像茫茫沙海中的那朵莲花,出淤泥而不染地绽放。

湖边课堂

人应该像松树一样活着，四季常青地活着，饱经风霜地活着，吸点水分有点阳光就能活，历经风寒还能活。

一

凌晨3点多，离天亮还早。听见洗手间有动静，肖鸿对着房门喊："妹妹，你还没醒呀？还睡呀！"

"怎么了哥哥？你是一夜没睡，还是这么早就醒啦？！"三江脆生生地回答着，推开了房门。

"不睡了。和妹妹聊会儿天儿。"肖鸿一骨碌爬起身，73岁的哥哥和65岁的妹妹相对而坐，一直说到了天明。

…………

2013年1月3日，这一天北京的气温是10年来同期最低的一天，零下16摄氏度，戴着手套手还是冻得生疼。从早晨醒来，三江就一直在纠结——今天，要不要下水？！

13年来，每天骑车到颐和园锻炼是这对兄妹俩的"工作"。在结冰的河道冬泳，更给了三江新的生机，13年前她是被医院宣判无治在家等死的行将就木之人，而今，只有1.50米个子的三江，像棵从冻土中重新发芽的小苗，又活泼泼生机勃勃地复苏生长了起来，那些在颐和园湖边散步锻炼的游客们，或见证或听闻了这个"起死复生"的过程，三江便成了很多人的榜样。

2012年中央电视台、北京电视台都对这对兄妹进行了报道。现在常常有陌生人跟他们打招呼："看到了您的故事，我也开始锻炼了！"

每次听到有人跟她这样说，三江都很开心。"哟，我还起了鼓励别人的作用了！"三江笑起来脆生生的，像个小女孩儿。

但是这一天，三江因为要不要下水，变得格外纠结和沉默，她从来没有在地面气温这么低的时候下过水，对她来说，这又是一次挑战。

犹豫到了中午，三江终于找到一个说服自己下水的理由——虽然天寒地冻阴霾笼罩，但是今天却没有一丝风！

再糟糕的境遇里都有好的一面，这是三江13年在颐和园昆明湖边从哥哥肖鸿那里学到的最宝贵的人生理念。

"今年，是我20年来第一次没有晕倒过的一年！"三江说。

二

40多岁的时候，因为输血，三江感染上了戊肝，高烧40度一连烧了100天，1.50米的个子，体重不到30公斤。住了一年多医院，最后无药可治无法可医，医院向家属报了病危，用一辆救护车把她送回了家。

躺在家里，三江每天昏睡20个小时，丈夫疏于照料，后来干脆把她交给了哥哥肖鸿，"大哥，你带三江去颐和园吧，她长一斤肉，我给你100块钱。"看着丈夫离去的背影，三江觉得自己被抛弃了。

以泪洗面的时候，哥哥会搂住她的肩哄她："妹妹病了变丑了，没人要了……别人不要妹妹了，哥哥要，哥哥不嫌妹妹丑，哥哥陪着妹妹走！"

看见她转忧为喜，哥哥又问："妹妹，你现在没人可靠、没药可治，是不是只有等死算了？"

三江不说话。

"妹妹，咱们从小就唱《国际歌》，你明白唱的是什么意思吗？"

"……从来就没有什么救世主，也不靠神仙皇帝，要创造人类的幸福，全靠我们自己。"

"妹妹，怨天尤人没有用，必须接受现实，想要活下去你只能靠自己。"肖鸿对三江说，"从今天开始，你想活，想活好，就接受现实，天天唱这首歌吧。"

在颐和园，肖鸿曾救过20多个溺水人的命。对于他来讲，"活下来"有着特殊的记忆。

六七岁时，生活在延安的肖鸿，在一次随部队转移的路上遇到了敌军围击，父亲的警卫员带着他逃生，没有方向地四处跑，密集的子弹就从耳边嗖嗖飞过。肖鸿记得，他们从早晨太阳升起一直跑到天黑，枪声才停止。"终于可以停下来歇歇了，终于活下来了！"从那时起，肖鸿知道了活下来是多么不容易的事，又是多么好的事，需要拼命争取！

他告诉妹妹，人活着必须接受现实，抱怨哀叹哭是没用的，只有接受和适应，之后要学会用辩证的眼光来看待事物，那就是，再糟糕的境遇中都蕴含着好的一面。

照顾生病的父亲10年，让肖鸿体会到，现代人已经陷入了健康的误区，有病完全依赖医药，放弃了调动身体自身的治愈能力。"妹妹，咱们要战胜命运。尝试走自然康复之路，尽力了才不后悔。"从此，这对暮年的兄妹走上了"自然康复"之路。

三江记得，第一次被哥哥用自行车驮到颐和园，是一个炎热的夏天。游人们都穿着短裤短裙，只有她毛衣毛裤，毛衣外又加了一件皮背心，还觉得冷。

"那时候的我，脸色跟树皮一样，一手托着腰，一手捂着肚子，佝偻着干枯的身躯，走不到100米，就走不动了，必须坐下来歇会儿……"周围的景物三江根本没精神注意，喝进去的水，不是很快排泄就是引来一阵呕吐。

哥哥搀着她，肩膀一边挎着一个大包，装着她喝水的大保温瓶、要吃的食物、增添的衣服、坐在地上的棉垫子……

一天，三江打了一个嗝，还放了一个屁！这种说起来不雅的事儿却让三江高兴了半天。七八年了，她的身体连这个能力都没有。

渐渐地，三江能够骑自行车了，怕她太瘦骑车硌得慌，肖鸿用破布条帮她把自行车车座缠上厚厚一层座垫。从家骑车到颐和园要50多分钟，大风、大雨、大雪，遇到上下坡道，或是三江又晕了，或是自行车干脆坏在了半路……肖鸿总是让妹妹扶着车站在原地等着，先把自己的那辆车推到前面，再跑回来帮妹妹把车推过去。看着哥哥推着车一路小跑儿的背影，三江觉得自己是幸运的，"老天爷真好，给了我这么好的一个哥哥。是他救了我，把我从鬼变成了人啊。"

颐和园成了兄妹俩的"工作单位"，13年来，几乎每天他们都盘桓在这湖光山色之中。"大自然中的阳光、空气、水，不要一分钱，谁都离不开，现代人极力追求物质享受，却不明白这不要钱的东西才是人最该宝贝的。"

三

2006年，三江决定像哥哥一样冬泳。

在这个湖边待得久了，三江每次看到那些坚持冬泳的七八十岁、甚至还有90岁的老人，都觉得感动。"一个人的行动代表着他的追求，这些白发苍苍的老人用自己的行动告诉我，人到了什么时候都要努力，都要勇敢，都不能放弃追求。"

冬泳能激发人体中沉睡着的微循环系统，从而修复治愈人自身的疾病，使人健康，这是全世界公认的冬泳的好处，但要真正尝到甜头必须自己跳进冰水里。

"吃几秒钟几分钟的苦，换来一天身体舒畅，就看你自己是不是愿意这样，肯不肯吃这种苦。"哥哥从不替三江做决定，"你自己看着办。哥不能替你下水，也不能替你生病。一切靠你自己"。肖鸿认为，每个人都应该自己做选择，"选择可以有很多种，可以选择下水，也可以选择不下水，但是想身体好，选择只有一个"。

第一次跳进冰水，让三江意想不到的是，想象中应该冰冷的河水，竟像是一锅煮沸的辣椒水让人浑身上下顿时有万剑穿心般的刺疼，心脏被挤压得马上要爆裂一般怦怦狂跳。三江想到了当红军的妈妈。"当年我妈她们爬雪山时，是穿着破烂的单衣饿着肚子的，她们都能挺过来，我看这几十秒钟的冬泳能不能冻死我！"

…………

冬泳彻底改变了三江，一次次跳进冰冷刺骨的水中挣扎，她得到的不仅是身体的健康，还有心灵的强大。

在湖边，三江曾经和两个与她年龄相仿的姐妹约定，看看到

2008年奥运会在北京举办时，谁身体锻炼得最健康？当时3个人中三江的身体最差，可是到了2008年，那两个人已经相继去世，只有她还活着。

2009年，她到医院进行了一次体检，所有的指标都呈阴性。

对于三江来说，这些年跟着哥哥在颐和园锻炼，工夫没白下，所有的难受都一点点、一层层、一年年消失了，一片药没吃，一分钱没花治了大病，颐和园成了最好的医院，阳光、空气、水是三江最好的药。这个过程，让三江意识到，身体的财富、头脑的财富才是自己的，谁也抢不走。

"面对身心两方面的狂风暴雨，你站起来了。这场大病没白得，最坏的事情变成了最好的事。"哥哥对妹妹说，"人应该像松树一样活着，四季常青地活着，饱经风霜地活着，吸点水分，有点阳光就能活，历经风寒还能活！"

四

湖边的小路，没有其他人，三江听见自己脚掌踩在石板上的啪啪声。每次游完泳，她都要绕着湖跑上一圈，跑着跑着身体就渐渐从里往外暖和起来了，这是她最享受的时刻。

记得当年住院时，妈妈来看她，临走放了5000元钱在她的胸口处，她竟连抬手把钱拿到被子里的力气都没有，人来人往的病房里，一沓钱就那么晾在白色的被单上。

"从1992年我病倒之后，就什么自由都没有了。连吃、喝、走、乐的权利都被疾病剥夺了。没有身体这个本钱，享受生活是一句空话！"

冬泳后没多久，一位在颐和园认识的熟人非要让三江吃一块巧克力。得肝病的人糖吃到嘴里就像锯木渣子似的让人作呕，为此三江十多年没吃过糖。推了半天实在推不过，三江把那块递到眼前的巧克力放进了嘴里。没想到，糖一入口，竟是甜的！

"哥，没想到巧克力这么好吃呀！"回家的路上，兄妹俩直接进了一家食品店，一口气买了 5 斤巧克力。

…………

岸边光秃秃的柳丝随风飘荡，在阳光下泛着银光，跑在寒风中，三江一身旧衣裳，袖口、衣角破得卷着边儿，褐色的裤子，膝盖、腿角儿早就磨得没了颜色，露着发亮的布丝，为换游泳衣方便而穿在裤子外面的裙子，拉链坏了，不听话地咧着口子。"这衣服 10 年来我一直穿着。和它有感情了。"三江笑起来眼角的皱纹堆起，眼睛却是亮晶晶的干净透亮。

一度，三江想跟丈夫离婚，被哥哥劝阻了，"人和人的相遇，人和环境和物的相遇，都是缘分，要珍惜"。

现在，三江甚至感谢丈夫，"要不是他把我赶到我哥这儿，我哪儿能活明白呢？！"

"人的一生到什么时候都要自强不息。有多大的难处、多大的不幸，知道怎么面对，碰见冷和热、美和丑、甜和苦，都从积极、美好的角度来欣赏、来享受，人就活出自己来了。"

三江说，等她活到 100 岁的时候，要把自己的故事写成书。"人生其实很简单，可好多人到死都没明白。"

采访手记

"人和人的相遇、人和物的相遇，是缘分，要珍惜。"

重读《湖边课堂》，看到这句话，忽然特别感动。和肖鸿、三江兄妹的相遇，使我获得了新生。

这一点也不夸张。

在颐和园，肖鸿被泳友们称作"大侠"，妹妹三江自然就变成了"二侠"。这是一对特立独行的兄妹，穿着二三十年前的衣服，背着破旧的书包，尤其到了11月份，游人们都穿上羽绒服，他们还精神抖擞地穿着短衣短裤。七八十岁的人了，眼睛清澈透亮。

正像大侠老师后来教育我的，最坏的事情里有最好的东西。遇到他们，恰恰是因为我游泳遇险，是大侠老师救了我。

那次我到颐和园西边的湖里游泳，因为没有经验，一下扑进水草里，腿立刻被水草缠住，越使劲挣扎反作用力越大，眼看湖水就要淹过头顶，危急中我只能拼命朝岸上喊："救命！"幸运的是，二侠听到了我的呼救，连忙告诉哥哥，快10年了，大侠老师冲我喊的第一句话我至今记忆犹新——

他说："你别害怕，我马上过来救你！"

....

把我救上岸后，看我安然无恙，兄妹俩便离开了，惊魂未定的我顾不上问一下救命恩人的名字。

几天后，带着礼物，我又来到这个湖边寻找救我的恩人。

结果，礼物他们坚决不收。"我哥说，他七十岁了，还能救人，比什么都高兴。"

"如果你真要感谢我，就在以后力所能及的时候能帮助人就帮助人，这就是对我们最好的感谢了！"大侠老师说。

在这个湖边，他先后救过20多个溺水人的命。"她也是我救的。"大侠老师指着妹妹说，接着他又对我说："认识我以后，你的人生不一样了。"

那天，在波光粼粼的湖边，我对着大侠老师说："那我给您鞠三个躬吧！"救命之恩，无以为报，本来想磕头的，众人面前，因为羞涩，给大侠老师深深鞠了三个90度的躬。

抬头看到，他的眼睛里也有泪光。

从此，大约有1年的时间，只要有空，我就会到颐和园，在湖边和大侠兄妹见面，听三江讲她如何在哥哥的带领下从病重将死到自我康复，听大侠老师不厌其烦掰开了揉碎了地帮我重建全新的健康生活理念，那就是要唯物辩证地生活。

写到这里，我眼前出现了一幕美好动人的场景：午后阳光下，赤裸着上身的大侠老师，坐在草地上，背后是郁郁葱葱的松树，对着坐在对面的我灌输着人要适应大自然适应社会，并从中找出积极的东西……

我当时想到了孔子施教的场景。

《湖边课堂》受到很多读者好评，一位80岁的老奶奶专门找到我的电话，她说，看了兄妹俩的故事，她又想努力活下去了。一位在颐和园冬泳的杨老师更是自费复印了几百张报纸发放给对冬泳和大侠兄妹感兴趣的游人，身临其境中，很多人主动找到大侠兄妹向他们请教健康乃至生活中的问题。

让我特别难忘的是，2017年著名演播艺术家雅萍老师将《湖边课堂》录制成了精彩的有声作品，大侠兄妹的故事再次得以流传。我专门到颐和园播放给大侠兄妹听，午后阳光下，兄妹两人蹲在玉带桥下，头挨着头凑在我的手机上全神贯注地倾听，当雅萍老师唱起《国际歌》时，那曾经激励他们奋斗、陪伴他们熬过生死困苦的歌声，让这对暮年的兄妹一下子泪水夺眶而出。

  那一刻，我眼里满含着泪水，心里却特别欣慰，对生命充满感恩。

  现在，随着时间越久，我越深地感悟到，遇到大侠兄妹，我从身体到精神都获得了新生。这个湖边的课堂，改变了我，我也希望更多的人因此改变。

盈盈的微笑

烟花三月，拎着装了钱的编织袋或是长筒丝袜、一大早来银行存钱取钱的村民，看见一位新来的业务员，见到顾客进门，立刻从座位上站起来，恭敬地问好——双手像小学生一样地背在身后，齐刷刷的短发翘翘的下巴，眼睛笑得弯成了月牙。

一

10月中旬的一天，中国农业银行浙江绍兴分行派人将一枚2009年全国五一劳动奖章送到了正在家里坐月子的寿盈手中。在她诸多的荣誉中，这是级别最高的。

午后，阳光很好，寿盈把金质奖章别在宝宝的衣襟上，抱着出生才20多天的孩子在院子里，让妈妈用手机给她们照了一张相。

正是桂花开放的季节，空气里散发着带着奶油味儿的甜香，27岁的女人，把自己生命里结出的两个果实，放在臂弯里，小心翼翼地捧在胸前。

二

跟那些一生历尽坎坷而终成大道的劳模们相比，银行业务员寿盈的荣誉之路，仿佛是一条高速路，又快又顺——从最普通的一线员工到全国金融系统的明星劳模，不到9年。

这种"快"源于这个"80后"业务上"更快"。

点钞，是银行业务员最常见的工作。寿盈点钞，就像宁静湖面上水鸟骤然拍打起翅膀——啪啪啪啪，300张练功券，60秒，惊鸿一瞥。

"这种境界，好比珠穆朗玛峰，极少有人到达。"同行的肯定是由衷的。几十年来，在这家银行，技术比武一直在进行，很多干部都是从技术比武中脱颖而出，普通员工就是用这种方式改变着自己的命运，追求个人价值的被承认。

说到动力，寿盈心里有一个抹不去的形象——烈日下，蹬着人力车拉着客人躬身向前骑行的父亲的背影，不断流出的汗水在衬衣上留下一道又一道白色的盐渍……上初中的寿盈，放学后经常在街上遇见父亲，每次她都会想，长大后一定不让爸爸再这么辛苦了！

18岁，职高毕业，凭着特别优异的珠算成绩，寿盈被特招进银行工作,在同学们羡慕的目光里，她走上了工作岗位。而"职高生""临时工"，这些听来格外刺耳的字眼儿，让她感到了与同事的差距。

几个月后，她被选进技术队，和技术能手陈海燕成了队友，"她也是职高生，看见她，我有了信心"。

陈海燕的刻苦让寿盈难忘，"洗澡后吹头发的工夫，陈姐的眼睛还在看着书……"

诸暨是西施故里，世人津津乐道的是她的美貌，很多时候忽略了她身上那种舍生取义的血性。自古至今，这里的人们就倔强好胜不服输。

"要想成绩过人，就必须比别人更用功。"寿盈的花样年华，是在苦练中像修女一样度过的。

平日，每天早中晚，她要各练5场点钞，一场30刀，一刀100张练功券，一天下来她在业余时间最少要练习点钞45000张。

比赛前集训，她每天都比同伴早到训练场30分钟，"多练一场"。回到宿舍，同伴们聊天看电视，她还要坚持再练一场。

练功声就像永不消逝的电波一样响着，"每天都要练，这样睡觉才踏实。"寿盈说。

三

练到一定阶段，寿盈发现，自己的速度怎么也提高不上去了。

很多时候，关在小屋里汗流浃背地练了一晚上，没有进步反而退步了似的，烦躁中她几次想把练功券全撕掉。

这时，她会想起在烈日下像骆驼祥子一样奔忙的父亲，想起父亲哪怕只有10分钟空闲的时间，都会捧起书学习的样子……

当年因为没有儿子，父母违反政策生了第二胎，结果还是女孩儿，大人给这个女孩儿起名"寿盈"。"盈就是多余嘛。"寿盈这样解释自己的名字，从小她就明白要努力让自己不是一个多余的人。

在数以亿万次的机械动作的重复中，寿盈熬过了艰苦而无望的一段时期。反复练习的键盘，上面的阿拉伯数字、英文字母全被她指头磨光了，亮亮的像涂了一层油；练习点钞的右手食指，指肚的皮肤一次又一次地磨掉，露着一个渗血的小洞，每碰一下纸张，就像被钢针又一次戳进了伤口……

终于她有所领悟了——"奥运会比赛，顶尖高手比的就是这零点零几秒"。

必须全神贯注，置心一处，在一切细微处精练动作，最大限度地剪除所有与之无关的能量损耗。

2007年，全国女职工"建功立业"技能大赛，银行ABIS业务操作比赛现场成了寿盈表演的舞台——手指击打着键盘，似风从草尖上吹过，心神合一，眼到手到，没有1秒钟停顿。

以往这项比赛全国最好成绩一直是七八百分，而寿盈这次突破千分大关，达到了1005分。"怎么会这么快？"一下场，其他选手就把她围在中间，问个不停。

…………

她感受到了世界冠军般的成就感和满足感。

四

很多到营业厅办业务的顾客，宁肯多等一些时间，也要到寿盈的窗口享受一下她的服务，看着她笑靥如花手指如飞，人们常常要忍不住地惊叹：呵！这么快呀！

当地有句土话，讲人怕出名，必须得小心翼翼地"趴着脚趾头走路"。很多人替年纪轻轻的寿盈担心，怕她压力太重。

事实上，寿盈内心平静，每天依然笑嘻嘻的，从她的嘴里，同事们从来听不到"不行""没时间"这样的话。

一位老人扭捏地拿出一个报纸包儿递到寿盈的柜台前，打开一看，厚厚一沓已经发霉粘在一起的残破纸币。临柜业务员最怕碰见这种麻烦事。老人去过几家银行，都被业务员找借口推掉了。

为老人倒了一杯茶，寿盈开始仔细而麻利地清点起来，先用大

275

头针将粘在一起的破损币一点点地剥下来，再一张张地粘贴好……4万多元钱，平常1分多钟就点完了，这次用了3个小时。

"虽然麻烦了一点，但因为我的工作帮助老人解决了问题，而且听到她高兴地称赞我，我也很开心呀。"寿盈说，如果一大早被顾客骂一顿，挣再多的钱，日子也肯定不好过。想自己活得快乐，就要学会让别人快乐。寿盈的体会是，做人和练技术追求的境界是一样的，都是要心平气和全神贯注，不断减少私心杂念对身体能量的损耗。

月子里，寿盈就开始每天给襁褓中的婴儿背唐诗，她最喜欢背的是——"锄禾日当午，汗滴禾下土。谁知盘中餐，粒粒皆辛苦"。

五

五一劳动节，诸暨市在城市中心广场举办了一场表彰劳模的晚会，披着劳模的红绶带站在台上的寿盈，看见了台下人群中站着的父亲，他是特意歇工1小时赶来的。"这个时候我才体会到，最美的还是过程。"寿盈说。

18岁刚上班时，寿盈工作地点是一个只有两个窗口的简陋的乡村储蓄所，新员工制服一时发不下来，她自己花钱买了一件和制服相似的白衬衫和一条红领带。

第一次在银行营业厅见到后来成为丈夫的张国飞，她也是像每一天面对每一位进门来的客人一样——远远地看见他，站起来，露出月牙儿般盈盈的微笑。

采访手记

十几年过去了,看到这篇文章,我仿佛还是能够闻到寿盈家院子里飘过的桂花香。

对于生长在北方的我,桂花飘香的季节在江南走一走,是浪漫的诗和远方。

不知道当年那个清秀的女孩儿现在什么样子了,人工智能在银行应用越来越广泛,她的技术落后了吗?

我想她一定过得很好,因为她的成功来自于超过常人的刻苦,刻苦的人永远不会落后。

当年抱在怀里的婴儿,现在也该是个小学生了,从小听着妈妈背诵"锄禾日当午,汗滴禾下土"的孩子学习怎么样,也像妈妈似的美丽懂事自立吗?

……………

此时,坐在明亮的书桌前,阳光暖暖地照在背上,想着这对母女,想着当年的相见,想着桂花飘香……心里泛起了微笑。

我的家 美丽的草原

图纸里好像有属于他的另一个世界，一个让他有所寄托、排解寂寞的世界。

一

嘭嘭嘭——

"老韦，老韦，快起来！昨晚停了抽水机，现在桥墩下积满水啦！"天刚蒙蒙亮，张永博就急匆匆跑来，敲开了机修工韦林书的宿舍门——桥墩沉井涌水，这是桥梁工程施工中最让人头痛的一个问题。

"不用急，到下午4点就好了。"韦林书的广西普通话，沙哑艮涩，有股烟熏的味道，很简短，好像嘴里含着块糖，说多了会掉出来似的。

晨曦的荒滩中，伫立着一溜儿绑着钢筋的灰白色水泥桥墩，水从地底涌上来，让人生愁。

…………

连日来，工人们一直在用抽水机抽水，并且灌注了4米多高的混凝土，希望能堵住向上喷涌的泉水，但无济于事……项目部机电维修技师韦林书，提出放弃这种耗时耗力的笨办法，他有更好的方法能治住涌水。

1957年出生的韦林书，广西人。20岁应征入伍，来到了这个单位，二三十年的光阴，他的人生轨迹随着铁路的铺设而延伸。

虽然是一个工人，没有职称也没有职务，可在工地人眼里，他真正是一块埋在土里的金子，总有让人惊喜的地方——施工中突发的急难状况，他总有办法化解。

昨天，韦林书带着3名农民工在桥墩底部装了一大四小5台抽水机，又用4立方米混凝土在墩底摊了一层30厘米的"薄饼"。之后，他交代了一句："抽水两小时后，停机。"

"那水再涌上来怎么办？"工人们不明白他为什么要这样做，韦林书不解释，只说："到明天下午4点，水就治好了。"

好像诸葛亮一样，他胸有成竹地回了工棚。留下满天繁星静静俯视着这片寂寥的荒滩。

…………

下午4点钟，桥墩旁准时站满了头戴安全帽的围观者。嘎的一声，抽水机将积水抽尽，停止了转动——1分钟，没涌水；10分钟，水没涌；30分钟，炽烈的阳光烘干了墩底——彻底没水了！困扰桥梁施工多年的沉井涌水问题竟然就这样解决了。

此时，人们才恍然大悟，原来关键之处在于，韦林书利用水的压强对新灌注的混凝土进行了均匀的养护，使之与原有的老混凝土结合，水就无缝可出了。

"你是怎么想出来的？"张永博兴奋地忍不住问，"今天早晨看见墩底积了那么多水，可把我急坏了！"

韦林书吸了一口烟，享受地眯了眯眼睛，又长长地吐出，"就这么一下子想出来了。"

…………

30年来，这样出奇制胜的战绩，韦林书有很多，光是技改成果他就有20多项，为企业创造效益500多万元。

二

2004年年初，因为业绩突出，公司任命韦林书担任机械租赁中心副经理，他从工人被提拔成了干部。

"韦经理。"人们改口这样称呼他。

称谓，代表着一个人的身份。韦林书很敏感。

他这个工人，不爱穿工作服。在工地，总是穿件T恤或者夹克，头发圆弧似的覆在额前，瘦高个儿，像个乡里的秀才。

韦林书自视甚高，别人夸他了不起，他总是回答："这一辈子真是无能，啥事干不成。"惋惜的样子，看起来并不全是谦虚。

除了身份变了，新工作带给他的最大变化是离家近了——骑车上班，只要六七分钟。

干工程的人，生活中最大的烦恼是两地分居。人长年在外漂泊，都会憧憬着"什么时候回到家就再不走了"……如今，这个梦成真了。

三

但是，坐在办公室里没几天，韦林书就发现，自己坐不住了。

刚开始，他以为自己是在外"野"惯了，不适应；两三个月下来，他害怕了——"这里根本就没有适合我干的事情，我可能永远也适应不了，那怎么办？"失眠的时候，他反复问自己。

韦林书不爱说感谢的话。当先进得了奖金，同事们起哄让他请客，他相当实在地拒绝了："请什么客啊，压力大了，拿了钱，下回能不搞吗？"他是一个外冷内热、只想用行动来报恩的男人。

"孩儿她妈，干不出什么事情，我压力大呀！"其实丈夫不说，妻子方芳也看得出他不开心。

野外环境艰苦，干工程的人大多喜欢热闹，工余时间爱凑在一起打打牌、喝喝酒，排遣寂寞。韦林书性格内向，不喜欢凑热闹，喜欢一个人钻研业务。

即使探亲回家，除了吃饭睡觉，他还是没完没了地琢磨技术革新。图纸里好像有属于他的另一个世界，一个让他有所寄托、排解寂寞的世界。

可如今，办公室上班，无新可革、无图可画，一天下来他总是一副蔫蔫的样子，饭只吃一点点，烟抽得更勤了。最初的高兴劲儿荡然无存，有人逗他开心地故意叫"韦经理"，他反而不耐烦。

感觉上，他像被困住了一样。

四

韦林书很清楚，被困住、被束缚的滋味有多难受。以前在野外工地，他也曾经为此深深地苦恼和自责过。困住人的，不是环境，是自我的意识。

建设大秦、宝中铁路的时候，国内的机械设备电气化水平还很低，工地上搅拌混凝土，是人推肩拉的重体力活儿，年轻力壮的小伙子干一天都腰酸背痛，手脚磨出血泡，年纪大的工人更吃不消。

韦林书想制造一种能够自动上料、称重的搅拌机，却遭到了工友们的嘲讽："工程师都没造出来，你一个'文革'时高中毕业的工人能造出来吗？""想出名想疯了吧，老韦？"

风言风语面前，韦林书决定放弃，"算了，又不是分内的事，万一搞不出来，被人笑话"。

怕被人笑话，一直是韦林书的"死穴"，为此，他错失了也许是人生中最大的一个机遇——

兵改工之前，韦林书就因为技改两次荣立三等功，领导给了他一个报考部队院校的名额，但因为害怕考不上被人笑话，他连尝试一下儿都不敢地拒绝了。

革新虽然停止了，但每天看着工友们一天到晚地辛苦劳作，韦林书心里又很矛盾很自责。犹豫之中，他想起了最初促使他自发开始技术革新的一件往事：

多年前，一名工人操作卷扬机失误，使装满混凝土的吊斗撞到了提升架横梁上，正在横梁平台作业的一名工人连同被撞断的横梁从 30 米高的空中坠落身亡……为了避免这类事故重演，韦林书研制出了卷扬机电路限位器。技术创新，不仅可以减轻工友们的劳动强度，降低成本，提高效率，而且能够保护大家的生命。韦林书从中认识到了自己工作的意义。

最终，韦林书还是顶着压力，制造出了自动计量拌合站。工人轻轻按一下按钮，就可以完成混凝土搅拌，省去了 8 个人的重体力劳动。

…………

"孩儿她妈，我想回工地去。"仅仅当了 4 个月"官"儿，韦林书决定主动辞职。

"只要你开心就好。"家人很理解韦林书，"谁都愿意当官儿。但当了官，心里不自在，也没什么意思。"

五

列车像一条游龙，在春天的田野上飞奔。车窗外，一片又一片的油菜花像电影画面一样闪过，黄灿灿的很好看。

重返工地，韦林书有种豁然开朗的感觉。

六七岁的时候，上山砍柴，一次背柴下山时摔倒，重重的木柴压着他小小的身躯，四周只有黑茫茫的大山……从那时起，这个幼小的孩子就知道，挣脱枷锁，走出黑暗，只能靠自己。

有一年，在河北王家湾施工时，下了场大雪，放假了，工友们都躲在工棚里不敢出门，他一个人去爬山，整整走了14个小时，回来时裤腿都结成了冰柱。别人问他干什么去了，他说去锻炼了。

他教育两个女儿："人这一辈子，要有点出息就必须能吃苦、不怕吃苦。如果不怕吃苦，还有什么可怕的呢？"

从列车的广播里传出了深情悠扬的歌声，吸引了韦林书的注意：

　　美丽的草原我的家
　　风吹绿草遍地花
　　彩蝶纷飞百鸟儿唱
　　一湾碧水映晚霞
　　骏马好似彩云朵，牛羊好似珍珠撒
　　草原就像绿色的海
　　毡包就像白莲花……

蒙古族女歌唱家德德玛的歌声，把他带到了那宽广无边的大草原。"这首歌的作者在创作时，心里一定美极了、舒畅极了、自由极了。"

听着听着，韦林书忽然醒悟，"这片辽阔丰美自由的天地，不正是我们心灵上的家吗？"

六

不久，公司总经理到黄骅工地视察，又专门找到韦林书，动员他回去，"这个副经理的位子六七个人在竞争，你回去接着干吧。别辜负了领导的好意。"

"我不回去了。"老韦不是不领情的人，"人各有各的生活方式，我这个人不怕累也能吃苦，在工地搞个小革新，心情挺舒畅的。待着没意思"。

工人"老韦"又回来了。依旧很内向，有那么一点点自傲和自卑，这个平凡世界里的普通人，不再为浮名所累，回到了属于自己的天地。

"我这个人干不了什么大事，一辈子只做这些小事情。"

七

一直在生产一线工作的韦林书知道，无论是设备使用还是钢构件加工，都可以通过革新找到更简捷方便、经济安全的途径。

黄万铁路工程中，公司承建的是全线19个标段中最不起眼的一座曲线大桥——沧黄特大桥。

工地上，韦林书带领工友自行加工了33个桥墩、两个桥台的模板，制作了龙门吊、摆臂吊、定位销等模板拼装工具，使操作简化到了甚至一个人就能完成，而且，误差只有1—1.5毫米……一连串的革新成果，最终成就了"业主免检工程"。

在相关的后续施工中，公司承揽的工程不断。

郑西铁路偃师特大桥工地，两台德国进口的旭普林无砟轨道铺设机变速箱被同时撞坏。德国专家对它们判了"死刑"，重新采购新设备要花费10万元，最重要的是要等两个月才能运到，500多名工人60天干不了活？哪个企业也承受不了。

三天三夜，韦林书凭借着精湛的技艺将它们起死回生，同时，他还找出了进口设备原有的设计缺陷，增加了防护措施。对此，德国专家很吃惊，不明白这个中国工人是怎么做到的？

其实，韦林书现在面临的问题，基本上都是"突发心梗"似的急症难症，没有更多的时间让他研究，必须在最短的时间里迅速准确地解决，他只有顶着压力、点灯熬油似的拼命干。

八

方芳发现，丈夫烟越抽越凶。为解决一个难题，他经常彻夜睡不着觉，一米七几的人瘦得只剩下50多公斤。

一天，得知一位广西老乡患肺癌去世了，方芳再也忍不住了，从银行取了2000元钱，买了广告上宣传的戒烟药，"为了咱们家，你一定要戒烟啊！"

2000元，对于这个家是一笔很大的支出。方芳没有工作，多年以来，一家人收入只有韦林书一个人的工资。

为了不让家人担心，老韦用尽气力最终戒掉了抽了30年的烟。

"他这个人非常有责任心。"韦林书的工资卡一直都放在妻子手里，自己离家到外地项目部，除了算好的单程路费，他从来不多带一分钱。

郑西工地附近的苹果10元钱一大袋子，特别好吃，方芳每次到工地，都要给老韦买，别人看见了说她："你把老韦当小孩儿啦。"她爽朗地笑着回答,"他舍不得给自己买呀!"

为了省钱,老韦结婚后头发一直就是妻子帮他剪,一晃快 30 年了,韦林书的头发、眉毛都变白了,发型却一直没变,永远是圆圆的"锅盖头"。"年轻时你长得很帅。"每次方芳这么说,老韦都打击她:"你这是什么破眼光啊!"

九

新项目开工,像韦林书这样的专家型技术工人,都是项目经理们竞相邀请的对象,有时候为了要他,甚至到总经理那里说情。有人怂恿他提提条件。"提什么条件啊,有你不多,没你不少。想干事情,就不能讲个人利益。"他很坦然。

一些私企老板为他的技术和人品所吸引,纷纷出高薪想把他挖走。对此,他也很淡然,"人呐,房子车子要买,钱要挣,都有了,还干什么呢?"

韦林书接受的是 20 世纪六七十年代的传统教育,觉得技术是在企业学的,人是企业培养的,不能有点儿本事就想着离开。

被评为集团技术创新能手,得了 1 万元奖金。这是韦林书第一次拿这么多钱。夫妻俩给老家的父母寄了点钱,又到商场花了 500 元钱买了一套西服,"老韦出席正式场合时候穿"。剩余的,方芳一分也不舍得花,全部存进了银行。

"你就知道把钱存起来哟。"看着妻子这么节俭,老韦很是感叹,"我要干个体户,能把废铁变成金。"

十

  有一年秋天，正在北京休假的韦林书，被小女儿韦小丹的体校教练请到了女儿训练的摔跤馆。

  北京某体育大学看中了小丹的摔跤成绩，准备招收她入学，一边进行专业训练和比赛，一边完成高中到大学本科的学习，将来即使在运动方面成绩不大，学校也负责分配工作。

  教练对老韦和方芳说："别人求都求不来，你们一定要抓住机会啊！"

  问题是，这个家交不出10万元的培训费。

  "去吧。爸爸借钱也让你上大学！"老韦对女儿说。

  15岁的小丹想了半天，对父亲说："爸，别借钱了，我不去了。我不想您太累。"

  韦林书的家清贫而幸福。

  有一年春节，本来方芳计划好带两个孩子到工地与丈夫团聚，临出门时怎么也凑不出3张火车票钱。不得已，老韦只能在工地借了张免费车票回家过年。因为怕邻居笑话，又怕老乡互相请客自家没钱，大过年的，一家人不敢出门，躲在屋里晚上连灯都不敢开。当时老韦正在设计自动搅拌站，为了绘图，他带着妻子女儿，用毛衣针、毛线当尺子，进行模拟测量……就这么忙活着过了一个除夕夜。

  "女儿们很心疼我，每次打电话都嘱咐我吃好点儿，别舍不得花钱。"

十一

正当韦林书为 10 万元钱发愁的时候,一位广东老板向他发出了邀请。

"月薪 1 万元,奖金另算,给你配辆车。"这位老板一连打来 6 个电话,请他到自己的公司当业务主管,"一签 3 年的合同,就等你来签字!"

按照公司当时的政策,老韦可以办理内退,然后到这家公司上班。为了孩子的前途,犹豫了一个多星期的韦林书终于拿着内退报告,由妻子"押"着,走进了公司办公大楼。

临进总经理办公室的当口,韦林书站住了——足足有六七分钟。

"连我们这些干了 30 多年的老同志都不安心,那些年轻的大学生,不是就更要跑了吗?"

"小孩她妈,回家吧。咱不退了。"

…………

太阳很亮地照着,地上,夫妻俩的影子一前一后地晃来晃去。

韦林书安慰着方芳:"女孩子能嫁人就行啦。你一辈子没工作,不是也过得不错吗?等我退休后,再帮你们挣钱。我身体好,没问题的……"

沉默中,他想起了女儿在电话里的声音:"爸,我得了北京市青少年摔跤比赛铜牌!"

十二

中秋节,大女儿韦小波坐着公交车,赶到郑西偃师项目部高龙乡的小村里，看望工地上的父亲。

明明有机会在外挣大钱，过舒服一点的日子，父亲却留在了他的老单位。"您付出这么多，值得吗？"小波有些不理解。"我从来没想过付出多少，人活着，多少搞些东西，不管别人理解不理解，都没关系。"她爸爸这么说。

其实，韦小波一直没告诉爸爸，在她看来，父亲做的最了不起的事情，就是在那么艰苦的条件下，和母亲一起毫无怨言地把她和妹妹养大，一家人相亲相爱。

傍晚，韦林书要去洗澡，换上了拖鞋。韦小波看见，爸爸竟然一只袜子上破了3个洞！

大脚趾、二脚趾还有脚后跟，全都白白地露在外面。

…………

见女儿动容，父亲轻言："没事儿，人家也不看脚。"

采访手记

　　不知道韦林书现在会不会后悔因为自己的选择耽误了女儿的前程？不管怎么样，人生就是由一次次的选择构成的。

　　人到中年，毅然决然不再为名所累，回到属于自己的天地，回归精神家园，这个人有着不一样的勇气，其中就包括有一天可能要面对女儿们埋怨的勇气。

　　我受触动最深的是文章最后他的那句话，人海中这么不起眼的一个人，有着这么笃定的心智，我想他的人生真的无悔了。

回来

《2002年的第一场雪》让歌手刀郎红遍大江南北。渴望已久成功的喜悦没有持续多久，烦恼就让他濒于毁灭。命运的潮起潮落，他如何找到自我？

一

"我神秘吗？神秘是别人贴在我身上的标签。"面对媒体记者，刀郎有问必答，耐心而诚恳。看得出他是在努力揭开蒙在脸上的神秘面纱。

《2002年的第一场雪》让刀郎的歌声几乎响彻全国的每一个角落，这个苍凉沙哑的声音一夜之间大火。与其他走红歌手不同的是，关于刀郎个人的资讯人们很长时间知之甚少，甚至连这个歌手长什么样、有多大年龄都不知道。这种只闻其声不见其人的情形几乎成了一种宣传策略，不时传出刀郎拒绝采访、拒绝参加演唱会的消息，让这个一夜之间声名远扬的歌手披上了神秘的外衣。

这种情况持续一段时间后，走进公众视线的刀郎，为之前的"神秘"付出了代价，"见光死"一时成了一个特有的名词，意思是说一个人一旦大白于天下，就被人抛弃。

真实的刀郎，是一个与想象相去甚远的刀郎，没有像他的声音一样粗犷的外表，相反非常文静，总是戴着一顶棒球帽，仿佛害羞一样，帽檐总是压得很低。

2006年前后，刀郎再次从公众的视线中隐退，只有他的新歌，一首接一首地流传。

....

这一切，在2011年的春天，因为5月21日将要举办的刀郎演唱会而突然之间有了一个180度的大转弯。

出道10年，第一次大规模地向媒体坦言自己的人生经历。一向远离媒体的刀郎表现得非常随和，而这些，只为了一个目的——回来。

二

以"谢谢你"为主题的刀郎演唱会，定于5月21日在北京万事达中心进行首演，一个月之后，是刀郎40岁生日。

在他推出的新专辑中，主打的第一首歌《云朵》，第一句歌词就是：

我一定回来，越过那一片海。

那片海是什么？不仅是真实具象的海，还有其他的海，比如人海，那曾经将他高高托起又深深淹没的人海。

2004年，随着《2002年的第一场雪》《情人》《冲动的惩罚》《喀什噶尔的胡杨》等一系列脍炙人口的带有新疆风味的歌曲在全国大范围地传唱，刀郎成了当年最炙手可热的歌手。仅《2002年的第一场雪》正版唱片的销量就达到270万张，创造了中国唱片业有史以来的最高纪录，加上盗版，这张唱片保守测算也突破了2000万张。

对此，他说："每天早晨一醒就听见对面街上在放这首歌，我自己都要听烦了。"

当期盼多年的成功终于到来时，而且这种成功是比自己设想的要大几十倍、几百倍甚至是千倍万倍的时候，成功的喜悦却只短暂地停留了几个月，刀郎就从幸福的峰顶坠落到重重烦恼和焦虑之中，这完全出乎他的预料。

"为了保证家人的安全，尤其是小孩儿的安全，我们从不敢让孩子对别人说自己的爸爸是谁。"刀郎清楚地记得，当时只有3岁多的小女儿，一次跟妈妈上街，看见店面上挂着一块"刀削面"的招牌，小孩子便紧张地拉着妈妈的手，悄悄地指着那个"刀"字，一副又惊又怕的模样。

巨大的成功，毁誉参半的评论，捕风捉影的报道，名利场上的追逐，甚至是人身安全的威胁……这种从未到达过的高度和它所代表的一切，让多年沉浸在自我世界进行音乐创作的刀郎觉得恐惧和无所适从，就像一个第一次站在琉璃天台上的小孩，在巨大的时空中感觉到了自己的渺小。"特别失落，感觉这种成功跟我以前想象的完全不一样，好像并不是我需要的，特别没意思。"

2006年前后，刀郎从公众的视线中撤离。隐居在离乌鲁木齐30多公里外的一座安静的小城。会会朋友、喝喝酒，试图恢复正常平静的生活，安心创作。但环境还是被"成功"改变了。昔日的朋友对成了明星的刀郎敬慕之余有了隔膜；到边疆采风，人们也不再单纯地当他是一个热爱音乐的人……甚至他开车到甘肃一个叫定西的小镇，原本以为这里是荒凉得可以躲开人言的地方，谁知他刚一下车，就在一个报刊亭看见一张报纸封面赫然登着自己的大幅照片，旁边写着一行字——冷眼看刀郎。

无奈之下，他只好又开动汽车离开这个偏僻的地方。

去哪里呢？

这个时期，刀郎最喜欢一个人开着车跑到沙漠中，从轮台到和田的沙漠公路，500公里的无人区，四周没有一丝生命的迹象，静得没有一点声息，而他，坐在车里，心乱如麻。"心里堆积着各种各样解不开的疙瘩。在越静的地方越能感受到内心的不安静。"

2007年，刀郎这种浮躁的感觉到了极限，他知道自己自我放逐、逃避现实的生活走到了尽头。

在他之前或之后，不时有颇具才华的音乐人、艺术家不能从这种极限中挣脱，最终导致精神抑郁、变态、疯狂甚至是吸毒，走上了一条不归路。

也许，这种高处不胜寒的体验正是老天对成功者又一次重大考验吧，完成自我救赎，精神上才能再次超越，而刀郎的救赎方法是回归大众。

三

在艺术上有成就的人，一般都有超于常人的敏感，这既成就了他的创作，又加重了心灵的折磨。

出名后，刀郎就不怎么上网了，因为他不愿意看到任何有关自己的批评讽刺甚至是辱骂的文字。对别人的一个眼神都很敏感的刀郎，承受不了几百万条的赞美或是贬低！

好在他生性倔强，不肯服输。像他温和的外表和他热烈的声音存在着巨大反差一样，他内心的柔软和坚强也同时存在。

他敏感，却不脆弱。

而这一切得益于他早熟坎坷的人生经历。

17岁时，哥哥因为和刀郎发生争吵而离家出走，结果当天出车祸死亡。这件事一直困扰着刀郎，直到今天，他还觉得哥哥的死跟自己有关。"如果知道一个人会离开，为什么不能对他好一点？"

哥哥的死最终促使刀郎在17岁那年离开了四川老家，开始独自漂泊的生活；20岁时，同龄人还谈着青涩的恋爱，刀郎已经离婚，独自带着女儿生活。一个人早早地经历了人生的生死离别、人情冷暖，这些体悟投映在他的歌曲中，多了少有的沧桑与深情……

不再逃避现实，必须有所行动。用了相当一段时间，刀郎专门将网上所有有关他的评论下载下来，一条一条地看。"刚开始的几天，真是看得恼火。很多人根本不了解你，却在那么恶毒地辱骂你。后来看得多了，心态渐渐就变得正常了，因为我发现那些骂你赞你的人并不客观，解决心结最好的办法就是承认。就好像两个人打架，一个骂你是笨蛋，另一个就承认我是笨蛋，那对方就没脾气了，架就打不下去了。"

为了调整心态，刀郎开始每天在自己的QQ空间上写回忆日记，把自己的成长经历尽可能详细地写出来，每天写三四千字，这样做的结果是，他发现："原来很多害你的人、阻碍你的事常常是真正让你有成就的诱因和动力。恰恰是那些不好的、负面的东西，是让我走出来的东西。"

在他的作品中，多了关注现实生活的歌曲，既有写给歌迷的《谢谢你》，也有写给汶川灾民的《中国的孩子》《吾爱》，还有印度尼西亚海啸之后创作的歌曲《爱是你我》，歌词说出了刀郎对人生的感悟：

虽然有无尽的苦痛折磨，但还是幸福更多。

四

回归后的刀郎，以感谢来表达他对生命的理解。感谢他经历的快乐幸福，也感谢痛苦折磨，感谢那些不友善甚至是伤害过自己的人和事。而爱，则是他表达感谢的方式。

在《云朵》中他写道：

> 等着我回来，向你倾吐，爱以及爱。

几年前，从一个新疆朋友那里，刀郎听到了一个故事，一对新婚不久的维吾尔族夫妇，在战乱中失散，40多年找不到音信。等到两个人重逢的时候，妻子带着儿子和孙子仍然在等候着丈夫……听完这个故事的第二天清晨，刀郎从朋友的帐篷走出来，忽然看见故事里的那对夫妇就坐在不远处的长椅上，两人已经是八九十岁的老人了，太阳像苍穹之手一样温暖明亮，两个老人的手搭在一起，默默不语。

这情景深深触动了刀郎，使他这个素来以爱为语言的音乐人对爱有了更深的领悟。于是他写出了《手心里的温柔》这首歌——

> 我牵着你的手
> 看手心里的温柔
> 爱到什么时候
> 要爱到天长地久
> 两个相爱的人
> 一直到迟暮时候

"真正的爱是不需要语言的，也是语言表达不出来的。因此才有了音乐。"

幼小的记忆里，刀郎曾经跟着当演员的父母坐着敞篷卡车下乡演出，在崎岖蜿蜒的山道上一路颠簸。妈妈因为晕车面容苍白。家乡四川的冬天冷风刺骨，妈妈用一条长长的围巾将幼小的儿子一圈一圈地全身裹起来，紧紧抱在怀里，那种温暖而安全的感觉，经过这么多年，依然清晰。

17岁那年，刀郎离开家乡，带着妈妈给的10元钱，开始了独自漂泊的人生旅程。

后来，在漂泊的日子里，难过的时候，他会翻出小时候常听父母们演唱的《江姐》《送战友》等革命歌曲的歌本，一个人从头到尾投入地唱一遍，直到把自己唱得泪流满面。

2008年，为了向历史致意，他发行了自己重新演绎翻唱的革命歌曲《红色经典》，那不仅是对过去岁月的一种追忆，更寄托着歌唱者对那种坚韧不屈品格的赞美。

当初，选择"刀郎"作为艺名，正是缘于他喜欢生活在新疆沙漠边缘的刀郎人对生活、对音乐的理解。作为维吾尔族的一个分支，刀郎人的歌声热烈奔放，因为生活在新疆南部塔克拉玛干沙漠腹地，面对荒滩、沙漠和烈日，生活十分艰辛，人们面对死亡的时候比内地人多，艰苦的生活和环境，塑造了当地人乐观通达的性格，他们生要歌唱，死也要歌唱。

…………

对于未来，刀郎说："我希望无论在什么环境下都能心情平静，而不是跑到沙漠里还那么心乱如麻。"

采访手记

同事早晨说,今天妻子上班的路上坐在车里哭了,原因是觉得现在过的生活不是她希望的样子。自从买了大房子,他们一家三口,加上婆婆、自己的父母都住在了一起,3位老人承担了所有的家务,买菜做饭收拾屋子带孩子,早晨专门给他们现煮了老玉米、现包了包子、牛奶、鸡蛋……晚上下班进门就有热腾腾的饭菜,孩子也被照顾得不用他们操心……可妻子却觉得压抑,觉得这不是自己想过的生活,自己的生活被打扰了而且看不见头儿。

同事不理解,这么好的日子,还有什么不顺心的,还在挑剔什么?这不是身在福中不知福吗?

不久前,日本当红影星三浦春马在家中上吊自杀,据说当天还有广告拍摄,新拍的片子马上就要上映,这么一个拥有一切的男人,怎么会厌世自杀?

作为普通人的我们大多会无法理解。

但是,人生就是这样,作为独立的个体,我们每个人的感受各有不同,因此各有各的痛苦,有些让别人羡慕的东西对当事人来说却是痛苦,而且因为是被人羡慕的,自己更加说不出口,因为说出口就会被反对、被劝说甚至被指责……真实的情感被压抑,久了,就会爆发。

可见,不被理解是多么普遍和多么难受;而理解——真正对跟自己不同的人、不同的见解的理解,又是多么不容易甚至是罕见!

有了这种感悟，回看刀郎的心路历程，我觉得他真的很坚韧很勇敢，居然靠自己的意志重新从荒漠走了回来，向我袒露了他这一段走麦城的经历，而他讲的在沙漠公路独自驾车的经历，让我印象深刻。

几年过去了，听到同事讲妻子的烦恼，我忽然想，如今又从公众视线里消失的刀郎，不知现在何处，是不是过着自己想要的生活？

而我，在这一刻突然醒悟：对人、对我们所处的世界的理解，首先应该是接受，而不是用某种标准一刀切似的进行对与错、好与坏的评判。

建立在这种理解基础上的沟通疏导，才有可能有所成效。

起码，会更多些善意，留有余地。

决战太行

> 人生何尝不是一次次的决战！为了生存、为了更高的目标，我们只有一次次鼓起勇气、一次次忍痛别离。

2014年1月20日清晨5点，寒风扑面。

山西长治长子县，我国第一条轴重30吨重载铁路——山西中南铁路，平顺铺架现场，四面荒山，方圆数里，除了桥墩上一台十几米高的架梁机和正在架设桥梁的工人，杳无人声。

一

历时4年多，20个工程单位、几十万筑路职工参与，穿越太行山、跨晋豫鲁三省的这条铁路通道，西起山西吕梁，东至山东日照港，全长1260公里，年运输能力2亿吨，建成后，可将晋豫鲁等煤炭生产基地连成一线，确保国家能源需求。

眼下，正是工程施工的决战收官阶段，再过20天，即将完成全部铺架任务。

此刻，铺架队员们正忙着为整个标段的最后一座大桥——侯壁1号大桥铺设最后一片梁。

站在碎石道砟上，五六分钟，脚就冻得像踩在冰上似的又僵又疼。一位路过的工人指指架梁机旁的那个用废旧铁桶自制的火盆，示意我过去烤火，"太行山里的冬天冷得让人受不了，白天有太阳还好点，到了晚上，风一刮身上就跟刀割一样钻心地疼，疼得让刚来没几天的小伙儿流眼泪。说实话，有时候真担心身上的零件给冻掉了。"说完，这位穿着军大衣、戴着棉帽子不知姓名的工人转身上了架梁机，消失在干活的工人中了。

站在火盆前，宣传部长柯满堂告诉我，以前提拔干部有个不成文的考核内容——让这个人到高空中架梁机空中长臂上走一趟，看看他的胆量和勇气，能不能在一线冲锋陷阵。

说话间，党委副书记郑树祥走过来，我向他求证。"我走过，"郑树祥很自豪，"上面有1米宽，两侧的边沿儿也就只有一块砖头那么高，人在上面，离地面十几米、几十米，风一吹，长臂在空中摇晃得厉害，别说走，就是站一下，胆小的人怕是会吓得要尿裤子。"

看看正在架梁机上干活的工人，郑树祥接着说："这些人有时候一天在上面要走几个来回，根本不算事儿。零下20多摄氏度的时候，为了保证架梁机正常工作，我们的工人还要爬到长臂上，趴在冰上，一手抱住长臂，一手用小镐一点一点地把上面的冰凿掉。"

抬头望着高空中的一线长臂，我禁不住又是敬佩又是心疼地问："您再说说，人都能干些什么？！"

郑树祥和柯满堂对视了一下，没有回答。

…………

太阳出来了，最后一片梁徐徐从架梁机运出，有人点燃了事先准备好的鞭炮，清脆的鞭炮声在巨大的梁片稳稳落在桥墩的一瞬，噼里啪啦地响了起来，一阵白烟夹着硫黄的味道在太行山腹地飘散，现场的气氛平静，没有想象中的热烈，注视着铺就的大桥，人与山，沉默。

二

我眼前的周贤银非常沉默。

30岁的他被介绍为"最辛苦的调度"，作为队里唯一的调度，他一连两个多月每天24小时值班。1359孔桥梁的调配组织全由他一个人负责，不分晨昏地往现场跑，生物钟完全乱了，熬到最后实在太困，电话放在耳边，他也听不见了。

问他有什么愿望，他面带倦容地回答："对于我这样的劳务工，能转为正式职工，就是最大的心愿。"

春节将至，问他春节回不回家，他摇摇头，问他多长时间没回家了？回答已经有两年了。

开工4年来，项目始终在赶工期，尤其是到年根儿底下，能不能回家过年，几乎成了所有人的心结。

面对只剩下20天的工期，项目部决定今年春节从项目经理到职工一律不放假。

我问："干工程的人，在外辛苦一年，只有春节回家团圆，现在不放假，留得住人吗？"

桥梁公司总工任志刚回答，现在人们越来越看重生活质量，春节留人越来越难了。"去年春节前，大部分劳务工都走了，留下的都是正式职工，为了赶工期，连办公室的管理人员都上现场干活，一直干到农历大年三十下午，吃年夜饭的时候，有个刚参加工作的大学生哇哇地哭了。"

"其实我们特别不愿意看到媒体上春节回家这样的内容。本来留人就很难了，工人们一看电视、报纸还有网络上都是回家的内容，就更不愿意留下来了。每到这时候，我们心里都特别发愁也特别纠结。"郑树祥告诉我，为了能让职工们春节放假回家团圆，他甚至专门到过北京和甲方商议能否放假让大家回家过个团圆年。"但是商量来商量去，工期太紧怎么也不能停……曾经有个职工因为妻子临产向单位请了10天假，结果10天过后，没生出来，就又向单位续请了5天，结果还没生出来，又要向单位再续5天假，这时，他的妻子哭了，对他说：'还是剖了吧'……"

说话间，坐在我身边的铺架部经理黄克军一直低着头。"你春节也回不去了吧？"我问。

"肯定回不去了。"他有些迟疑地摇摇头，小声对我说："我父亲85岁了，一个人在青岛。我是家中的独子，母亲在我结婚那年就去世了。我们山东人讲孝道，我就跟我媳妇说，今年春节你带着孩子从西安到青岛去帮我看看老父亲，哪怕给他做碗面条、热个馒头都行，替我尽尽孝吧……其实对我来说，别人挣五万我挣五千，我照样过得开心，不是钱的事儿……"话没说完，这个魁梧的山东汉子哽咽了，起身走出了门外。

"自古忠孝不能两全，责任在这儿，走不了呀！"项目部党工委副书记彭伦理说，"谁不想回家过年啊！"

…………

项目部会议室一面墙陈列着开工4年来项目部荣获的18个奖杯、奖牌。当我询问哪位是获得山西省五一劳动奖章的罗田郎时，气氛热烈的会场忽然像被乌云笼罩了一样，阴沉了下来。

1月13日中午时分，彭伦理接到项目经理罗田郎发来的短信："家中有事，必须回去。请做好工作。"

他的老母亲去世了。

彭伦理打电话的时候，罗田郎已经在赶回家的路上了，这次他不得不把工作暂时放下了。其实一年多来，罗田郎的母亲心脏一直不好，但因为项目走不开，他一直没能回老家看一下母亲。"像我们这样干工程的人，常常是到了必须回去的时候才能回去。"

三

采访中，我有幸乘坐工程用的轨道车，在铁路开通前从壶关车站到长子南站走了一趟。彭伦理告诉我，每次乘坐轨道车从刚刚铺就的铁路上经过，他都觉得很壮观。"4年前刚开工的时候，这里就跟旁边一样，都是沟沟壑壑的荒凉山地。"

穿越5218米的西岭隧道时，我留意了一下过隧道的时间，用时7分45秒。按照120公里的设计时速计算，到实际通车的时候，这段隧道大概只是火车一声长笛便呼啸而过了。"西岭隧道，我们修了3年零1个月。"彭伦理说。

观看工程建设资料片，看着三维动画介绍桥梁、铁路铺设过程的画面，我半开玩笑半感叹地说："要是工程能像这动画片似的几秒钟就拔地而起该多好啊！"周围的工程人都笑了。

采访手记

写这篇稿子时，离马年春节只差4天了，微信上不断有各种"马"出现，"马上有钱""马上有对象"，"马上……"但我想，这个时候，没有什么比"马上回家""马上团圆"更让人盼望了，尤其是对那些不能回家、无法和亲人团圆的人来说，"回家""马上回家"，可能已经成了在心里出现最多、也最不愿提起的事了。

采访中，回家的话题几乎变成了打开人们感情闸门的开关，只要提起，总有人沉默，也总有人红了眼圈儿。从工地回来，我自己也变得很矛盾，不知该怎么看待这件事：本来干工程的人，就远离家乡，长年在外，一年中也只有到了春节才能放假回家，与亲人团聚，可是就连这么小小的一个愿望，都常常因为工期紧迫而被迫放弃，这在今天这样一个追求生活质量的年代，显得格外残酷。到什么时候，这种客观现实会真正改变呢？

但转念细想，无论社会怎么发展，人们怎么追求幸福，仍然需要有人为了他人的幸福作出奉献甚至牺牲。在千家万户团圆的时刻，不仅是太行山深处的这些铺路架桥的职工们在坚守劳作，各行各业都有着数不清的劳动者在值守，这就是劳动光荣、劳动者伟大的地方吧！

所有的岁月静好，都因为有人负重前行。

难以体会的幸福
我们也有常人

海拔4218米的当雄，青藏铁路养护职工是怎样过中秋的？

没有一丝过节的气氛，人们照常各忙各的工作。高原炙热的阳光下，职工们的驻地，像荒原上的一座孤岛，寂静得几乎可以听到自己的呼吸。

一

2013年中秋节。一大早，我们从拉萨出发，前往160公里外的当雄，采访青藏铁路养护工人。那里海拔4218米，接近这条"天路"的终点。

青藏铁路从拉萨站到唐古拉山南站525.547公里，因为养护职工创造了国内同级设备轨道检验最佳纪录，这趟在世界最高海拔行驶的列车，时速从最初的20公里，一路提升并稳定在100公里以上。

守护世界屋脊上的千里天路，特殊的高原冻土、极端气象条件，养护技术难度大；职工长年在风沙冰雪、高原缺氧等恶劣环境中工作，远离家乡亲人、甚至驻守在无人区，在追求生活质量的当下，职工面临着生理和心理的挑战。

....

因为正好赶上中秋节，出发前，我特意在拉萨买了一个大蛋糕，准备在世界屋脊与素昧平生的人们共度这个团圆夜。

行车途中，远处的念青唐古拉山脉壮阔连绵，白云遮住了它俊美的雪峰，山脚下，举世闻名的青藏铁路逶迤绵延，一路相随。

我脑海里不断浮现出修建这条铁路时那些艰苦卓绝的场景，心潮起伏。

二

到当雄已是中午。安静的小县城，几乎看不到什么人。

在街边的小饭馆吃饭，青藏铁路当雄养护车间的财务女主管坐在席间，让我惊奇的是，在高原这么强烈的紫外线照射下，这个女人的皮肤依然那么白皙。"也许是天生的吧。"她说，来当雄前，她在海拔将近5000米的安多车站工作了3年，那里是青藏铁路的终点站，海拔最高，站里只有她一个女人。

"3年？海拔5000米……你可真不容易啊！"

我话音未落，就看见泪水一下子涌满了她那双美丽的大眼睛。

"我来西藏上班后，谈了两年的男朋友跟我分手了。"她的眼泪落了下来，"来西藏的时候，正是秋天，蓝天白云下雪山美极了，树叶都是金黄色的，真漂亮。没分手前，他还说我俩要一起在拉萨过年……"

车间主任裴利丰插话道："我们车间只有3位女职工，都没找到对象。嘻，其实干我们养路工作，找对象都特别困难，我也是40岁才结的婚。"

　　…………

　　吃过这顿掺着泪水的午饭，我们继续赶路。这时下起了雨，让人一下子就感到了寒冷。看我穿得单薄，裴利丰脱下自己的夹克递给我，说："高原上，你要当心感冒！"

　　我听话地穿上了他递过来的衣服，闻到一股陌生男人的气息……

　　这就是青藏高原，人和人一下子就变得很亲近！

三

　　到当雄铁路养护车间的时候，已近傍晚，高原的阳光却仍然炽烈，这是一座4层小楼，像荒原上的一座孤岛，寂静得几乎可以听到自己沉重的呼吸。

　　出乎我的预想，这里没有一丝过节的气氛，人们照常各忙各的做着工作，看见来了陌生人，都是悄悄地打量，如果恰巧眼光碰上了，对方的眼睛便倏地闪开了。

　　采访现场，我专门向大家询问了一下，车间全体82位职工，一个不落全都已经早早地给远在千里之外的家人打过了电话，中秋节，对分离的人来说，意义特殊。

　　问候中说得最多、听得最多的是——"中秋节快乐""注意安全""什么时候回家"……

　　这个中秋节，杨海清最让工友们羡慕，他媳妇坐了30个小时的火车从甘肃老家赶来和他团圆了。

　　"2013年4月，我上来时，他特意把同事们请来给我过了个生日。以前都是我一个人过生日的。对我来说这是最好的礼物。"说话间，女人不时看看身边的丈夫，两个人手上戴着相同款式的戒指，"他打电话时总说谁谁的家属又来了。问我什么时候来。这里水凉得很，我来了这么多天了，碗、衣服他都不让我洗。"女人的幸福挂在脸上，每个人都能看得到。

四

"工务人从来都是最苦的。"裴利丰告诉我，铁路养护工作，每个月要分上中下旬检查一遍路基、道床、枕木、钢轨、连接零件、防护栅栏以及水沟等。

检查线路，1公里40根钢轨、1776根枕木。钢轨要用仪器检查高低、水平、轨距、轨向（弯曲），每一根钢轨要拿水平尺量8下。几十公里的管段，一次路检，光弯腰就得弯上万次；枕木1公里1根、4个螺栓，巡检时每个螺栓要拧10遍，挨个儿拧下来1公里就要拧7万多遍螺栓！

裴利丰说："在海拔这么高的地方什么都不带空着身子走路，身上都像是背着一袋面，何况还要带着十几公斤重的工具，干这么繁重的体力活儿……工点远的地方中午不能回驻地，大家就带着热水瓶、方便面，走到半路，面还没泡开，水就凉了……工务单位实行的是半军事化管理，雨雪就是命令，只要下雨下雪，不管白天夜晚马上就要出去巡查线路。我们负责的当雄管段离驻地最远的地方70公里，晴天开车也要1个多小时，何况雨雪中要沿着铁轨一步一步走着巡线呢……有一次，雪下个不停，大伙儿在雪地里一直守了一夜，直到第二天雪停！真有种守得云开见日月的感慨啊！"

来自江西萍乡的的钟显昂，25岁，在这里工作了3年。我问他还记不记得第一天到高原的情景。他回答："记得很清楚，感觉——这个地方来错了！"

高原给这个小伙子的见面礼是一天下了 10 场冰雹和雪。

"那天起风了，冰雹来了，连山上的牦牛都吓得跑了下来，风特别大……冰雹砸在脸上、头上，大家在外作业，没地儿躲，只能用大衣挡挡。过一会儿太阳出来后，又接着干活……就这样，一天竟下了 10 场！"

"待在这里太凄凉了，总感觉心里空空的。"小钟说，"11 月份，海拔 4000 多米的高原上早就冰雪覆盖，寒风凛冽，凌晨 4 点左右出门干活，人冷得就像夜里 12 点光着身子缩在冰库里一样，扶着探照灯的手冻得失去了知觉，连哈气都冻住了，工友们的眉毛上都结着白霜。"

"天天待在这样的环境里，我真的害怕了！有一次实在忍不住给家里打电话，说我不想在这里干了。我妈听完，哭了；我爸说，你自己考虑，男子汉在外面得自己闯……那天晚上，我躲在被子里呜呜地哭了……第一年放假回家，见到我妈时，我刚说了句'妈，好久没见您了……'就再说不下去了。"

钟显昂说，他留下来的原因，一是这里挣钱多，另一个就是觉得既然别的工友能坚持，自己为什么不能？"这么恶劣的地方都没能打倒我，我以后就什么也不怕了。"

工作虽然辛苦，职工们也很自豪，36 岁的李艳春是个魁梧黝黑的壮汉，每月发了工资，他给自己留下一两千元，其余的第一时间汇给老婆。"男人嘛，养家是天经地义的！"他的语气很豪迈。

最让职工们引以为傲的是，俄罗斯火车在高海拔地区最高时速是 60 公里，中国是 120 公里。"从安多站过去，是 100 公里的永久冻土，我们的技术是世界最先进的。"他们说。

五

"不要老写我们苦，好像我们过得比别人差很多，可怜吧唧低人一等似的，看着心里不舒服。我们也追求幸福，也有快乐。"41岁的裴利丰触景生情，向我讲起了他的故事。

"我是去年才结的婚，我媳妇比我小一轮，在西安当护士，我们好了6年她妈才同意。之前，老太太说，'如果你再跟这个养路工好，我就从17层楼跳下去！'"

"最难忘的是，2009年9月，我在安多时，她没打招呼就上来看我，这是她第一次来西藏，住了10多天就回去了……可回去了10多天，她又跑上来了。原来，回去的这10多天，她在家里给我日夜赶织了一身厚厚的毛衣毛裤！在海拔5000米这么缺氧的地方，她陪着我住了一个月！我真的很感激！"

"去年我在西安买了房子，把她娶回家了！"

"男人爱女人，要实实在在的。这么多年，每年她生日，我都送她一个金戒指。我们也有常人难以体会的幸福。"这个男人自豪地说。

月亮升起来了，人们围在一起，点燃蛋糕上的蜡烛，默默许愿……

屋外，皎洁的月光下，念青唐古拉山的雪峰，从重重遮挡的云层中挣脱而出，巍峨地闪着银光，注视着这间小小的车站、这一点小小的烛光。

采访手记

找到这篇稿子的时候,我已经把它忘了。我像一个普通读者一样读它的时候,读到后边我哽咽了;之后,我又读给同事听,结果她也感动得红了眼圈……

我知道,这就是故事本身具有的生命力,故事里的人有着打动人的力量。

作品就像孩子一样,母亲生下了他,但他最终属于他自己。

而我,因为这点感悟,才真正动心要把这些故事结集成书。我想让更多的人看到,不是看到我,而是看到这些平凡却打动人心的人们。

大漠风沙中的一个拥抱

一阵"白毛风"从荒地镇刮过，整个车就像钻进了黄土中……

从新疆喀什麦盖提县城南行，省道公路两侧是一望无际的塔克拉玛干沙漠。三莎高速公路项目部就建在沙漠当中，在大漠和天边雪山的映衬下，有一种特别的美。

这是一条从三岔口到莎车的高速公路，全长233.6公里，穿越新疆巴楚县、麦盖提县、莎车县，总投资120亿元，是国内第一条大量采用风积沙填筑的高速公路。

项目部所在的麦盖提县，是著名的刀郎之乡，热烈奔放的维吾尔族"刀郎木卡姆"演唱现已列入国家非物质文化遗产名录。

不仅如此，麦盖提县还出产一种被称为羊中之王的"多浪羊"，一头羊的市场价格少则一二十万元，最高价甚至拍卖到过1200万元……三莎高速公路的修建，对当地旅游业发展和经济繁荣意义重大。

从项目部驱车前往工地，车沿着维吾尔族村落弯弯曲曲的小路前行。新疆与北京有两个多小时的时差，所以到了傍晚6点钟，太阳还高高地挂着，依旧炙热地烧烤着大地。

过了20多分钟，原本晴朗的天空忽然变得阴沉，大片的乌云铺满了天空。"要起沙尘暴了。这地方就是这样，天说变就变！"陪同采访的公司书记杨峰在新疆工作多年很有经验，"有一次，大风刮过，我们车的前后挡风玻璃直接就被卷走了，车被大风刮倒的情况也出现过。这时候要是一个人，就很可怕了。"

正说着，"白毛风"就刮了起来。这是塔克拉玛干沙漠的"特产"，一阵风起，整个车就像钻进了黄土中，前方可视距离不足两米。细心的杨峰很体贴地嘱咐大家，"风沙这么大，一会儿到了工地你们记者就不用下车了。"

"那工人们会等在外面吗？"我忍不住悄声问他，一路采访下来，所到之处，不管气温多高、太阳多晒，工人们都会露天列队迎接。

对我的问题，杨峰没有正面回答，只说："到时候我们会下去的。这里经常有沙尘暴，我们都习惯了。"后来，到工地后我真的看见，在这么大的风沙中，他们中有人竟点了一支烟，站在沙漠中抽了起来。

车离开了村落，开进一望无边的沙漠。此时，天地之间混沌一片，漫天遍野除了黄沙还是黄沙，虽然车窗紧闭，但细沙还是从缝隙中刮了进来。我清楚地看见，此时坐在前面的人，头发上已经蒙了一层土。

随后，又下起了雨，雨水顺着布满沙土的车窗上滑落，画出一条条的雨线。这样颠簸前行了十几公里，终于到了工地现场。巧的是，这里有一个特别吻合的地名——荒地镇，"真的是荒地镇啊！这情景简直不由让人想起电影《新龙门客栈》了。"我的这声感叹，让一路上紧闭着嘴巴的人们会心地笑了。

车外，站着等候的工人。

风沙雨水中，他们穿着崭新的白色工作服，头戴红色安全帽，整齐地站成一排。58岁的老记者何俊昌老师，率先举着照相机冲下车，迅即消失在沙尘中。宣传部长柯满堂和杨峰等也快速走到车下，和工人们紧紧握手。

看见我跳下车来，柯部长对正准备和工人握手的我说，""元程，还不和等候你的工人们拥抱一下？人家在风沙中等了咱们好半天了！"

"好！"

早已被这些站在风沙雨水中等候的工人们感动的我，当即接受了这个建议，直接拥抱了站在眼前的那个结实的小伙子，他的衣服已经完全被雨水打湿了。

采访手记

　　这个拥抱，本来只是此情此景下的一个感性举动。但那天晚上采访回来，在一个简陋昏暗的食堂吃饭时，项目部的一群小伙子排着队忽然走到我眼前，向我敬酒。

　　领头那个黑黑瘦瘦的小伙子说："谢谢记者老师，您今天拥抱了我们的工人！"

　　从此，这句话连同这个拥抱一起，成了我永久的记忆。

大工匠

全世界各行各业都有那种特别让人敬仰的大师级的大工匠，就像小说里武功绝顶的高手。达到那个层次的人，不仅技艺上精益求精不断创新达到常人难以达到的高度，而且他们的精神境界也极其专注在自己的专业领域，在精益求精的追求中超越名利，获得精神上的极大满足。

白芝勇的眼睛，像是一潭蒙着薄雾的湖水，沉静中略带着倦意，讲述起自己的故事，眼里会偶尔闪过一丝热切。

"我是靠技术比赛出来的。"他说。

2018年9月，他40岁了，四十不惑。

从21岁成为一名铁路建设工人开始，19年，白芝勇从几十万铁军中的无名小卒，成为中共十九大代表、全国劳模，享受国务院政府津贴，拥有国家级"白芝勇技能大师工作室"……总而言之一句话，白芝勇从一名技校毕业的工人，成为专家型技术工人的杰出典型。

上篇

一

南京市纬三路过江通道隧道，是从长江江底开挖的上下两层单向三车道过江隧道。

从隧道入口算起，这条3.6公里江底隧道每个上坡、下坡，每个控制点，测量中的每个细节，白芝勇都记得清楚：这里，他们一左一右布设了两个控制点；那里，是竖井对隧道中间的一个控制点进行检核的地方……还有这里，开挖隧道时，洞子里没有通信信号，有多少个沉沉黑夜，为了尽可能保证测量数据的清晰准确，他和伙伴们就困坐在这儿，在油烟灰尘中等着空气中的烟雾散去，在能见度更好的时候进行测量……

2018年3月，白芝勇坐车从这条隧道经过，只用了短短的三四分钟，而当年却让他整整揪心了900天——

…………

南京市的这条江底隧道，由世界上最大直径的盾构机进行开挖，断面180平方米的巨型盾构机就像一个摩天轮在江底旋转着缓慢前行。

2012年6月公司中标工程精测项目，这么长的江底大断面的盾构隧道，精测队从来没人干过。

领导指定白芝勇负责。

在即将施工的900天里，白芝勇测量小分队需要通过测量出的一个个坐标，为这台几十吨重的钢铁巨无霸规划出前进的方向，指挥它在未知的江底穿过黑暗的泥沙岩石，朝着既定的目标掘进……

在这个庞然大物的头上，是滚滚奔流的长江和日夜川流不息的江船。

…………

隧道另一端，出口处根据工程的设计图纸预先建设好接收盾构机的钢环及外体，预留给盾构机的误差范围限定只有50毫米，也就是说盾构机与钢环擦身而过的距离只有一个成年人4个手指并拢的宽度。

这好比狮子跳火笼，笼子已经搭好，狮子也准备登场了。

这是白芝勇做精测专业以来负责的最惊险的项目，而且他是第一次全权负责。

"这真是失之毫厘谬以千里啊！如果方向错了，就不知道开到哪儿去了。"

"别的不说，这个项目精测公司也就挣几百万元，却指挥着价值几十亿元的盾构机在江底穿行。你说万一出事了，这几百万元连盾构机的小配件都买不起，能赔个倾家荡产。"

…………

从接到任务起，白芝勇五味杂陈，一方面精神紧张担心测量出现误差，另一方面空前的挑战也让他异常兴奋全神贯注。

每一个步骤做到极致，结果才能完美。

二

如何做到极致？

白芝勇首先想到一个最容易被忽略的漏洞——

江底施工，潮水涨落会引起江底岩石沉降、偏压，这些因素会给测量基准点带来一到两毫米误差。

"缺少现场经验的人,会认为江底岩石是永远不会动的,因而忽略了这一两毫米的误差。而我们哪怕1毫米的误差也要降低。"

一般工程测量只测一条线,最多测两条,白芝勇选择布设成导线网来增加观测次数,多方来求控制点最接近真值的那个值,为此,他们增加了3倍工作量。

隧道里烟尘大,为了在空气质量更好的条件下测量,保证数据更清晰,白芝勇测量小分队4个人,经常要在隧道的烟尘中等待三四个小时。隧道里没有信号,跟外界无法联系,连夜引线几个人都累了,困了就趴在仪器箱子上打瞌睡。洞子里蚊子又多,事先预备的驱蚊液也管不了太多用,经常被蚊子咬得满脸满手都是包……

每次测量,深夜下到江底,在隧道里来回步行测量六七个小时,上到地面,基本就到早晨六七点钟了。

"每次上来,印象最深的就是觉得外面的空气真好!赶紧多吸几口把肺里的脏东西呼出去。即使雾霾天气,外面的空气也比隧道里的油烟强多了。口罩都成黑的了。测量时为了对讲机里讲话方便,我们在隧道里常常会摘掉口罩,每次测量完回来,鼻子吸油烟黑得不行,用纸掏鼻子黑黑的一片污渍。"

…………

比起这些身体的苦累,最让白芝勇受不了的是漫长的心理折磨——心里随时随地泛起对测量数据近乎病态的怀疑。

"隧道一天不贯通,我心里就一天不踏实不安稳。只要一想起这个事,总是想再用个其他方法、其他手段来检验一下。夜里睡到半夜也会惊醒,冲动地从床上爬起来,打开电脑看看数据,再算一下,心里想要不要再开个会,再会诊一下……盾构机能不能出来,就取决于我们提供的测量数据,真正是牵一发动全身的。"

整整900天,揪心的900天啊!

三

2015年6月,隧道贯通的那天,预定下午3点盾构机从江底顶出,隧道贯通。

当地政府、甲方业主和参建单位的主要领导、相关人员,还有扛着摄像机、举着相机、麦克风的电视台、广播电台、网站、报纸的记者们都早早到了现场,等待见证这一历史性的时刻。

彩旗飘扬,人声鼎沸,热闹得像集市一般。

白芝勇独自徘徊在离隧道出口最近的角落,心情紧张双唇紧闭,不说一句话。

测量是硬家伙,盾构机穿不出来,第一责任就是他指挥的问题。

"我觉得自己就像个人质,万一出不来,就得被拉出去问斩。"

…………

下午3点,盾构机没有按照预定时间穿出来。

白芝勇终于沉不住气了,开始不停地在现场跑过来跑过去地问:"咋回事啊,是不是穿错地儿了?又不可能啊!出错也不至于误差大了穿到北京去啊……"

"急啊!"

平时挺沉稳的一个人,感觉像没头苍蝇一样到处乱转。

后来,从施工单位得知,是盾构机出了点小问题,在洞子里停了1个多小时。

…………

下午4点30分,现场的人们看见出口处的积水开始冒泡,盾构机慢慢地往出顶了。

哦!所有人的眼睛都望向同一个地方。

白芝勇的心提到了嗓子眼儿，怦怦乱跳，不错眼珠地死死盯着这个神一样的存在，盯着它朝着预埋好的钢环靠近——

熊熊烈火已经点燃，待它百兽之王腾跃而过。

生死一线。

白芝勇恨不能趴在钢环上，万一穿偏了，就跟它玉石同碎。

…………

盾构机滑溜溜穿过钢环的那一瞬，白芝勇感觉就像是产妇生产，孩子降生！

四

现场掌声、欢呼声、鞭炮声、锣鼓声震响，随处可见穿着工作服戴着安全帽的人们在拍手称快，互相道贺，接受采访……

没有人注意，把盾构机从长江一岸成功引导到另一岸的关键人物白芝勇，此刻在哪里，在做着什么？

贯通的第一时间，白芝勇已经带人在钢环前摆开测量仪器，像第一次当父母的人急切翻看新生儿是不是胳膊腿儿齐全那样，检测他们引导的盾构机穿过钢环时的误差到底是多少？

只有12毫米，一根食指肚那么宽！

比预定的50毫米，少了38毫米。

…………

一瞬间，百感交集，心潮难平，泪往上涌。

900个日日夜夜，摩天轮一样的巨无霸，就这么在他毫厘必争的铁律和牵肠挂肚的指引下，一步一步几乎分毫不差地从3.6公里长的深洞中乖乖地钻了出来。

这真是个奇迹！

…………

白芝勇，为自己和所有工程人叹服！

"佼佼者的共性是做事非常用心，用尽全力做到极致，哪怕是1毫米。"

有时候同事劝白芝勇，1毫米也就是1张打印纸那么薄，别再为这1毫米纠结了！

"为了减少1毫米的误差，我要花更多心思和时间，可没准儿后边施工的人随便一动就偏出去1公分甚至几公分了。但我不管后面怎样，在我这个环节，我就是要用心，尽最大力量，不能出差错。"

"即使过了5年，现在回想起来也没有遗憾。十八般武艺我都使了一个遍，这代表了我们精测专业的顶尖水平。"

…………

那天晚上，白芝勇志得意满地喝了一场庆功酒。

中篇

一

我们的路走得坎坷崎岖

我们也没有日行千里的壮举

我们整天吹着风，拥着尘土

我们一生可能只像一颗小小的沙粒

…………

2018年五四青年节时，中央人民广播电台特邀白芝勇参加《五月诗会》节目，与专业播音员一起合作朗诵这首《筑路工人歌》——

> 你们一生都在为人类坦途卖力
> 自己的路却走得坎坷崎岖
> …………

干工程艰苦。干工程测量，艰苦中的艰苦。作为工程的开路先锋，测量人走的是没有路的路，翻的是少有人翻过的山。

每一位测量人的心里，都经历过比一般人多得多的辛劳痛苦，也经历过是否还要再坚持干下去的心理挣扎。

2004年，也是五一刚过，才做完急性阑尾炎手术的白芝勇，因为西汉高速公路测量工期紧张，被领导安排到现场支援。

他二话没说出发了。

西汉高速公路沿汉江南岸而建，需要在汉江两岸来回布点测量。为了节省时间，每次测量小分队都会从汉江水流较小的地方，踩着石头过河。

一次，由于伤口还没有完全愈合，手里又拎着10多公斤重的测量仪器，白芝勇从一块石头跨到另一块石头上时，身体不敢用力，脚下不稳一下子掉进了河里。河水湍急，一时蒙了的白芝勇被冲出去好远……晚上，伤口就感染发炎了。

地处荒郊野外，连个小卫生所都没有，根本买不到药。他只能用白酒冲洗消炎，防止伤口溃烂流脓。

夜里疼醒，就起来用白酒再擦一遍伤口，好不容易迷糊着了，不久又疼醒，再用酒消炎……反反复复折腾了一夜，第二天，还要忍着疼痛背着仪器跟同事们一起继续爬山跨河进行测量。

"疼的啊……"白芝勇撩起上衣，一道伤疤至今赫然如新。

西汉高速公路复测一结束，白芝勇又和队友直接赶到宜万铁路云雾山隧道进行测量。800多米的云雾山，看似不高，但山连山，好像永远翻不完。

为了节约时间，进山测量，白芝勇他们会尽量找老乡家借宿。最后一站终于测完时，天已经麻麻黑了，大家加快脚步去寻找住的地方。正走着，白芝勇突然感觉左小腿一阵刺痛，随后就听见后面的队友大叫："蛇，蛇！"再一看，一条大花蛇从自己的脚边溜走了。

阑尾伤口疼痛未消，这会儿又被蛇咬，也不知道是不是毒蛇、同事帮他敷的蛇药管不管用……真是屋漏偏逢连夜雨，点儿背得不行。白芝勇又气又吓，半天说不出话。

幸好，很快找到了一户老乡，老乡根据描述断定，咬白芝勇的是当地的"霸王蛇"，名字虽凶狠却没有毒性，不会有生命危险。白芝勇这才放了心。

当他们向老乡借宿时，又遇到了问题，老乡家没有空房子可以借住，只有猪圈上那个放杂物的屋子空着。

大家相互看看，都已经极度疲惫了，就决定住下。

吃了各自带的简单干粮，大家和衣而睡。7月天气异常闷热，四野寂静，房子下面猪圈的恶臭一阵阵地袭上来，难闻得让人想吐，蚊子多得一拨一拨冲进来在人耳边盘旋着嗡嗡叫……

这个山里的夜晚，谁都没睡着。

白芝勇想起不久前遇到的一件事——

那天，在烈日下测量，路边开小超市的老板招呼他们几个："天这么热，休息一会儿，买瓶水解解渴。"

几个人买过水，老板拿出切好的西瓜请他们吃，大家正觉得这个老板人真不错时，想不到老板对他的儿子说："你看看他们，你要是不好好学习，整天打游戏，将来就跟他们一样，天再热也得在外面干活！"

被人当面当成教育孩子的反面典型，吃进嘴里的西瓜真不是味儿。

"很多时候，尤其是年轻时，遇到特别累特别苦的时候，多少次觉得干不动也实在不想干了，但一来要养家糊口，我们没有什么门路没什么关系，二来也不可能靠家里养，就想着人总要自立，多吃一点苦再坚持一下，努力把日子过得好一点体面一点，就又咬咬牙留下来了。"

二

2008年5月12日，一大早白芝勇就离开家，赶往陕北横山县，复测太中银铁路横山隧道。

下午2点多，到了延安附近，车在高速公路上非常晃。大家以为是司机开得太快了，便提醒司机开慢点。

司机说他已经把车速降到80迈了，可开到五六十迈时，车还是晃。大家以为是桥上横风特别大，把车吹得晃，但车窗外树叶并没动。

正在纳闷时，一位同事的媳妇打来电话说，宝鸡地震了。

大家还不相信，宝鸡怎么会地震？它根本就不在地震带上，是不是附近的部队在秦岭演习？说完，一位同事立刻打电话向他部队的同学询问，对方回答："演什么习呀，就是地震了！"

白芝勇顿时紧张了，媳妇朱芙蓉一个人带着5个月大的儿子，举目无亲啊！

地震时，朱芙蓉带着儿子跑不出去，只能躲进厕所，接到白芝勇的电话,她立刻哭了,连声说:"老公快回来,家里地震了,快回来!"

由于不清楚地震具体情况,也不知道能不能返回宝鸡,大家决定,先从高速公路上下来,在路边找家小宾馆,从电视里了解一下情况,再做决定。

这时,宝鸡的通信网络断了,电话打不进去。

电视里,新闻一会儿说四川地震,一会儿说宝鸡地震,一会儿说8.0级,一会儿又说7.0级……

白芝勇心像油煎一样焦急!想赶回去看到底怎么样,又不好请假。其他同事因为家里人多,比他安定点,只有他是媳妇一个人带个婴儿,没有任何外援。

别人在宾馆房间里看新闻,白芝勇独自跑到屋外,明知道电话打不通,但他还是不停地给媳妇拨打着电话。

一直拨了4个小时。

终于,电话通了。

白芝勇哭了。

…………

这时,反倒是朱芙蓉开始安慰丈夫了,她说自己已经带着孩子到了公园里的避震场所,安全多了,让白芝勇继续放心去工地。

几个同事也都和家人联系上了,都没什么事,于是白芝勇决定继续前往工地。

延安距离横山220公里。一路上,白芝勇注视着车窗外流淌的延河水,沉默……

"作为男人,在媳妇儿子最需要我的时候,我却帮不上忙,心里特别难受。"

327

三

在白芝勇19年测量工作中，除了环境的艰苦磨砺，他也经历了上天的考验。

2009年8月，白芝勇在上武高速公路项目福建武夷山上进行复测。

一天中午，正在山顶测量时，刹那间风云突变，晴天霹雳，天空中一道道白光千军万马般奔袭而来，滚滚轰雷震耳欲聋，好像要把整个天撕开、把整座山劈裂一样，气势汹涌，万山肃立，鸟兽皆惊，无处可逃。

在大巴山里长大的白芝勇，也从没见过这么惊心动魄的恐怖场面。不能躲在树下，白芝勇和同事只能趴在山顶空旷的地方，一位刚参加工作不久的小伙子，用对讲机不停地喊着白芝勇："哥，哥呀，怎么办呐，我害怕！"

这时候使用任何电子设备都无异于找死，白芝勇也急了，冲着他大喊："快把对讲机扔了，趴在地上，听天由命吧！"

老天爷不知为什么发了大怒，雷夹着闪、闪带着雷，一个连着一个，片刻不停，感觉只差一点就打在自己身上了……白芝勇趴在地上一动不敢动，电闪雷鸣中，不时能听见那个小伙儿妈呀妈呀的惨叫……

这场狂风暴雨电闪雷鸣，持续了足足10多分钟。

彻底击垮了人的意志。

雷电过后，几个人连滚带爬地下山，慌不择路，也没人说话，根本不管什么好路坏路，见坡就下，衣服刮了身体划了没有感觉，地上的水洼看都不看地直接就蹚过去,鞋里进水了也不在乎……"当时只有一个念头,赶紧走到车上,离开这里,回去!"

"这件事,让我心理严重受伤了,又没处发泄。以前虽然吃了那么多苦,但都是能够忍受的,但这回是直接危及生命。在大自然面前,人太渺小了,没有一点反抗的办法,非常绝望无助。"

很快,那位新来的同事就辞职回家了。

…………

从工地回家后,白芝勇跟媳妇说,他不想干了。

朱芙蓉相信丈夫有经商的能力。"工作第一年,春节放假,他就从广州扛了几麻袋袜子带回老家卖,赚了几百元钱。凭他干事认真吃苦的精神和头脑,赚钱养家没问题。"

这场特殊的体验,让白芝勇刻骨铭心。"闪电刷刷刷地带着嗞嗞的电流声朝你身上扑过来,雷声就在头顶爆裂般炸响,整个天空没有一丝亮光,仿佛谁把老天爷激怒了非要收了他一般,真是天庭发威势不可当,刹那间人就傻了,除了忍受,没有任何反抗的办法。"

"当时感到这个工作特累特危险,能不能干个其他的,真的动摇了。"

但最终,白芝勇还是留了下来。

"那时候,企业和社会已经给了我很多荣誉,不仅被授予省技术状元,而且获得了'全国知识型职工'称号。如果我吃不了苦不干了,不仅放弃了自己多年的努力,也辜负了企业和社会的培养和肯定,在同事中也会产生消极影响。相反,我连这种苦都吃了、这种惊吓都受了,我的心理不是更强大了吗?"

想明白后,白芝勇不再动摇了,"坚持就是胜利,干啥事情都有苦,遇到困难就放弃了,最后肯定成功不了。"

最近,白芝勇看了《习近平的七年知青岁月》。书中那段"历史只眷顾坚定者、奋进者、搏击者,我认为这是对信念坚定、品质坚强的准确注释。经历过迷茫和彷徨,是学习和思考,坚持和担当,才使我明确了目标和方向"的话让他产生了强烈共鸣。

"我把这段话抄在笔记本上了,"白芝勇说,"总书记说青年时代,选择吃苦也就选择了收获。如果你改变了,后面的路肯定就不一样了。真的就是这样的。"

四

虽然讲了那么多吃苦的事,白芝勇的口气却幽默平和,不时还讲个小笑话——

有3个人在沙漠里艰难挣扎地走着,遇见了阿拉神灯。神灯满足他们每人一个愿望:

第一个人说:赶紧带我离开这个鬼地方,于是他消失了;

第二个人说:赶紧带我离开这个鬼地方,于是他也消失了;

到了第三个人,神灯问他什么愿望,他说:把那两个人给我带回来,陪我喝冰冰的啤酒。

…………

"既然离不开这鬼地方,就要像'喝瓶冰冰啤酒'的那个人一样,苦中作乐让自己乐呵一下,否则整天苦啊苦的抱怨,人会被逼疯的。"

在野外工作,几个人背着沉重的仪器跋山涉水,风餐露宿,苦虽然苦,但苦中有乐,大家相互依靠相互协作,人在大自然中简单而放松,一路上几个人说说笑笑,互相打趣,减少走路的辛苦,你拉我一把我帮你一下……想起来也挺开心的。"比起那些花钱探险的驴友，我们不仅探了险，还有工资。"

"任何事要唯物辩证地看，接受现实，之后，苦吃到头儿了，就能体会出没吃过这些苦的人体会不到的甜。一个人吃的苦头越多，精神却越强大，才真了不起。"

让白芝勇更高兴的是，他和同事们的革新发明，减轻了高强度的工作量，简化了复杂的操作方法，降低了测量的误差率。

要保证高铁在全天候的自然条件下安全高速运行，轨道板整体道床的CPⅢ测量，精度误差必须达到3毫米。

不论是大于或是小于3毫米，道床都必须炸掉重新铺设。

这3毫米，不仅仅关系施工成本，更影响高铁的安全运行。

2008年，白芝勇接到任务，到京沪高铁的整体道床CPⅢ进行精密控制测量。

在现场，无论他们怎么测，误差总是过大。

原因在哪儿呢？

一次次破案般寻找蛛丝马迹地检查设备，一次次绞尽脑汁地思考……终于，白芝勇注意到了一个被人忽视的细节：测量时使用的工具——对中杆，本身有5毫米的设计误差！

原因找到了，就好对症下药。

白芝勇通过自己发明制作的一个"多功能底座模板精调棱镜适配器"，破解了"3毫米"难题。

…………

弱光测量，要增加一两个人专门负责照手电。

对这种"历来如此"的事情，白芝勇却在琢磨："天天做这个工作，能不能想个办法把它优化一下？"

一天晚上散步，他注意到摆地摊的小贩们都在使用低伏电压带动LED灯给商品照明。"如果在水准尺上使用LED灯，是不是就不

331

用打手电了？！"他茅塞顿开。

....

"经常有同事跟我说，白劳模，你那个'照明尺子'真方便！我听了心里可满足了。"

17岁时，白芝勇做了人生中第一个艰难却明智的选择——从县高中退学，复读一年，报考技校。对于大多数农村学生来说，竞争最激烈的不是高考，而是中专技校考试，因为只要考上技校，就有了正式工作和城市户口，不用一辈子当农民或者外出当农民工了。

现在，白芝勇会在心里有些遗憾地想，要是当年上学的时候学习英语能够像工作后那样刻苦，如果能上了大学，甚至读到硕士博士……现在是不是能研究出更多成果啊。

为了弥补之前的遗憾，只能加倍努力。这些年，白芝勇获得国家专利11项，工艺工法攻关31项。"一个人的价值在于奉献，为他人、为企业为社会作的贡献越多，人生的成就感、自豪感和幸福感也就越多。"

下篇

2017年10月18日上午9时，北京，人民大会堂，中国共产党第十九次全国代表大会隆重召开。

庄严雄壮的国歌声响起，白芝勇抑制不住激动的心情泪水夺眶而出。

那些过往的艰辛与付出，透过泪水模糊的视线浮现眼前——

2008年冬天，进行京沪线高铁复测，工地在黄河边上，有很多小支流。测量时如果绕河走，时间都耽误在路上，一天干不了多少工作。为了赶时间，白芝勇他们选择每天从河冰上过，为了减少压强，人要趴在冰上，把测量尺垫在身下，腰上拴根粗绳，让送东西的司机开车到对岸，然后像"拖死狗"一样把他们一个个地拖过去。

一次，白芝勇在冰薄的地方掉进了河里，裤子湿透了，只能在岸上借老乡堆在田里的麦秸烤火。结果又遇到老乡拿他们当反面典型教育儿子："你要是不好好读书，将来就得跟他们一样，再冷再热都得在外面吃苦干活。"

…………

这让白芝勇又一次想起当年一边吃西瓜一边被超市老板奚落的场景，今非昔比，此时的白芝勇，想法已经变了：

"现在听到这样的话，我心里很平静了。老乡这么说，是因为他只看见我们工作辛苦，并没想到我们工作的意义，如果他想到他现在出门坐的高铁又快又舒适，想到他的货物之所以可以送到四面八方是因为道路四通八达了……如果他想到这些，我相信他一定不会再嘲笑我们了。更何况，正是因为有了千千万万这样吃苦的人，也包括他在内，我们国家才发展这么快。而这些衣衫破旧、灰头土脸的人中间，很多人在自己的工作中创造出了优异的成绩。他如果知道这些，应该让自己孩子向他们学习才对。"

…………

"如今通过自己的努力、辛勤的工作，得到社会和同事的认可与肯定，我感觉所有的付出都值得了。"

二

　　一年365天，300天在外出差，经常在外漂泊，有时候一觉醒来，白芝勇会犯迷糊，想不起来自己这是在哪儿。

　　"然后，我就开始回忆：昨天在哪儿，前天在哪儿，今天在哪儿。以前经常出现这种情况，只有回忆才能串联起来。"

　　愣在那儿傻半天之后，他就会打电话给媳妇，好像这样才能把他从梦境中拉回到现实。

　　…………

　　白芝勇的媳妇，叫朱芙蓉，是他的四川老乡，两家离得很近，只有两三公里。

　　"那时候的我们，要房子没房子，要车还是个破自行车。但对待感情特别珍惜。"

　　白芝勇是坐了一个多星期的火车，穿越了大半个中国，把媳妇迎娶来的。

　　2004年12月，白芝勇先是从新疆项目部坐3天3夜的火车到宝鸡，把仪器设备放回公司，再从宝鸡坐40个小时的火车到广州，接上朱芙蓉，两个人再一起坐火车从广州回到宝鸡。

　　广州到宝鸡，火车要36个小时，当时一张卧铺票是443元，硬座票是251元。这对即将结婚的年轻人，毅然买了两张硬座票，一天两夜坐在火车上，开始了他们的新生活。

　　"那时候，我有3万元存款，她有1万元，两个人心里最大的愿望就是通过自己辛苦勤劳一点，节约一点，齐心协力尽早把房子买上，有个幸福安稳的家。"

　　那段日子，这对年轻人特别节约，"一元钱的公交车都舍不得坐，去哪里都是我骑着那辆破自行车后边带着她，下雪天也是这样"。

在宝鸡这座小城，最初朱芙蓉一个人都不认识。"结婚前，白芝勇告诉我，他一年能有四五个月在家，结婚后我在本子上认真做了一次记录，天天做记号，结果半年里他只有15天在家。"小朱说，眼镜就是来宝鸡后戴上的，因为谁都不认识、哪儿都不熟悉，要仔细认路。

那时候，朱芙蓉常常一个人坐在出租屋里，坐着坐着就哭了起来，哭累了，就去睡觉。

....

媳妇预产期那几天，白芝勇特意跟领导请假留在宝鸡陪媳妇生产，可是预产期过了好几天，孩子就是生不下来。单位急等着白芝勇出差，情急之下，朱芙蓉只好按着老家"翻床"的土方法进行催产。

一米五几、身材瘦小的媳妇挺着大肚子，站在床边，一个人憋足劲儿吃力地把沉甸甸的双人床垫拥起来再落下来，再拥起来落下来……当天晚上，羊水就破了。

撕心裂肺地生了30多个小时，儿子终于呱呱坠地。

看了一眼孩子，白芝勇把媳妇交给母亲照顾，就赶去郑西高铁秦东隧道工地了。

从工地回来时，儿子已经满月了。看到小孩长得这么大了，白芝勇感觉心里很幸福。

中午，白芝勇夫妇请亲戚们到酒店喝满月酒，拎着酒瓶挨个儿给大家敬酒，几圈下来，他坐在那儿啥都不知道了……醒来，正躺在医院输液。

这是白芝勇至今唯一一次喝醉。

现在，白芝勇和媳妇买了一套122平方米的新楼房，家里收拾得一尘不染。晚上在家的时候，一家人坐在餐桌前，工作的工作，看书的看书，做功课的做功课。白芝勇一直勤奋工作的样子，成为儿子无形的榜样。

唯一让白芝勇有些犯愁的是，媳妇朱芙蓉现在总想着出去上班。"白芝勇工作有成绩了，孩子也大点了，我也想出去工作，我总想，要是这么一辈子待在家里当个家庭妇女，对不起当初那么努力学习的自己……"

2015年5月，白芝勇被评为全国劳动模范。从北京领奖回来，一家三口兴高采烈地到外面餐厅吃了一顿烧烤庆祝，之后破天荒地跑到歌厅去唱卡拉OK。

他为媳妇唱了自己一个人在野外时最爱唱的一首歌——《甘心情愿》：

> 漫漫的长路　你我的相逢
> ……
> 愿我们今世天长地久
> 紧紧地依偎　深深地安慰
> 相亲相爱不离分
> 多少岁月已流走
> 多少时光一去不回头
> 可在我心中你的温存到永久
> 和你相依为命永相随
> 为你朝朝暮暮付一生
> ……
> 无论走遍千山和万水
> ……

风风雨雨艰险去共存

陪你走过一程又一程

不后悔

…………

三

19年前,白芝勇刚分到广州项目部时,上班头3个月在钢筋班拖钢筋绑钢筋,身高不到一米七、体重只有48公斤的他不堪重负。

一天凌晨,拖了一天钢筋的白芝勇下夜班,独自从工地返回宿舍,人困马乏迷迷糊糊地走在田埂上,一失足掉进了旁边的沼泽地,身体不停往下沉,他想起电影里红军过草地陷进沼泽地的情景,黑夜里四处无人,他害怕得想到了死。

幸好,陷到肚脐的时候,他的脚触到了底。这块沼泽没有那么深。

…………

几天后,他就报名参加石家庄铁路学院大专自学考试了。

没有学历、没有技术,光靠体力干活没有前途。要改变命运只有拼命学习,掌握一技之长。

参加自学考试,需要一本《结构力学》的教科书。白芝勇事先打听到这本书定价是17.8元,工地在郊区,坐280路公交车到市里要两小时,票价1元。这样,连来带去书费路费加在一起一共19.8元。

一天午饭后,跟班长请了假,白芝勇揣上平日精打细算节省下来的20元钱进城买书。

让他没想到的是,书涨价了,涨了一元钱,18.8元。

这让他犯了难:如果买了书,身上就只剩两毛钱了,不够回去的车票钱；如果不买，好不容易请假出来，又急等着学习用……怎么办呢？想来想去，他决定把书买下来。可怎么回去呢？从市里到工地，坐车都要两个小时，走回去，恐怕天黑也走不到。

从书店出来，白芝勇在公交车站徘徊了好一阵，第一趟280路公交车来了，他没上……第二趟来了，看着人不多，他咬咬牙最后一个上了车。

"师傅，我来市里是为了买书，书涨价了，买完书只剩了两毛钱。现在实在没钱了，能不能我先投两毛，到站我再想办法拿8毛钱补上？"白芝勇跟司机商量。

"学生买书，没钱也不能不让坐车呀，上车吧。"

…………

至今，白芝勇都很感激那位好心人，"也不知那位司机师傅是不是还在开着那趟车。"

四

2017年7月，宝兰高铁建成通车，宝鸡人终于能在家门口坐上高铁了。

这些年来，白芝勇参与了差不多高铁1/10里程的工程精测，现在，他终于能带着从没有坐过高铁的媳妇和儿子体验一下乘坐高铁的舒适感受，让母子俩对自己工作增加一些感性认识了。

在宝鸡到通渭的高铁列车上，白芝勇一路给9岁的儿子讲解着高铁的情况："这趟车的时速是200公里，坐在火车上这么平稳这么舒服，这是因为轨道非常平顺。爸爸的工作就是控制平顺度，把高铁修得又快又平顺。"

说着，他从口袋里拿出一枚5毛钱硬币，立在高速行驶的列车窗台上——

　　小小硬币，纹丝不动。

　　看到这一幕，儿子脱口而出地叫了出来：

　　"爸爸，你太了不起啦！"

　　…………

　　窗外，往事和田野飞驰而过。

采访手记

白芝勇问徒弟:"把测量脚架支好,把仪器从箱子里拿出来,架到脚架上,再对中整平调准仪器,整个过程你需要用多少时间?"

徒弟回答:"正常情况我可能用3分钟,如果地面条件不好,我可能用十几分钟。"

徒弟问师傅:"您用多少时间?"

白芝勇回答:"一般不超过40秒。"

从1分半钟练到1分钟,只需要几天;

从60秒练到50秒,花了1个半月;

从50秒练到40秒,花了半年。

"40秒往下就非常难,每减少一秒,都要花很长时间,纯粹靠功夫。"他说,"干啥事情要用心去想这个问题,一步一步去思考、反推,遇到难题要一点一点去解决。"

"1秒钟",本质上代表了一个人对工作的极致追求和执着的努力付出。

白芝勇告诉我,测量队所有人都参加过技术比赛,而且还同台比过。但他永远是最用功最用心的那一个。

当初交流报道的主题,他一脸关切地听着。我说要告诉读者尤其是青年读者,像他这样学历不高没什么家庭背景的农村孩子,也能通过奋斗获得成功时,白芝勇的眼睛迅即亮了,脱口而出:"这个可以!"

也许今生不再相见

主峰6168米的雀儿山,是川藏公路317线的必经之路,更是川藏公路北线进入西藏、青海玉树的唯一通道。这里缺氧严寒,山高路险,是著名的"鬼门关"。在这里修路打隧道,工人们说:"这不是挣钱,是要命。"

听到记者只在项目部停留两个小时,项目经理王刘勋发火了,"兄弟们在这么高的地方待了两年多,好不容易盼来人了,却因为缺氧,只待两个小时!可大伙儿还要在这里再干一年多,你让留下的人心里多难受!"说到这儿,这位33岁、说话高声大嗓的"少帅"掉泪了。

2014年7月26日清晨5时30分,记者一行10多人乘一辆中巴车从康定出发,沿着川藏公路317线往有着"川藏第一险"的雀儿山进发,连续十六七个小时的颠簸,海拔从3000米上升到5050米时,车内嗞嗞的吸氧声也达到了顶点。

到达雀儿山隧道工程项目部时，天已经全黑，职工们列队站在门口迎接。握手时，我握到的每一双手都是冰凉的，忽然有种想哭的感觉。

雀儿山，藏语的意思是鹰飞不过的地方，被称作"生命禁区"，终年氧气含量不到内地的60%。记者明显感到了胸闷、头胀、恶心，走路发飘。

说到晚上还要坐车下到海拔3600米的德格县住宿，累得快要崩溃的记者提出，干脆就住项目部，省得第二天再上来。

"这里海拔4270米，晚上睡不着。"项目部的人态度坚决。他们有经验，刚上来的人，都会失眠头痛恶心，甚至流鼻血。

吃过晚饭，项目部换了越野车送记者们下山。"从这儿到德格，路太难走，50多公里，中巴车要开五六个小时，越野车也要两个多小时。"

漆黑的山路，一侧是峭壁，一侧是悬崖。只有车灯的光亮，照着前方一个接一个的大坑，前车掀起滚滚尘土，让人看不清路，格外要当心对面驶来的大车……途中，记者看到一处工点，上夜班的工人点着篝火在寒夜里取暖。

来自城市的人，怎么也想不到沉睡的大山竟是如此繁忙。

"我宁肯走十几个小时好路，也不想再走这50公里烂路了。"一路摇摆颠簸着下山，同车的另一位女记者哀叹。

"等隧道打通了就好走了。"司机陈华明说的隧道，就是我们采访的在建工程。

主峰6168米的雀儿山，是川藏公路317线的必经之路，更是川藏公路北线进入西藏、青海玉树的唯一通道。这里缺氧严寒，山高路险，是著名的"鬼门关"。

2012年7月开工修建的雀儿山隧道，全长7079米，是世界第一高海拔特长公路隧道，贯通后，"鬼门关"10分钟就能穿过。

二

王刘勋第一次带人上雀儿山，是2012年5月，漫天还在飘雪，千山万壑银装素裹，云雾缭绕，景色美得就像天堂。

但是驻扎在这里，天堂瞬间变成了地狱。

缺氧极寒，没水没电，连帐篷都没有，他们只能在山坡上露宿，冒雪躺在冰上睡。

项目部副书记贺志杰回忆，有一个雪夜，下着鹅毛大雪，雪片哗哗哗一刻不停地打在车窗上，为了尽快把从成都采购的材料运回项目部，他和司机姚小斌决定冒险翻越雀儿山。

路面全是冰，沿途所有的车辆都靠山停下了，只有他们的越野车轮胎上绑着铁链沿着山路的外侧小心翼翼地以十几迈的速度往前开，走几米他就要下车用手扒开落在挡风玻璃上的雪，否则结冰就看不到路了……到项目部时，是第二天凌晨4点。"真是长舒一口气啊！现在想想真后怕。可当时就是一门心思要赶紧把材料运回来盖房。"

"越是困难的地方，大家越要团结，越要激发团队的奋斗精神。这种氛围特别打动人。"他说。

在雀儿山动土，有"三高三低"——海拔高、地应力高、地震烈度高，气温低、气压低、含氧量低。最初的130米，打得异常艰难，高难度的围岩——冰、砂混着塌落的碎石，结构松散破碎，一挖就大量涌水。加上高原缺氧，功效极低，工人们轮班倒24小时不停工，每天进尺也只有0.5米。

很多藏民和喇嘛自发来到工地，为工人们献哈达，念经祈福。

冬天，含氧量更低，呼吸都觉得困难，现场的工人，干不了多久就要停下来吸一会儿氧，之后再接着干。隧道越打越深，通风送氧成了世界性的难题……

如今，这些问题都得到了有效解决，工程也有望提前完成。

在隧道内采访，明知缺氧，记者还是忍不住用手捂住口鼻遮挡灰尘。在掌子面，一位昨晚还在医务室输液的工人正在休息，我走过去攀谈。"烧退了，就来干活了，"他说，"老家的媳妇得了癫痫病，还有儿子，全靠我一人干活挣钱。"

无意中，我碰到了他的衣服，沾了一手水和泥，穿着这样的湿衣服他还要干上七八个小时。我问他："身体行吗？""还可以。"说着，他又回到掌子面干活去了。

三

开工到现在，项目部先后走了600多名工人，甚至有人一到雀儿山，就直接掉头回去了，他们说："这不是挣钱，是要命。"

施工队长林修建，第一次上雀儿山，待了18天也跑了。"每天窒息难受的感觉，让我害怕。从雀儿山下来，我就没想过再回来。"

可是，在福建老家待了24天后，他又回来了。他说："工人们都是我叫上来的，我不能把他们扔在这里自己跑了。我才34岁，不能因为软弱而失去诚信。另外，这毕竟是'世界第一'的工程，人一生也难遇到这样的机会。"

一天，一位职工忽然全身不能动弹了，紧急送到医院，被诊断出在高原患了格林巴利氏综合征。这在职工心里留下了一道阴影。

"我没想往后会得什么病，我看不到。我只关注现在的感受，隧道快打通了，每个人都渴望胜利。"林修建说。

"在雀儿山，拼的就是意志。没有意志你根本待不住。"项目经理王刘勋年轻气盛，"这个地方，缺氧不缺精神。跟你说，上雀儿山两年多，我一次氧都没吸。"

王刘勋热情洋溢的性格很受当地藏族人喜欢。"不瞒你说，当地政府想把我挖到他们那里工作，我没同意。兄弟们跟我上来的，我得对得起大家。"他说，环境越是艰苦，人越看重感情。

忽然，他对我说道："也许今生咱们不会再见面了，但我相信，凡是到过雀儿山的人，都不会忘记这里。"

四

项目部职工平均年龄不到 30 岁，虽然海拔高、交通不便、网络时有时无，但仍挡不住浪漫的故事发生。

帅气的滕加亮，因为一次交通事故，意外结识了在成都当护士的女友，5 月份的时候，女朋友背着他偷偷坐了 30 多个小时的长途车从成都上来看他，快到的时候给他打电话，他一听却急了。"路上还结着冰，多危险啊！"他说，"电话里我们大吵一架，可是见面的一瞬间，我给了她一个大大的拥抱。"

正在项目部探亲的新娘子郭香，打扮入时，在这个少有女人的地方，新郎袁小辉的幸福挂在脸上。

结婚前，郭香曾上过一次雀儿山来看他，回去后姑娘犹豫了。"以前他也交过女朋友，人家都觉得工程人艰苦，不愿跟他结婚。"这时，郭香的妈妈劝女儿，"小辉从小跟着爷爷生活吃了很多苦，没有享受过家庭的温暖，咱们要让他幸福。"

"离开雀儿山回家的时候，心情是最愉快的，可离开家回到这里的时候，真是越走越凄凉。"袁小辉说，歇完婚假回工地的那天，妻子一直从许昌送他到郑州,分别时两个人在站台上抱头痛哭。

林修建说:"以前过年回家,我总在外面玩儿,可是干了这个工程,再回家,我哪儿也不想去了,特别恋家。"

上雀儿山之前,党委副书记游宏生在咸阳总部,遇到了这个项目部一位同事的小女儿,他问孩子:"有什么话让我带给你爸爸吗?"结果,这个七八岁的小姑娘趴在他耳边,说了一句话:"爸爸,我想你了。"

············

采访手记

在海拔 4300 米的雀儿山采访，脑子里反复出现同一个标题——在天堂和地狱之间。

在这里打了两年隧道的人告诉我，雀儿山留给他们最深的印象是冬天的样子，千山万壑全是白的，云雾缭绕，景色美得就像天堂。

可是真正考验人的时刻，也是冬天。"那简直就是地狱。"他们说。极冷极寒，氧气含量不足内地的一半，在呼吸都困难的地方，工人们仍然每天轮班 24 小时昼夜不停地开挖着隧道，干不动了，吸几口氧气，再接着干……采访中，我无意中碰到一位在掌子面干活的工人的衣服，全湿透了，穿着这身衣服，他一直要干七八个小时。

很多人干不下去走了，他们说这不是挣钱，这是要命。但是，再苦再难，工程还是在继续，隧道也一定会打通。总会有人再来，也总会有人留下来。

"在雀儿山这样的地方，拼的就是意志。在生命面前，这些钱又有多重要？！之所以没走，就是要挑战自我。"留下的人这样说，"我没想往后会得什么病，我看不到。我只关注现在的感受，隧道快打通了，每个人都渴望胜利。"

"缺氧不缺精神，海拔高意志更高，风沙强斗志更强！"这句出现在青藏高原各个工地上的标语，在特殊的氛围里，总是最能激励人，也最代表人们的心声。

来项目部的路上，经过一个著名的道班——雀儿山 5 道班，这里曾经出现过一位全国劳模陈德华。至今我还记得，当年有关他的报道中有这样一段描写：刚上山，为了解决吃菜困难，陈德华曾试着用脸盆种过蒜苗，可蒜埋到土里不见发芽；又试着养鸡，可鸡越养越小。后来，他终于明白，在被称作生命禁区的雀儿山，除了人，其他生命难以生存。

我认为，天堂和地狱首先存在于人的精神世界。当一个人能够从困境中超越，他就离天堂不远；反之，当他在困难面前退缩，被困难打倒，地狱就在他的眼前。

这就是雀儿山上正在发生着的故事，这也是所有英雄主义者亘古不变的情怀。

后记

历经20多年写作，用一年半整理终于成书，这是我的处女作。书中的故事，带我走过万水千山，留下难以磨灭的印记。

我最想把书献给我的父母，感谢他们给我生命，感谢他们的养育之恩，没有他们的爱和培养，就不可能有这本书的问世。感谢我的先生曹群，他的陪伴和理解给我以支持。

我还想把这本书献给书中39个故事里的主人公们，是他们的人生成就了这本书。

我更想感谢清华大学韩秀云教授，她用一双慧眼发现了这本书的价值，并为此写了推荐词，她说："元程，我不为你代言，我愿为书中的人物代言，他们是小人物的大故事，是普通人的大时代，他们的故事让我感动，从中也看到了我自己的样子。"

在遇到韩老师之前，我并没有意识到把20年来采写普通人的报道结集成书有这么大的意义。虽然我曾经付出了很多心血和感情，也感动过不少读者，可我并没有从更高的层面去看待，把普通人的故事汇聚在一起，就是我们国家发展的缩影，就是每一位中国人走过的心路历程。当我捧起书稿，重读这些文章时，才深刻体会到，我笔下这些人，在不同年代和不同行业中做出的奉献，跨越了时间和空间，凝聚成雄浑的力量，震撼人心。

感谢中原出版传媒集团张培明先生的推荐，感谢河南人民出版社张存威总编辑、杨光副总编辑和张珺楠编辑，让这本书得以出版，他们对本书给予了大力肯定。

由此，我感悟到，人的奋斗和精神是超越时空的。优秀的人永远在超越自我，奉献社会。感谢工人日报社社长孙德宏先生和所有师长同事，让我有机会深入基层，接触到各行各业的劳动者，给了我深厚的情感和生命的底色。让我知道，岁月静好，是因为有人在负重前行。

出书过程中，我醒悟一件事：以前我总想，我采写的多是最基层的劳动者，很多人见过一次就没机会再见了，我写了他们，他们甚至连一声谢谢都没有对我说过，而我却付出了自己的真心，也就心安了。但是有一天在整理书稿时，我突然意识到，我写的人没跟我说声谢谢，我又何曾对他们说过感谢呢？可他们的故事和精神却留在了我的记忆中，影响着我和读者，给了我们力量。我才更应该向他们道谢！

我把邮箱（workersdaily@sohu.com）留下，祈愿书中的朋友或者他们的亲友看到这本书，能够和我联系，我想亲自奉送一本书，以表达我的谢意。

我还要把这本书献给我的第二故乡——新疆。三年援疆路，一生新疆情。感谢援友的友爱帮助，感谢大美新疆。

同时，我向所有帮助过我的人表示感谢！是你们的关爱给了我温暖富足的人生。

祝愿读者朋友们都能像书中的人那样，让自己的生命发光，照亮自己，也照亮更多。

也许今生不再相见，但愿你我相互祝愿！

李元程

2020 年 11 月 16 日于北京鼓楼